山水悠悠

王毓◎著

群言出版社
QUNYAN PRESS
·北京·

图书在版编目（CIP）数据

山水悠悠 / 王毓著 .-- 北京 : 群言出版社, 2017.7
ISBN 978-7-5193-0319-8

Ⅰ. ①山… Ⅱ. ①王… Ⅲ. ①散文集－中国－当代
Ⅳ. ① I267

中国版本图书馆 CIP 数据核字 (2017) 第 201730 号

责任编辑：侯莹　金朝
封面设计：黄佳影

出版发行：群言出版社
地　　址：北京市东城区东厂胡同北巷1号（100006）
网　　址：www.qypublish.com（官网书城）
电子信箱：qunyancbs@126.com
联系电话：010-65267783　65263836
经　　销：全国新华书店

印　　刷：三河市京兰印务有限公司
版　　次：2017年9月第1版　2017年9月第1次印刷
开　　本：880mm×1230mm　1/32
印　　张：9
字　　数：184千字
书　　号：ISBN 978-7-5193-0319-8
定　　价：39.80元

目录 Contents

啊，鼓浪屿

啊，鼓浪屿。

听到这个美丽的名字，我变成了一只快乐的小鸟。

我衔着一朵淡雅的黄花，一丝丝花香陪我来到南海之滨。

我在蓝天轻盈地盘旋，寻找我落脚的地方，寻找我放歌的地方。

我看到了碧波荡漾的大海，一片绿色的草原。我想寻找愉快的伙伴，开开心心地歌唱。在绿绿的草地上，我看到了一个美丽的山丘，不，是海洋里的一个美丽小岛——鼓浪屿。

我凝眸俯视，那是碧海里的一粒珍珠吗？那么耀眼！不。那是草地里的一朵红花吗？那么灿烂！不。那是庭院里的盆景吗？那么妖娆！不。那是一个实实在在的岛屿——鼓浪屿。

我想落在屿上，怕踩落了树叶；我想落在屿上，怕惊动了鸟鸣；我想落在屿上，怕扰动了花开；我想落在屿上，怕扰乱了琴声。我展开翅膀，轻轻地飞翔，轻轻地降落，轻轻地降落在海边，鼓浪屿像一个多情的姑娘热情接待我。

我抚摸着黄花，在空中盘旋，飘摇，缓缓降落。

我看见了真切的海，像蔚蓝色的天空一样蔚蓝。海水轻轻摇荡着，像一面绿色锦缎在飘动。海面为什么没有波涛汹涌？为什么游艇没有汽笛长鸣？为什么汽艇如梭似箭？难道它们怕惊吓了鼓浪屿，怕损伤了它娇嫩的身体？海水拱卫着小屿，像合圆的双臂；海水簇拥着小屿，像一片绿茵环绕着一棵娇嫩的小草；海水托扶着小屿，像母亲驮着背上的婴儿。娇嫩的海水是甘甜的乳汁，滋润着小屿，难怪小屿那么娇嫩。海涛里的小屿，何止一个两个，唯独这个小屿受到大海的宠爱，鼓浪屿是大海的宠儿。

我衔着一片细长的绿叶，一丝丝绿意陪我来到鼓浪屿。

我轻轻降落，降落在海边，看一看蓝蓝的海水。

我在海边的礁石上歌唱。我眺望着宽广的海面，海面绿茵般细腻，绿锦般柔嫩。我多想捧起乳汁般柔嫩的海水，让它滋润我的脸，像它滋润鼓浪屿一样。我多想赴身海中，在绿波中畅游，让海水荡涤我的肌肤，让我的身心无比洁净。轻轻摇荡的海，摇荡着一片绿色，摇荡着一片浓浓的情。我以目光为手，轻轻抚摸你娇嫩的面肤，轻轻抚摸你跳动的心，感受你对鼓浪屿的爱怜。

让我的脚插在沙滩里吧。一块小小的沙滩，柔软如临盆后的母腹，散发着母体般的馨香，那是海水的奇香。粒粒沙子摩挲着脚踝，如母亲柔软的大手抚摸着我的脚，酥酥痒痒的，抚摸带来的舒服的暖流流到我嘣嘣跳的心脏，全身熨帖。小屿孕育了一个小小的沙滩，小小的沙滩让光顾它的每一个游人愉悦。

让我把脚插进海水里吧。凉凉的海水拨动我身体的每一根神经，神经里透着清凉，舒服，愉悦。海水摩挲着脚踝，像婴儿的小手摩挲着母亲的酥怀般受用。一波波涌来的微浪轻轻洗刷着沙粒，沙粒在水里快活地滚来滚去；微浪拍打着礁石，耳畔回响着鼓点的敲击。海水敲击着鼓点，鼓点敲击着鼓浪屿，鼓浪屿回荡着鼓点。啊，美妙的鼓点，美妙的乐声，美妙的天籁！

我衔着一缕清爽的金风，一丝丝和爽陪我来到鼓浪屿。

我轻轻扇动翅膀，飞进了短巷别墅，看一看这里的风情。

我在短巷里飞绕，在短巷里歌唱。巷子里没有车鸣马叫，只有行人的脚步声、风声和鸟声。那脚步声是居民的安乐在低吟，是游人的快乐在浅唱，他们吟唱着没有车马喧闹的幽静。那风声是慕名而来的信使，他们羡慕这方净土，羡慕这块乐园，它要将这伊甸园的清净带回去，传播到四面八方。那婉转鸟声，从树梢落到屋顶，落进庭院，歌唱雅居，歌唱宁静，歌唱悠闲。

让我欣赏吧。古朴典雅的别墅把我带到了遥远的欧洲，那素净的白墙，那艳丽的红墙，那柔和的黄墙，那斑驳的褐墙，那红白相间的彩墙，哪个不是古典的欧式建筑？那浑圆的廊柱，那椭圆的窗顶，那高敞的门廊，那别致的小桥，那精致的花园，那典雅的墙灯，哪个不透着欧式风格？哪个建筑不是一曲凝固的音乐？世界各地的建筑煦风吹到鼓浪屿，鼓浪屿上和风送爽，黄、白、黑三种肤色点缀着金顶绿叶，一派和乐景象。

让我飞翔吧。随处可见的三角梅，红的，紫的，白的，不知道哪个更好看。樱花烂漫，一树粉花，花团锦簇，多想叼几瓣装饰羽翎。摇曳多姿的凤凰木，绿叶似凤凰展翅，红花如彩霞红艳，多想摘几片披在身上，换一身新装。留着吧，让它们装点鼓浪屿。鼓浪屿绿树成荫，繁花似锦，四季如春。

让我流连吧。那石板街杂沓的脚步像波涛敲击礁石，声声悦耳；那别墅前伫立的阶梯像音阶高扬，步步高亢；那路边的大榕树像亭亭华盖，棵棵阴凉；那海洋馆的鱼儿像欢乐的儿童，个个可爱。走不够的巷子，看不尽的景，忙不过的脚步，唱不完的歌。

我衔着一朵轻盈的雪花，一丝丝凉意陪着我来到鼓浪屿。

我轻轻飞到路边的树枝上，歇息一会儿飞累了的翅膀。

在海滩戏水，在石路徘徊，在庭院驻足，在高巅远眺，曼妙琴音一直陪伴着我，为我欢快的翅膀伴奏，为我兴奋的心情助兴。我置身于钢琴名家之中，那是贝多芬的琴台，我听他演奏《月光》，倾听着他内心的柔情和热情流淌；那是柴可夫斯基的琴台，我听他演奏《第一钢琴协奏曲》，倾听他对生活的热爱和对光明与欢乐的渴望；那是肖邦的琴台，我听他演奏圆舞曲，倾听他的浪漫情怀；那是莫扎特的琴台，我听他演奏钢琴协奏曲，倾听他曲调的温存飘逸，妩媚动人……钢琴音仿佛飘带，在小屿上飘来飘去；仿佛鲜花，这里一簇那里一簇；仿佛香气，一阵一阵飘来。钢琴音洗磨着小屿上大大小小的石头，从草尖冒着琴音，花蕊上吐着琴音。琴音引来海浪，一起演奏美妙之音，引来百鸟共同歌唱生活。那收藏馆里的一架架钢琴曾经弹奏过一曲曲美妙的曲子，鼓浪屿是一架上好的钢琴，时时刻刻在弹奏美妙的钢琴曲。钢琴声声，我放低歌喉，我为琴声伴奏，我歌唱美丽的海岛风光。

我衔着一根轻灵的灰翎，一丝丝温暖陪我来到鼓浪屿。

我轻轻飞入林间，听一会儿真正的天籁之音。

我和其他鸟儿一起歌唱。我喜欢大榕树那片圆圆的浓荫，喜欢假槟榔树挺拔的身姿，喜欢石岩上的声声鸟鸣。一只小鸟叽叽喳喳，你以为它在随意叽喳，其实它在和着美妙的琴音，有板有眼地吟唱。一只只白鹭栖息在树巅，它们简单的叫声，你以为是在呼唤同伴，其实那是一个个音符，一声声曲调，你一声我一声，演奏一首共鸣曲。那天鹅曼妙的舞姿，不就是一首摇曳多姿的圆舞曲吗？那孔雀展开的美丽翅膀，是一幅华丽画屏，不也是一支华丽的钢琴曲吗？鸳鸯戏水，鸵鸟漫步，鹦鹉学舌，它们在生活，不也是在舞蹈，在和着钢琴的节拍在歌唱吗？清晨，一只只白鹭展开翅膀，收起双腿，凌空飞翔，飞到海边的沙滩，悠闲地漫步，悠闲地觅食水中的小鱼；黄昏，它们肚子里装满食物，结伴飞回树巅，不也是一首美妙的曲子吗？这里是舞的世界，是歌的世界，是鸟的乐园。难道你不想变成一只快乐的鸟儿，在此享受无拘无束的快乐生活，在此愉快地歌唱吗？

我衔着一颗小小的红果，一丝丝甘甜陪我来到鼓浪屿。

我轻轻飞入教堂，听一会儿信徒的吟诵。

我为佛音伴唱。那来自欧美各地的教会涌入鼓浪屿，哪一座教堂不是欧式的经典建筑？一座教堂，一部杰作，一首歌。那一声声经声，带走了一颗颗虔诚的心，迎来了一天天的安宁。佛音袅袅，缭绕着小屿，鼓浪屿弥漫着福音。

我驾着海风，在鼓浪屿盘桓。我盘桓着，盘旋着，盘旋到鼓浪屿的上空。我看见红瓦装点着绿树，绿树装点着红瓦，绿树红瓦装点着鼓浪屿，鼓浪屿装点着大海，大海装点着鼓浪屿。我听见海浪奏着主旋律，风声、鸟声、佛声协奏，演奏着优美欢快的钢琴协奏曲。

我给鼓浪屿留下一声亲切的问候，我衔着鼓浪屿的一颗晶莹沙粒，轻轻地飞去。

啊，鼓浪屿！

壶口瀑布

壶口之水山中来。两山夹峙，黄河之水浩浩汤汤，从山间奔涌而来。东山不高，重岩叠嶂，山色葱茏；西山不低，崖壁陡峭，山草披离。溯流而望，一带黄流似一把利剑，劈开山峰，奔腾而来，又似一支利箭，穿透山石，从山缝中拥挤而来。

黄河之水并非从天上来，而是从地上来。你看不见黄水之水远上白云间，只见黄河之水的源头就在不远处的山口。山口的黄河水看似波平浪静，缓缓地从山间走来。两山就像两条长鞭，驱赶着黄流渐渐收紧，犹如挥动长鞭将一群放荡不羁的野马收拢。河床像巨人的臂膀，力挽狂澜，紧勒浪头，骤然下陷，形成一个巨坑。

临近壶口，黄河之水突然改变了性情，变得兴奋起来。宽阔的河床上，河水泛起无数波浪，似欢笑，似蹦跳，仿佛怀着激动的心情奔赴难得一遇的盛会；似焦躁，似咆哮，仿佛有人惹怒了它，要在人面前发泄内心的震怒。无数翻滚的波浪争先恐后，横冲直撞，奔涌向前，如千军陷阵，似万马奔腾，以排山倒海之势向壶口扑来。一流黄水，似狂风中的黄色锦旗飘舞，如一群猛兽狂奔，仿佛要把壶口撕得粉碎，然后吞进肚里。

壶口张开，一股黄流呼啸着奔腾而下，千波黄浪拥挤着，奔腾着，撕咬着，咆哮着，汹涌澎湃，飞泻而下。你看见浊浪滔天，狼奔豕突，虎啸龙吟，鱼鳖腾跃；你看见银瓶乍破，水雾腾天，声震天地，似天兵骤降，刀剑齐鸣；你看见山崩地陷，天翻地覆，乾坤倒置；你看见孙大圣手拿金箍棒飞来转去，将世界搅成混沌一团。水声如雷，轰鸣山谷，似天庭雷公震怒，在此发泄雷霆之怒。水雾腾天，莹珠飞溅，洒向天空，似龙王慷慨大方，将银珠玉珠抛向天空，酬谢天地间的金女玉媛。仰头看，你看见天女临空，手持玉瓶绿叶，将滴滴琼浆洒向人间；俯首观，你看见点点玉露从空中徐徐而下，撒在河两岸。皓日当空，缘何细雨霏霏？人不见，缘何手持彩练当空舞？不见芳草，缘何山花灿烂？你看见壶口烈焰腾腾，似火燃烧；烟雾弥漫，像一条巨龙冉冉升腾，飞向天空，飞向天外。

一湾黄流骤然收束，向壶口扑去，巨石激起一卷浪头，飞向空中。你看见壶口飞出一片黄云，黄云翻滚，惊雷阵阵。你看见一朵黄花猛然绽开，花色灿烂，花香四溢。你看见万马奔腾，奋不顾身，冲向敌阵，鬃毛飘飞如猎猎红旗招展；万马奋蹄，昂首挺胸，仰天长啸，啸声干云霄；万幅鬃毛披散，似长空闪电，万只铁蹄高举，似擂响千面战鼓。你看见猛虎飞腾，四蹄凌空，咆哮着，张开血盆大口，向山间的猎物猛然扑去。你看见千条长龙腾云驾雾，晃龙首，摆龙须，睁圆目，引颈长鸣。无论奔马、猛虎还是群龙，都抵挡不住身后不断涌来的洪流，一起俯身猛冲下去，潜入龙潭虎穴。

壶口将双臂收紧，如铁箍将洪流收束，看似显示它无与伦比的臂力，其实在成就黄河之水的壮丽。数股黄流紧紧拧在一起，合力向壶底冲去，鼙声如雷滚滚。你看不见壶底多深，看不见壶边的石壁是什么形状，只看见黄流滚滚，黄烟腾腾。黄烟阵里，你看见万马奔腾，千军刀剑格杀，呐喊声惊天动地。你道是秦兵东来，席卷六国扫残云；你道是刘项合兵叩秦关，喊声震天地；你道是无定河边鏖战急，战鼓咚咚血成河；你道是北疆沙滩厮杀紧，战马萧萧狼烟起。怒涛倾泻，把壶水煮沸，水波翻滚，水汽蒸腾，壶底似有干柴万担，烈火万堆。怒涛与雾气搅在一起，分不清哪是水哪是雾，水和雾把天地搅作一团，将乾坤合在一起。你不怀疑壶口之水在给你演绎亿万年前混沌初开时的动人景象，你深信水与石的碰撞展现出天地间最壮美的景观。

也许，你在看峡谷擂响千面陕北腰鼓，鼓声咚咚，激起你满腔激情，激情似浪花飞扬；也许，你在听晋地戏曲，声调高亢，心随唱腔起伏；也许，你在观赏黄河两岸的儿女在同台进行黄河大合唱，歌声嘹亮，响彻山谷；也许，你在听诗人朗声吟诵黄河之歌，你心潮澎湃，恨不得将黄河之水收入怀中；也许，你在听黄河自言自语，诉说它的艰辛，在听黄河歌唱，抒发它的豪情，在听黄河咆哮，发泄它的愤懑。

河水奋勇冲向壶底，仿佛巨雷要将地壳击穿。水流冲击壶底，壶底波浪翻滚，有万条蛟龙搏斗，卷起千重浪；有狂风吹皱一段黄锦，锦面狂舞；有烈火煮沸一锅小米粥，香气扑鼻；有万朵黄花齐放，灿烂辉煌。朵朵黄花在石槽里顺水漂流，摇曳着，旋转着，拥挤着。水流击打壶边的石崖，石崖用利齿撕咬着水流，如蛟龙搏斗，扬起千重浪，似鱼鳖腾挪，溅起万朵花。威猛的洪流终归敌不过坚硬的岩石，在与石壁搏斗一番后匆匆向前奔去。长长的石槽将洪流挤压在里面，任洪流拍打着石壁，冲撞着，撕咬着，翻着浪花，卷着波澜，呼啸而去。

一股小流并没有冲入壶口，它与大股洪流分流后沿着西岸的石床分流而下，似乎不愿意到壶口凑热闹。那股小流像逃散的骏马，独辟蹊径，分成几股，顺着石床冲下石槽，在岩壁上画出几道优美的弧。岩壁上的小瀑布似在为壶口中的大瀑布伴奏，遥相呼应，一同汇入石槽，跳跃着，欢唱着，奔向前方。

如果把蜿蜒曲折的黄河看作大地上一条飘逸的丝带，那么壶口瀑布则是丝带上美丽的花结；如果说黄河是一支久唱不衰的歌，那么壶口瀑布则是一段最嘹亮的音符。“九曲黄河万里沙，浪淘风簸自天涯。”黄河历经曲折险阻，奔腾不息，在壶口绽放出最壮丽最耀眼的光彩。

游九曲溪

竹竿，细细竹竿划着水儿，手中摇。

竹排，长长竹排载着人儿，水中漂。

溪水，清清溪水载着竹排，山中流。

青山，重重青山围着溪水，地上转。

九曲溪水，九曲八折，缠绕着武夷山的红岩绿山流淌。如果说那长长的竹排是一位爱慕九曲溪的少女修长的手指，那细细的竹竿是琴拨，那清清的流水是一根长长的琴弦，那绿绿青山是质地优良的琴身，那么这位少女伸出纤纤玉指，一起一落，一张一弛，日夜弹奏的是她心爱的小夜曲。

溪头，粼粼清水轻轻拍打着竹排，轻声邀请竹排步入水中，一起演奏心爱的曲子。一排竹排整整齐齐排在岸边，那是慕名而来的一个个少女，伸出了她们的一双双巧手，准备奏响他们心中最美的歌。那高高翘起的竹头，分明是少女凌空翘起的玉指，正要拨响那根心爱的琴弦。每个少女准备弹奏一首喜爱的曲子，每个少女要倾诉自己的心曲。面对一根银丝般的琴弦，多少支曲子将在这根琴弦奏响，多少绺心曲将在这根琴弦倾诉？谁先落下玉指，谁先弹奏吧。

竹排在溪水漂流，一支动人的歌在水中律动，犹如鱼儿在水中划动双鳍低低吟唱。那根细细的竹竿在水中点拨，奏出几个节奏分明的音符，传出几声清脆的音调。水啊，为什么这么清？清得冰一样透彻，明得月一样白皙，轻得鸿毛一样轻盈。为什么溪底的沙石那么清晰？那是因为少女的心地明澈。为什么溪中的游鱼那么活泼？那是因为甘甜溪水的滋润。为什么水面少女的笑脸那么灿烂？那是因为她心中绽开一朵快乐的花。溪水把自己的清纯展现给大地，大地还溪水一段清亮，清亮的溪水要给世人一段清亮的回忆。一流溪水，一流清澈，一流嘹亮。竹竿扑哧一声入水，给清水带去一丝清凉；竹竿嗖地一声出水，给筏子上的游人带来一朵洁白的鲜花，鲜花小如一朵可人的白梅；竹竿咚地一声直插水底，在水中折成两截，拔出水面时却又完好如初。悠悠溪水，长长竹排，斜斜竹竿。溪水领着竹排在前面开路，竹排乘着溪水在后面游弋，竹竿追着人的影子，赶着竹排快行。撑船人欸乃一声，水面蹦出一串串音符；竹筏蹿出一步，划出一节清粼粼的序曲。

竹竿在水中轻点，点出一朵朵小花；竹竿在石壁上轻点，点出一个个浅窝。

平展展的竹排上排着几排小小竹椅，小小竹椅上坐着几排人，几排人乘着粼粼溪水，迎来一段段新水，穿过一丛丛绿树，送走一片片石岩，你不心旷神怡？那岸边的小树林看着清冽的溪水，内心一片清静。小树林，你多聪明！你何须往深山老林寻找伙伴，何须到高山之巅顶风冒雪，在幽深的水巷扎根，甘甜的溪水可以时时滋润你的心肺，溪水白净透亮的面庞会让你心旷神怡。守着一溪清水，胜却神仙过的日子。那赭岩上的几棵或几丛小树，攀着岩壁，历险而居，不就是为了让溪水多看他几眼，不就想投入溪水的怀抱吗？溪水从来不辜负有心人，时时睁着崭亮的大眼，瞅着点点绿色爱意，心情一片晴朗。山顶的碧树，何须离得那么远，现出一副敬而远之的姿态，凑近点吧，澄清的溪水里有你无限的爱，容得下你山高海深的情。溪水喜欢绿草碧树，就像绿草碧树喜欢清风一样，会轻轻抚摸它们根的脚，会流进它们细枝的血脉，会爬上它们绿叶的脸蛋，这何尝不是一种爱？博爱展现着溪水博大的胸怀。

清清溪水流过石崖，心喜时在崖下欢笑，心忧时在崖下徘徊，心静时在崖下小憩。靠着石崖小憩，那是一份难得的享受，可以疏松全身筋骨，舒舒坦坦歇一会儿。流过水中的巨石时，溪水紧紧抱着巨石，在它的周身摩挲，犹如抱着怀里的小儿，尽情地爱抚。流过水中的浅滩时，溪水又会放慢脚步，打一声招呼，给它一个甜蜜的吻，然后轻轻划过它的身旁。

不知哪位画家突发奇想，以岩石做纸，临水作画。溪水喜欢仰着头欣赏石崖上的壁画，日复一日，乐此不疲。一块巨大石壁，上面涂抹着赭褐色，不知哪位浪漫派画家在此作画，竟然将赭褐色颜液挥手一泼，泼在石壁上，然后用手胡乱涂抹，竟成了一幅意境朦胧的壁画。这是一幅极尽情感的画作，手笔之大，气势之宏，情感之烈，跃然壁上。又一块巨大石壁，上面居然没有使用一点颜色，只是以刀作笔，刻下一道道排列整齐的纵纹，纵纹清晰深刻。显然，这是一位版画家的手笔。画家将自己对生活的深刻体验，用简单的线条刻录下来，成为一幅刻骨铭心的画。画面构思之奇特，令溪水叹服。对着这副巨画，溪水常常为自己的浅薄而叹息，常常临画仰止。当然，有的壁画让溪水观后轻松多了，你看石壁上点缀着一个个小窝，像鸟巢，又像水里的漩涡，或如盆，或如碗，或如卵；或三五成群，或自个儿独现，多有趣！用最简单的圆圈作画，仿佛现今家居里的装饰画，简单极了，却赏心悦目。溪水圆圆的漩涡对着石壁上圆圆的浅窝，仿佛地上的亮眼对着天上的明月，彼此心胸一目了然。这些手法各异的壁画，难道不是画家爱慕溪水的明澈，有意在此作画，以博取溪水的欢心吗？你猜这些画家是谁？正是世界上最无情的雨水。

竹竿在水中轻点，点出一朵朵小花；竹竿在石壁上轻点，点出一个个浅窝。这不也是画吗？

竹排在水面轻轻地荡，荡出一粼粼涟漪。你想伸手抓住被竹竿惊动而倏然一逝的小鱼，鱼儿看似近在手边，当你把手伸向水里，鱼儿悠哉游哉，其实鱼儿在水深处。看见水底的细石，你很想抓几粒放在手里把玩，当你把手伸向水浅处，细石却在水深处悠然自得。你只好撩起一捧清水把玩，想看看水有多清多凉，手心里居然跃出一轮红日，红日在手心晃晃悠悠。你伸手摸一把水草，水草点头；伸手摸一把石壁，石壁不动声色；伸手摸一摸头上低垂的枝条，枝条垂首，竹排一闪而过，手在空中划出一个漂亮的弧。

溪水在一弯石滩前放缓脚步，浅浅石滩搁在水边，一个个浑圆的卵石你挨着我，我挨着你，拥拥挤挤，摆成一片石阵。难道是前朝古代的某位兵家在此演练阵法？不。那是途经此地的天鹅将一枚枚卵安放在水边，让他们在此孵化生息。溪水从来不去惊扰它们，生怕扰动卵壳里稚嫩的生命，她会让它们睡足觉，脱壳而出就是一个个胖乎乎的惹人喜爱的小东西。

溪水流过一片竹林，竹枝摇曳，似在向溪水频频点头致意。婆娑竹枝倒影在水里，几支斜枝，几片小叶，如随意涂抹在纸上的几笔国画。溪水想珍藏这幅美丽的小画，将它时刻带在身边，而翠竹说青山处处有情郎，何必在乎我的几丝笑意。溪水抽身而走，却把翠竹的话藏在心里，闲暇时掏出来仔细掂量它的心思。

有时溪水会觉得自己的着装过于浅淡，于是停下脚步，在一块巨壁下换一身新装。你看，深深的潭水，绿绿的新衣，让看惯清水的人们眼睛猛然一亮：好一身靓丽的打扮！潭水脉脉含情，不知她的眼波里蓄着多少柔情蜜意，不知多少游人在她面前倾倒。

无情未必真靓女。溪水从来不拒绝真情实意。你看，山上的裸石上留下一帘帘白纱一样的清水，不管它是飞瀑，不管它是小流，溪水都会收入她的心怀。她让飞瀑洗涤自己的心怀，让心怀更加清纯。她让小流沐浴自己的身子，让身子更加洁白。对日夜伫立在溪水身边的那块笔杆一样的巨石，溪水从不吝啬自己的情感，她饱含深情，浅妆淡抹，日夜注视着它笔直的身姿。对于那些文人墨客留下的石刻，她只当是过客留下的一个浅笑，一个媚眼，一个响指，只是付之一笑，从不愿意跟它们周旋。浪子之心何足轻信！

竹竿在水中轻点，点出一朵朵小花；竹竿在石壁上轻点，点出一个个浅窝。

竹竿轻吟，竹排低唱，一串串轻快的音符，汇成一段欢快的乐章。涉浅滩，渡深水，峰回水转，溪水在一条深巷里欢歌。那些赶热闹的游人，坐在稳稳的竹排上，悠悠然，欣欣然，飘飘欲仙。有时你会看到一个接着一个的竹排，排成一排，前边传出欢声，后边传出笑语，在水巷里热闹着，犹如集市一般。

九曲溪，人说你是地上的一道清水，我说你是天上的一位仙子。人间哪得清如许，分明只有天上有。你绕过一道道山，转过一道道弯，斗折蛇行，迤逦流向天际，汇入银河。我会手执竹竿，驾着一支竹排，随你划入天际，在浩瀚苍穹日夜聆听你吟唱令人心醉的曲子。

西江千户苗寨掠影

早就听说西江千户苗寨。

一轮秋日，一座苗寨门楼。秋日撒着新辉，门楼散着古韵。高高的木质门楼上，“西江千户苗寨”的大字赫然入目。

门楼一侧的沟里，流水潺潺。

门楼对面的山脚，缀着几个吊脚楼。

千户苗寨隐藏在哪里？门楼的后面，山的那边。

石板街

山那边的山脚下，有一条石板街。

我喜欢逛古韵悠悠的石板街。如果石板街的石板一块挤着一块，连缀成一条长长的曲折的街道，街道是窄窄的，更有韵味。那一块块的石板，被脚步磨得光溜溜的，不只可以触摸到一个个古人的脚印，也可以看见古人一张张刻着名字的脸，还可以听到古人撒落的咯咯笑声。

而这里的古街，街面是新的石板，中间间以石子拼成的简单图案，一看就知道是新砌的。朗朗秋日，青青石板。石板净得一尘不染。街道不窄，两边的店铺也不旧。脚步敲打着石板，声音似有若无。新石板也罢，透过它的坚硬，依然可以了解它的往昔。曾经发生在这里的件件尘封的事情，曾经滴落在这里的点点雨滴，曾经蹒跚在这里的牛马脚步，曾经留存在这里的头戴红花的苗家女的影子，曾经渗透在这里的米酒香气，都被默默压在新铺的石板下面。

石板的上面，演绎着当今苗家人精彩的生活故事。

山寨

山寨是一色的吊脚楼。

驻足街头，仰望山坡，层层叠叠的吊脚楼叠成陡峭的山坡。粗看，青瓦叠着青瓦，屋顶叠着屋顶，层层叠叠，鱼鳞般绵延而上，一直与蓝天相接。细看，露出的片片屋壁现出暗暗的棕色，不知是陈旧，还是色浓；那瓦片，已不是嫩嫩的青色，已被时间染成暗暗的青色。望着一片青色的山坡，一片青色的吊脚楼，惊叹这雄壮的青色。这片青色，似悬浮在蓝天的一片墨云，不知悬浮了多久，还要悬浮多久。也许，只有蓝天才知道。

钻入一条小巷，探访山寨的内里。进入小巷几步便是山坡，山坡上被吊脚楼紧紧夹着的小路，窄窄的，曲曲折折，向山上蜿蜒爬去。坡上的个个吊脚楼，一边扎根山体，一边悬在半壁，像一个个鸟巢悬挂在陡立的岩壁上。雄哉！壮哉！让人惊奇，苗族先民怎么会想出如此绝技，怎么会钟情于如此陡立的山坡？

站在山寨对面的半山腰俯瞰山寨，山寨顿失先前的雄壮，一下子蜷缩起来，龟缩在那山的山脚。原来，山寨的上面并不是蓝天，而是半截伸向蓝天的大山。那山有多高？如果把它裁为三截，一截是山寨，一截是山，一截是蓝天。山寨分布在两面山坡上，像一只展翅飞翔的雄鹰抛下的影子，永远定格在山脚。

纵目四周，都是高不可测的苍山。此山彼山，山山相连；这山那山，那山还比这山高。山上少土、少树、少地。大山像铁壁，严严实实包裹着山寨。山寨像大山襁褓中一个熟睡的婴儿，睡得那么安稳沉静，一睡千百年。年年岁岁，微微的晚风为她唱着催眠曲，啁啾的鸟鸣引她进入甜蜜的梦乡，一片片翠绿的山叶为她编织梦中长达千年的故事。来这里的游人，谁不想听听这故事呢！

山寨的后边，是层层梯田，一直延伸到半山腰，稻子正泛着淡淡的黄色。

夜晚，我仍旧站在山寨对面的山腰，看到是另一番景致。天幕笼盖着群山，群山笼盖着山寨，山寨笼盖着吊脚楼。灯火点缀着山寨，如天空闪烁的星星。灯火是山寨的眼睛，仰望着黑色的天幕，仰望着黑色的大山。其实，灯火也是大山的眼睛，夜的眼睛。黑夜让山寨沉睡，灯光却让山寨醒着。数着山寨的点点灯光，仿佛穿行在山寨的小巷，迷宫一般。山寨斑斑驳驳，如天幕深处的琼楼仙阁。白天就很安静的山寨，夜晚更是安静，你听不到他一声微微的喘息。是熟睡，他睁着眼睛；是清醒，他卷曲着身子。那吊脚楼里的苗人，在看电视？在夜话？在轻歌？那点点灯光是他们的守夜人。

山寨回响着宁静的旋律。

歌舞

宁静的山寨随时可以看见寥落的游人，很少看见游荡的寨民，只有在街边的小亭里，可以看见几位髭须冉冉的老者，青衣鹤发，手里捏着一条条陈旧的长方形纸牌，静静地打牌。即使千户人家的山寨，也很少听见人声。偶尔听到几声鸡鸣，倒越显得山寨宁静了。

山下有条河，河上有座桥，桥上有几个人。河水平平的，是将水蓄起来的缘故。河上的桥高高的，是座苗式桥楼。桥上的几个苗家女人，每人头戴一朵大红花，默默地坐着刺绣、纳鞋垫。一个小女孩一耸一耸地从桥楼的柱子爬到桥楼上面的横木，膝盖上铺着作业本，手里捏着铅笔，悠然地做着作业。桥下有几个顽童在戏水，有两个跑上桥楼，纵身飞下三四米高的桥楼，扎入水中，水面激起两朵生动的水花。秋气从容穿过桥楼，桥楼里凉凉的。

夕阳西斜，披着霞光的寨民歌舞，打破了山寨的宁静。寨民载歌载舞，为游客做一天一次的表演。据说，这里的苗人是传说中蚩尤的后裔，他们崇拜蝴蝶，他们有自己的图腾。歌舞表演的广场上竖着一根长木杆，上面悬挂着一颗硕大的牛头，一面木条做成的木鼓。歌舞表演正是在这样的命意下旋转飘舞。苗家歌舞，本是祭祀时才表演的，现在公开表演了。苗家人的舞蹈，简单、拙朴，也不乏欢快，大概是苗家人劳动动作的艺术化。苗家人的歌，旋律舒缓，声调悠长哀婉。特别是几位长者的合唱，深邃绵长，意味隽永，将你带到遥远的古代和苍茫的宇宙。

短暂的热闹后，山寨依然宁静。

吊脚楼

初秋之夜，苗寨外面还有点热意，但吊脚楼里却凉凉爽爽。我住的吊脚楼是三层，是一色的杉木楼。底层主人住，二层和三层是客房。每层客房都分东西房，中间是过道。二层的中间是客厅，我住在客厅旁的房间里。吊脚楼是新的，墙上和地板上的杉木板崭新崭新的，透着米黄色。楼房里，弥漫着幽幽的杉木香气，十分宜人。住惯了冰冷的水泥楼房，突然来到吊脚楼，我被楼里的温馨融化了，心里不禁萌发出一个念头：自己有一座木楼多好。

吊脚楼的主人是位中年男子，他悠闲地坐在客厅里看电视。他说这座楼是专门为接待客人修建的。他住了几十年的木楼，也羡慕城里的洋楼，但是不愿意破坏寨子里的习惯，因为吊脚楼可以吸引客人，可以给寨子里和自己增加收入。再说，千户古寨也是苗人的骄傲。

其实，吊脚楼的结构非常简单。几根竖木、几根横梁结构在一起，构成一个大的框架，然后在四周搭上木板，楼顶上再摆上青瓦，就是一座吊脚楼。整座楼不用一滴泥，不用一颗钉。吊脚楼既简单轻巧，又结实耐久。据说，寨子里有二百年历史的吊脚楼。最简单的东西，有时是最好的东西。吊脚楼凝聚了苗人的智慧。智慧源自哪里？不就是这里的大山，这里的溪水，这里的贫瘠吗？贫则生慧。我感慨都市里钢筋水泥建筑物的脆弱。

毕竟是山里，客厅里渐渐变凉了。客厅没有窗户，三面是木板墙，一面是敞开的，有栏杆，可以坐靠，仿佛一面巨大的窗户，可以直接呼吸山里的清新空气。楼下的小水渠，传出潺潺的流水声。流水源自山上高处的泉水。白天看到的寨子后面山坡上一直延伸到半山的梯田，原来有高处的泉水灌溉。楼下的流水声是仅有的天籁，再听不到任何声音，哪怕是蟋蟀声、风声。大山里的世界，是万籁俱寂的世界。倾听着寂静，寂静让人忘却自己，忘却世界。寂静净化着人的心灵。

苗族的先人，为什么会选择这里的大山居住？我猜不透。

劝酒歌

在苗家人的饭店里吃辞别饭很有趣。几十人吃饭，没有圆桌，没有椅子，只有一个个矮矮的木凳和木凳围着的一条十米长的木板，木板上摆满了各式苗家菜。送别的饭菜不特别，和平时差不多。餐席的尾声是高潮。客人快吃完的时候，餐席上出现了两个苗家女和一个小伙子。苗家女头上各戴一朵硕大的红花，一个手里拿着酒壶，一个手里端着酒杯，逐个向客人敬酒。酒是苗家人自酿的米酒，酒味醇香。苗家女一边唱着劝酒歌，一边把酒杯递在客人手里。殷殷盛情，哪怕是滴酒不沾的人，也会接过酒杯，一饮而尽。餐厅里，弥漫着菜香、酒香，缭绕着苗家女绵绵的歌声。一旁站着的苗家小伙子，用一根竹竿挑着两串红色丝线吊着的粉色东西，等每位客人饮完酒，小伙子将粉色东西送给客人。会是什么礼物？细看，不是别的，而是用丝线套着的一颗粉色鸡蛋。多富有情趣的礼物！那不是一颗粉色鸡蛋，而是一个粉色的梦。

我带着粉色的梦，挥手寨门。

乌镇雨

早年只知道欧洲有个水城威尼斯，不知道中国有个水城乌镇。

刚踏上乌镇，乌镇的天空就乌着脸，似乎不太乐意游人打扰他。也是，乌镇是六千岁的老人，拖着疲惫的身子，每天接待不计其数的游人，如何让他颐养天年。街上杂沓的脚步声像雨点一样敲打着乌镇，乌镇一点不安宁。

刚走了几步，就让上船，船泊在一个很大的池塘边，乌镇人称之为“元宝湖”。乌镇的水道由此发端，曲曲折折，不知有多少。天阴沉沉的，乌镇屋顶的青瓦越加凝重，湖面静静的，没有一丝波澜，泛着淡绿色，仿佛一块温润的碧玉。船夫一声吆喝，船开了，桨划动水面，在水面刻出一道道绿色波纹。船儿摇，波儿移，人儿乐。水波推着船轻轻摇过湖面。

据说乌镇的河道特别多，星罗棋布。河水静静的，似乎不在流动。其实，河水是乌镇静静流淌的血脉。如果没有河水，乌镇不会鲜活，乌镇不会如诗如画。河水像一条条素练，在乌镇的白墙青瓦间缓缓飘动；又像一支画笔，为乌镇描出淡雅而明丽的亮色。

河面与两岸组成一幅独具风情的画：深深的水巷，一只乌篷船慢悠悠地漂着，一声声桨声撩动船上游人的一朵朵心花；吱呀吱呀的桨声飞入水岸人家，姑娘探出半个身子，瞭一眼水中人儿的笑脸，窃笑一声；廊下喝茶的老者举杯品茗，让缕缕茶香随着木桨声顺水漂向远处；船儿掠过，摇碎水里的青杨绿柳，摇碎岸边的绿草红花，摇碎水上的拱桥石栏，摇碎水边人家的白墙青瓦；船儿过后，碎裂的红日重新凝聚，棹歌挽住流云，桨声送走清风；谁家的顽童在水边戏耍，谁家的媳妇在水边的石阶上浣纱，谁家的姑娘在水畔照影，谁家的壮汉在水上高歌；清晨的呼噜声敲打着早早晃动的船帮，桨声唤醒浓睡人，耄耋夫妻的吴侬软语在子夜残酒的余香里再次呢喃；临水小屋的轩窗，晌午飞出琅琅书声，下午则露出一个婴儿稚嫩的脸蛋；难煞那最厉害的画家，画不出深夜年轻夫妻鱼水之欢后的甜蜜，恐怕再善言语的人也说不出丝丝水凉给屋里人带来的惬意。哦，水伴人家，人家伴水。水乐还是人乐，只有河道里的水和屋里的人才知道。

乌镇河多桥更多。乌镇的桥大多为石桥，类型多样，造型美观，风格各异。有简便的石平桥，古朴的石拱桥，精巧的砖石桥等，其中以石拱桥居多。据说石拱桥源于东汉时期，因为拱桥的外形是曲的，因此在古代也被称为曲桥。曲拱的形状有半圆、圆弧、蛋形、马蹄形等，乌镇石拱桥的拱形，多以半圆、圆弧为主。你看那平而短小的福安桥，像一把尺子，平平整整搭建在两条入水石阶上，将咫尺两岸缀连在一起，古朴简洁，简直可以放在手里把玩。三孔万兴平桥直接连接两岸的窄巷，仿佛一条颤悠悠的扁担挑着两岸的小楼。南塘平桥倚柱凌空，若有壮汉站在桥中央振臂一呼，会呼来九州风云。半圆单拱通济桥如一只玉环入水，一半隐入水中，一半漏出水面，其南侧有桥联曰“寒树烟中尽乌戍六朝之地，夕阳帆处是吴兴几点远山”；其北侧的桥联是“通霅门开数万家西环浙水，题桥人至三千里北望燕京”，桥联隐含着耐人回味的故事。三孔圆拱石桥定升桥，如一把木梳拱起，两小洞拱卫中间一大洞，姿态优美。单孔雨读桥，桥上建有亭阁，亭的北侧有墙与桥面相连，墙上开有木板推窗，南侧置有美人靠，可供游人在此休憩，也可凭栏观赏水上风景。蚕圣桥上建有一幢木结构的歇山顶阁楼，楼里藏着一个感人的故事。如意桥整座桥呈一个C型，桥东西两头各建有一亭，极像一柄流畅的如意；如意桥是座木质廊桥，桥形曲折，可遮阳，可避雨，镇上人常在此闲坐聊天。单是西栅就有七十二座古桥，有的孤桥独立，有的枝柯掩映；有的跨阔水，有的跃小流：不一而足。

乌镇桥多人家更多。若问乌镇有多少水上人家，恐怕少说也有千户。偌大一个乌镇，所有的房子几乎都依水而筑，所有的人家都面水而居。一条条河水看似零散，实则有规则。水道引来了乌镇，让乌镇灵动，也让乌镇宁静。顺着河面望去，两排木屋夹岸，将河面围得紧箍一般。木屋不仅牢牢占据着河岸，甚至将脚伸进河里，将自己的影子抛在河面。临水人家的屋子毫不掩饰，总喜欢开着轩窗，将屋里的秘密传到外面，将河水的绿色收进屋里。红墙面，小轩窗，你挨着我，我挨着你，相互拥挤着排在河岸，不知是凑热闹还是抢地盘。有的房屋素墙青瓦，蹲踞河岸，日夜恋着绿绿的水面，一往情深。有的河岸，这岸红墙对着那岸绿树，一碧河水将他们紧紧连在一起。较宽的河岸，石板上寥寥行人踏出寥寥脚步声；或有长廊供人休憩，或有绿草临水点头。较窄的河岸更为有趣，临水人家干脆把自家的石阶延伸到河水里，方便用水和出行。小轩窗里的女人以水为镜，日复一日，年复一年，照着自家的面容，越照越娇嫩。男人杯里的龙井清香与三星酒的醇香荡漾在河面，传到隔岸人家。不甘寂寞的乌篷船，总在河里游来游去，搅动屋里人的春梦，载走楼上人的欢笑。有的乌篷船也会偷懒，会靠着入水石阶小憩，等待主人外出。现在，你很少看到河边的浣纱女和淘米人，却依稀可以听到往昔留下来的捣衣声。

很难说乌镇有什么街，要说街那只是一条条河。以水面为街面，自然够新奇。若要说乌镇的小巷，则为数不少。窄窄的巷子用长长的石板条铺成，石板下压着水道。青石板，红木屋，幽幽的，从巷子的这头伸向巷子的那头。

天上落下星星点点的雨滴，谁都不放在心上。小雨点变成大雨滴，游人惊慌起来，或撑开伞遮雨，或抱着头鼠窜。小桥上，年轻女人撑着一把雨伞，凝视着水面上的雨帘，似乎想撩开雨帘里的秘密；长廊下，中年男人看着雨滴敲打着水面，勾起对妻子的阵阵思念。雨骤然停了，他们只好讪讪离去。

一会儿，雨豆子般滚落下来，噼里啪啦，敲打着屋顶，敲打着石桥，敲打着水面，敲打着游人的脑袋。屋顶天女散花一般落着水花，石桥上滚着玉珠，水面上腾起水柱，游人的身上一片精湿，不断地淌着雨水。那窄窄的小巷里，雨水顺着屋檐无情地淌下来，水流如注，痛痛快快地浇着无处躲藏的游人的头，让游人饱尝落汤鸡的滋味。此时，你若坐在楼上的茶馆里，透过轩窗，撩开雨帘，瞭望眼前的亭台楼阁，或烟雨迷蒙，或被烟雨吞噬，唯有哗哗的雨声不绝于耳。大雨清洗着乌镇，似乎想让人看清楚乌镇的内心，不承想乌镇的内心掩藏得更深。

雨帘遮不住人的心帘，几句古诗钻出帘子：“枯藤老树昏鸦，小桥流水人家，古道西风瘦马。”今人喜欢用“小桥流水人家”赞美乌镇，其实乌镇却像诗人笔下的断肠人，在历史风雨的敲打下，正在漫漫古道上扬鞭策马。

大理云水

十年光阴，云南大理，苍山洱海，犹在眼前。

斩不断的记忆，挥不去的云水，醒时几回回见，梦里几回回现。踏过千山万水，处处山水留存心底，唯有大理云水经常浮现眼前。那千载的云，万载的水，远隔千山万水，如在咫尺。那只见过一眼的云，只趟过一回的水，云入眼底，水入心里。不思不念，云现眼前，风起云涌；不惦不想，水起心底，波澜起伏。潜意识的惦念，唤起那片新鲜的记忆。

大理的天是古国的天，大理的地是古国的地，大理的云水贯古今。

城楼应犹在。跨进大理城门，脚踏着古国的地，头顶着古国的云。低头看一眼地，地有几分生；抬头看一眼天，天有几分生。踏着异地的土，望着异地的天，感觉地是同一块地，天是同一块天。踏一踏边陲的地，声音遥远，音调铿锵，地坚石硬。望一望边陲的天，天蓝蓝，云白白。那几片云，那么远，它们是从远古飘来；那几片云，那么近，伸手就可以摘下来；那几片云，那么亲，握在手里暖融融。

巷陌王府应犹在。生疏而又熟悉的路，遥远而又亲切的街，今日的寻常巷陌，竟是昔日王国的首府。窄窄的路，小小的街，几朵古云飘，几滴新雨落。云漫古城没，雨落新街现。昔日的王府，皇家的园林，宏伟富丽，绫罗绸缎出，香车宝马入，而今变成寻常百姓进出的家园。风物异，情愫同，普天之下莫非王土，故国情思今昔无异。

古寺应犹在。苍山脚下的崇圣寺，千寻塔，巍峨矗立，挡得住高高的山，挡不住远远的天，挡不住悠悠的云，塔前的池水里飘着天上的云。塔身微风过，塔尖片云飞。手抚坚实的塔，千古风云骤来，塔上飘着唐时的风，绕着唐时的云。眼望高高的塔尖，触摸到前朝统治坚硬的触角，天涯海角一古国，王国独立几百年。掠过塔尖的那片白云，何曾没有传递过王朝的诏令；压在苍山顶上的那股凝云，何曾没有留下君王的忧心。塔镇苍山洱海，塔聚古今烟云，塔扼天神地鬼。山在蓝天在，塔在白云来，云在江山在。

犹记得，站在洱海望苍山。远看苍山一眉黛，莽莽苍苍一青山。那一道道纵沟，流淌过昔日的水，凝聚过昔日的云。无情的雨水刻下一道道沟，多情的云朵飘来飘去，抚不平风雨烙下的印痕。那一道道山脊，是山的皱褶，是山的年轮，是山的沧桑。伸出长长的手，抹不掉一道道脊，抚不平一道道沟。千秋万代的沟，何须去怜惜，它的存在是沧桑。万代千年的脊，何须去抚平，它的存在是历练。数一数沟，天地在心中；数一数脊，风云在眼前。即便风来云犹在，即便无风云也来。你看见，山驮着云，云骑着山，山是一头驴，云是一介僧，山是一情郎，云是一怨女。山爱着云，云恋着山。

一朵白云从山腰飘过，那是一片浓浓的情。白云从山的一头向另一头飘去，飘过一道道脊，飘过一道道沟，是特意来拜访久别的朋友，是膜拜千年的沧桑。云向每一道脊问好，向每一道沟顶礼，为自己的久别表示歉意，为见到久别的朋友高兴，为再睹沧桑欣慰。

一条白云从山腰飘过，那是一条流淌在山腰的溪。细细的云流，徐徐从山的一头流向另一头，像一道横穿山腰的涌泉，不断向前涌动。它将翠绿的山拦腰截为两截，山尖在溪流上伫立，像水中小岛挺立。山身在溪水下蹲坐，像在托举着山腰的溪流。小溪滋润着山尖，灌溉着山身，山尖与山身一片葱绿。山腰的溪水，心中的溪水，流遍全身。

一股白云从山腰飘过，那是一条江。白云滚滚滔滔，从山的一边流向另一边，一路流淌，一路翻滚着波浪。山尖伫立江水之上，像停泊在江中的船。江水横流，漫过山腰的草木，奔流不息；江水停在山腰，是玉带缠着山腰。

几片白云从山腰飘过，那是燃烧的火。山的一边飘来几片白云，一朵一朵，或高或低，间隔向山的另一边飘去。白云冒着青烟，一路走，一路燃烧，只见烟雾滚滚，不见火苗燃烧，疑似山火突发，要烧掉整座青山，而烟雾过处，山色更加青绿；疑似狼烟四起，兵刃突来，惊魂四散，而狼烟过去，青山愈加宁静。

一片白云从山腰飘过，那是一袭轻纱。白云弥漫，缥缥缈缈，向山的另一头飘移。云雾薄如蝉翼，轻如细纱，紧贴着山体缓缓展开，像展开一面白纱。白纱遮住山上稠密的细枝嫩叶，将山体轻轻包裹起来。白纱飘移，如女子身上的轻纱随风飘拂，女子妩媚，苍山妩媚。

一汪白云锁着山顶，那是浓浓的愁。浓云似巨石压着山顶，谁都以为是一位怨妇紧锁愁眉，愁绪满怀。她在怨夫，她在怨子，她在怨自己，不甚了然。凝聚不动的密云，化解不开的愁思，让人随之生出几缕幽怨。

一股白云滚过山顶，那是一条山顶的河。河水沿着山顶流淌，河上是蓝天，河下是绿山，疑似清浅的银河突发大水，变成滚滚的河水，沿着山顶一路奔去。远远望着奔腾不息的河水，它会流向哪里，流向大海，流向天际，谁都不知道。

几朵白云飘过山顶，那是几位过客。他们相继掠过山顶，兴许长途跋涉，偶然路过此地。他们不屑在踏实的平地行走，偏偏喜欢在山顶历险。头顶蓝天，脚踏尖山，也许是他们最大的乐趣。居高声自远，也许是他们的胸怀。一览众山小，也许是他们追求的境界。他们历经苍山，想在山顶留下自己的脚印。他们云游四海，不在乎天地的阔大。

山景如斯，谁不仰慕？

犹记得，脚下的洱海，碧波荡漾，东边漫过山脚，西边紧靠民居，是个耳朵大小的海。据说洱海形如人耳，故名洱海。苍山脚下，一面巨大的斜坡，向东倾斜，洱海侧卧在斜坡的底部，像卷曲在母腹中的胎儿。远望静若处子，身临海上，绿波荡漾。头上蓝天，脚下绿水，身处其间，快慰无穷。游艇航行水面，真有大海航行的快乐。虽是山中的海，但是波澜不息，犹如大海波涛不断。没有见过大海的人来此一游，也算过把海瘾。谁曾想到，大理经历过地陷，居然陷出一汪“海水”，就此成就了大理的美景。

洱海的水清粼粼，据说水里生长着肥美的鱼儿，烹出的鱼味道特别鲜美。白色游艇航行水上，如海鸟在海面低飞，似鱼儿在海上畅游。水里有座小岛，海水起起落落，不停地拍打着小岛，小岛在拍打中沉沉浮浮。东海的瀛洲在水中显现，海市蜃楼般奇妙；南海的波涛在水里翻滚，海角天涯般奇幻。游艇拨开绿水，眼前一片清明。

洱海犹如大海一般，海纳河水，兼蓄天雨，因而水面饱满，长久清澈。蓝天辉映，海水更清。白云掠过蓝天，在水里投下影子，如在蓝天飘逸一般。据说，每到月圆之时，洱海里的月亮特别大，仿佛月亮羡慕洱海，沉浸在洱海一般。

海景如斯，谁不倾慕？

大理人，足不出户，窗含苍山万年云，门涌洱海千重浪，饱览山水美景，谁不羡慕大理人。

千里之外，举头望苍山，山岚奇幻；低头看洱海，海色明丽，道不尽诗情画意。大理，永志不忘的胜景佳地。

西湖游

人人都说西湖好，我更向往西湖。

年轻时读苏轼的诗句：“水光潋滟晴方好，山色空蒙雨亦奇。欲把西湖比西子，淡妆浓抹总相宜。”

多好的诗句啊！晴天，西湖水光潋滟，与蓝天相映；雨天，西湖边上的小山迷迷蒙蒙，景色奇异。西湖美得像人人倾慕的西施，无论淡妆还是浓抹，她总是那么迷人。

在苏子的心中，不止晴天和雨天，恐怕夜西湖也是无比美好的。他像迷恋一位心仪的女子一样迷恋着西湖，西湖陶醉了苏子。

晴朗的夏日漫步苏堤，我自然会想到福荫百代的苏子，想到他惩治湖霸，挖淤泥筑堤，也想到了东坡肉。他不仅主政一方，造福一方，政绩卓著，而且独具慧眼，让苏堤为西湖描出嫣然一景。苏子为西湖增色，西湖为苏子扬名，如此美事，不知千古能有几何。

堤岸悠悠，起起伏伏，似一条舞动的练，由南向北飘去。堤岸上稀稀疏疏的柳树，垂着柔柔丝绦，一边弯腰迎接游客，一边展示自己妖娆的身姿，隔花啼鸟呼唤着行人。日熏之下，多么希望有一道浓荫遮蔽堤岸，为游人带来些许清凉，可惜柳荫太少了，只是给堤岸点缀了几点绿色。摸摸柔弱如水的柳丝，想问今日柳是昔日苏子手中的柳吗？苏子手中的柳比今日的柳更柔、更翠、更依人吗？柳丝默默不语。堤岸悠悠，翠柳依依；翠柳恋着堤岸，不知度过了多少个夏日，竟然还是那么痴情。我为依依翠柳的多情所感动，不禁轻轻吻着柳梢，嗅枝条里吐出的绵绵情丝。柳绦啊，你想留住游客的心，你想留住啼鸟的心，这都出自苏子当年的苦心，你应该深深感谢这位插柳人。

西湖的桥，各有景观，各有韵致。我只取雷峰塔下的那座桥，望着春笋般青翠的南屏山上孤独的雷峰塔。鲁迅笔下倒掉的雷峰塔又站起来了，仿佛不忍离去美丽的西子，从早到晚痴痴地望着面前如花似玉的西子。据说雷峰夕照最美，也许夕阳时分是雷峰塔情炽如火的时候。恐怕雷峰塔没有那么残忍，它不会镇压多情的白娘子，它生来只是照看自己情迷的西子。我用粗壮的木头撞过的南屏晚钟，钟声悠扬，飘过水面，在拱桥里回响，在翠柳间缭绕，似乎传达的不是对宗教的虔诚，而是雷峰塔对西子的一声声发自内心的深沉呼唤。

我曾站在南屏山上远眺，脚下的西湖湖水波澜不惊，风光旖旎，风情无限。如果说西湖是一只明亮的眼睛，那么它倚靠着的宝石山则是一道青色的眉黛。一道柳叶眉黛装点着亮眼，让西子风光无限，妩媚动人。山无水不壮，水无山不妖。南屏山以虔诚之心日夜膜拜西子，我为之拱手。

站在湖中的岛上，看着岛中的湖水，一面绿色树叶，一面白色水波，绿白交映，秀色迷人。站在亭前的台上，面对微微荡漾的水面，心为之静，神为之清。据说这里是夜间览月的佳境，平湖秋月最为人欣赏。然而我没有这样的美遇，只能默念“月冷寒泉凝不流，棹歌何处泛归舟。”①“秋舸人登绝浪皱，仙山楼阁镜中尘。”②只能闭着眼睛，想象三五之夜，天空的那块碧玉坠入湖中，在湖中熠熠生辉。我仿佛看见吴刚和嫦娥羡慕西湖的美景，随着明月来到湖面，品酒起舞。三座瓶形小石塔组成的三潭，据说形成“三潭印月”的美景。可以想象，皓月当空，在水中投下白玉般的倩影，三座小石塔拱着漂浮在水里的月儿，似众星捧月，似妙指拈玉，妙趣横生。也许，盘腿而坐，沉碧与静塔会让你萌动渺渺禅心，生发佛在我心的妙境。

“花港观鱼”，自有其乐趣，你看那“花家山下流花港，花著鱼身鱼嘬花。”③草地小憩，拨弄细草嫩叶，嗅一嗅泥土与花草的芬芳。流连绿荫，观赏草木扶疏，另有趣味。

眼下有很多我无法看到的美景，谁带我去看？让西子领路吧。

春晓，我钻入柳荫。不知细叶谁裁出，二月春风似剪刀。桃花在日光里妖妖冶冶，如春睡后精心打扮过的少妇，柔情万种。我走过一座座桥洞，一会儿浏览湖光，一会儿仰望山色，一会儿

① 南宋孙锐《平湖秋月》。

② 明洪瞻祖《平湖秋月》。

③ 清乾隆帝。

谛听鸟鸣，一会儿凝视绿草。我走过了三公里长的苏堤，领略了西湖的无限风光。

冬雪，我远望断桥，断桥似长龙卧波，静待雪霁之后，腾空飞去。早听说“西湖之胜，晴湖不如雨湖，雨湖不如月湖，月湖不如雪湖”。眼望断桥，心里默诵着“断桥荒藓涩，空院落花深。犹忆西窗月，钟声在北林”(唐张祜)，遥想那凄美的爱情故事，遥望眼前凄凄迷迷的残雪冷景，领略到西湖潋滟之外的清冷之美。

朝阳中，我看见金光铺满湖面，将湖光山色染上一层金色。湖水微微波动，闪金耀银；绿树轻轻摇动，颔首微笑；俊鸟啾啾鸣叫，声声入耳。浓睡苏醒后的西湖，欢笑着，跳跃着，迎接灿烂的一天。

夕照里，我看见倒影在湖里的山形树影，宁静地享受着霞光的洗礼，等待洗礼后来日再显生机。雷峰塔在金色的湖面投下浅淡的身影，仿佛在宁静的湖水里沐浴，洗却一天来身上的尘埃。南屏山传来的悠扬钟声，洒遍湖面，飞入宝石山的林间，在枝叶和丛草里销声匿迹。略含倦意的鸟儿唱着晚歌，消失在渐渐暗淡的暮霭里。

我想登临宝石山，因为我只站在苏堤和南屏山看见过它的浓影。我站在山顶鸟瞰，西湖像一面明澈的大镜子，映照着宝石山的倩影，映照着拱桥绿树的身姿，映照着亭台水榭的剪影，映照着天上游云的缩影，映照着牵手漫步白堤的情侣的身影。南屏山像一个虔诚的小和尚，在湖边静静打坐。

我想观赏“曲苑风荷”。我想起了杨万里的诗句：“毕竟西湖六月中，风光不与四时同。接天莲叶无穷碧，映日荷花别样红。”多美的景象啊！我坐着小船徜徉在红荷碧莲间，目睹清碧，鼻嗅清香，手掠清水，何等惬意。然而，如此好景，而今的西湖几近绝迹，只留几支残荷做纪念。孰知红莲是西子脸上的胭脂，绿荷是西子身上的服饰。除却红莲巧施粉黛，除却绿荷精心装点，西子失色匪少，岂不令人惋惜！

我想让湖水变清。我不知道古代西湖的水色有多好，但是知道西湖由海湾而泻湖，由泻湖而天然湖，由天然湖而人工湖的变迁；知道成为人工湖后的“西湖甘水，殆遍一城”，曾是杭州人饮水的水库。可见过去的西湖水比现在的淡青色湖水清多了。

西湖瘦了。

西子美丽如初，西湖也会美丽如初吧。

万峰林览胜

万峰林，一个陌生的名字，一个美丽的名字。兴许你见过五岳、黄山、峨眉山等天下名山，却没有见过万峰林。万峰林是喀斯特地区的一支奇葩，位于贵州兴义县。古代地理学家徐霞客曾慕名来此，留下了“磅礴数千里，为西南形胜”的赞誉之词。

我和同事一行多人前往万峰林。我们从兴义县城坐汽车出发，行不多时，只见窗外矗立着高山，不禁为之一惊。我惊叹，何来这么高的山！只见高高的山峰一个紧挨一个，莽莽苍苍，横亘在平地的一侧，高接长空。顶天立地的群山，仿佛高原巨蟒舞动，又似碧空长龙腾飞，气势磅礴，摄人心魄。莫非天公把西天的昆仑山移在这里？莫非云贵高原添了一根天柱？恐怕善飞的鹰雁飞到此，也会望而敛翅，绕道他飞。如此苍莽的群山，雄哉！壮哉！

何必到千里之外寻昆仑，踏珠峰，仰望这莽莽苍苍的群山，你可以尽情地抒发胸中的壮志豪情，可以大胆地施展你的登天绝技。孔子登泰山而小天下，你会登此峰而小四海。

其实，这只是进入万峰林胜景的序幕。

再往前走，行了一小段路，我们下了车。眼前是一条狭长的小川，大伙儿向小川对面一望，不觉又是一惊。眼前突然出现了一丛高树；不，是一堵高墙；不，是一道长城。不，都不是。它是山，是一群并不高大的山。只见山头一个挨着一个，整整齐齐地排列在一起，气势雄壮，蔚为壮观。它一下子切断了我们的视野，阻隔了山外的世界。

这就是万峰林的主景区。

这是山吗？不。与其说是山，不如说是军容整齐的百万雄兵。一个个紧挨着的山峰，不就是一个个精壮的士兵吗？他们虎背熊腰，神情庄严，威风凛凛，仿佛久经沙场的战士。千万年来，他们威严地矗立在这里，是征服过六国的秦兵，是击退过匈奴的汉卒，是收复过中原的骁勇，是援助过朝鲜的义士。千万年来，他们栉风沐雨，不恤血汗，守疆护土，威武雄壮，浩然之气冲霄汉。那秦时的长城，汉时的边塞，哪抵得过这里的雄兵百万！

“可怜无定河边骨，犹是春闺梦里人。”古往今来的战士是人间最值得敬仰，最值得痛惜的人。

一辆小型敞篷游览车，载着我们驶上万峰林对面的山腰。山腰有一条公路，可以欣赏隔着一道小川的万峰林。高处远眺，万峰林千军肃然，万马衔枚，威严雄壮，气势如虹。是出征，是镇守，不甚了然，但可以肯定，这是一支攻无不克战无不胜的威武之师。

车往前驶，万峰林的一端留在身后，映入眼帘的是数不尽的山峰。这些山峰彼此独立，一个个似较场武士，拉开架势，操练武艺；一棵棵如破土春笋，仰望蓝天，争相怒发；一尊尊像千年善佛，身着玄衣，闭目诵经。千峰扑面，万山攒集，每个山峰几乎一般大小，只有几十米高。俯瞰群峰，小巧玲珑，仿佛巧手精心塑造，煞是可爱。面对这些可爱的秀峰壮石，真想伸手将它们撮来，放在手心，仔细把玩。

如果说山的美是天公所塑，那么地的美却是人工所绘。山下，是成熟的稻子，微风中，如一块金色的缎子，在阳光下熠熠发光；又似一片黄色的海洋，微风中，波涛起伏，那山峰便是波涛中的巨浪。金色的缎子缠绕着数不尽的山峰，仿佛地在舞，山在移。山脚点缀着一片片青瓦白墙的民居。放眼看去，稻中有山，山中有稻；稻缠绕着山，山点缀着稻，一黄一翠，相映如画。美景如画，不知道你到底赞叹天公的巨擘好，还是感慨农人的巧手好。

望着金灿灿的稻谷，我想起了古人的几句诗："蓑笠朝朝出，沟塍处处通。人间辛苦是三农"。

这里的稻田不仅美，而且十分奇。站在高处看，山下长条形的川面上，不时出现一个个低于地面的漩涡。漩涡有大有小，大的如一颗板栗，小的似一粒黑豆，隐隐镶嵌在金色的缎子上，犹如黑色的宝石。这是只有喀斯特地貌才有的奇特景观。原来，这些漩涡是地坑，由于水流日久天长渗漏，将地面的石灰岩冲出坑来，地面水流入地下的暗河，使暗河与地面相通。走近一看，大的地坑直径有六七米，三十多米深，与地下河相通，地下水上溢，充满半个地坑。这些地坑是天然水井，下雨时可以吸收地表水，干旱时农人又可以从中汲水灌田。这样的稻田，当地人称之为八卦田，十分形象。

八卦田依偎着万峰林，妩媚，温柔。万峰林紧贴着八卦田，剽悍，豪强。

山无水不美，苗缺水不壮。奇巧的是在并不宽的金色川面上，中间有一条绿树织成的长带子，长带子下面流淌着一条清水。清水时而隐入河沟，时而现在地面，长年不断，浇灌着这块沃土。清水横卧在金色的稻田中，如一条舞动的素练，给这里的大地增添了灵性。据说，这条小河源自上游的一个石洞，全长二十多里。在不远处的山脚下，一座石峰突然挡住去路，河水倏然钻入地下，不见了踪影。真可谓来无踪去无影，神秘莫测。

雄壮的峰，秀美的田，灵动的水。山环水绕，金田与翠峰竞美；水明天碧，苍穹共旷野争妍。如此的山水田园，到底是神女巧手织出的锦，是画师彩笔绘出的画，还是园丁利剪裁出的园，我辨不出。

在山下的路边，看见几个农人坐在一起，手操几件乐器，弹奏着一支古老的曲子。曲调单调而和谐，乐声飘荡在金色的田野，飞入群峰，缭绕在万峰林丛。

我的思绪飞过万峰林，落到了云南石林。云南石林是喀斯特地貌的精粹，这里石峰林立，嵯峨嶙峋，富有灵性。有双鸟觅食，有孔雀梳翅，有犀牛望月；有春笋，有莲花，有灵芝；有观音，有将军，有诗人行吟。云南石林既庾且秀，适合闲雅之人爱怜把玩，却难叫狂放之士引吭高歌。

我的思绪落到广西桂林。桂林山水甲天下。“千峰环野立，一水抱城流。”桂林的山，有的挨挤在一起，形成一道岭，成犬牙交错之势；有的各自独立，似笋如柱，一棵棵，一簇簇。桂林的水，清清的，平平的，静静的，脉脉的，柔媚多情。她将一个个石峰轻轻拥入怀中，用酥手摩挲，用嫩乳滋润，柔情蜜意，风情万种。桂林的山水，实在太秀太媚，可以让才子文兴勃发，可以让阿哥阿妹含情高歌，而难叫猛士壮怀激烈。

我的思绪落到黔桂之交的山地。坐在列车上，往窗外望去，只见山连着山，山峦层层叠叠，你拥我挤，互不相让。列车穿行在山间，似一支利箭，劈开一座座石峰，奔腾向前。有的地方，石峰整整齐齐，排成一列一列，看去仿佛山叠着山，犹如人工垒叠而成。周围除了山还是山，看不出山是秀、是奇、是雄。观赏山水，如果没有合适的观赏距离和角度，就会失去应有的美感。

宋人卢梅坡说：“梅须逊雪三分白，雪却输梅一段香。”自然景物和人一样，各有所长，各有所短。世界上没有完美的人，也没有完美的景，但有出众的人，有出色的景。

万峰林既雄奇，又秀丽，适合不同情趣的人欣赏，是赏美怡情的佳处。

我的思绪回到二三亿年前。那时，云、贵、桂是一片汪洋大海，海洋生物与泥沙堆积形成石灰岩。海水退尽，沧海变桑田，露出地面的山石，风吹日晒，年深日久，形成了现在人们看到的风景独特的喀斯特地貌。真是天造地化，神工鬼斧。雄奇秀丽的万峰林，是造物主馈赠给人类的珍贵礼物。它属于自然，也属于人类。在自然界，它是美丽山川画卷的一部分；在人类面前，它是富有灵性的生灵。它的灵性，不单在于它的健美身姿和秀丽面容，更在于它摄人魂魄的壮美心灵。

归途中，我们坐在舒适的空调车里，仿佛还沉浸在万峰林的美景中。我在想，自己何不在万峰林的山脚筑一小屋，永久居住在那里，与山为伴，与水为邻，以田为生？日出观山，日落听水，何其乐也！我在想，古人寻仙问道，寻找乐土；今人追名逐利，寻找自我。乐土何在？自我何在？难道万峰林不就是人们追寻的世外桃源、人间仙境吗？不就是可以让人望峰息心，寻找真正自我的胜地吗？

半月湾风情

半月湾，美丽而富有诗意的名字。

半月湾地处崇武海滨。一见半月湾的名字，人便有愉快的感觉，立刻联想到弯弯的月亮。半月湾是一个港湾，形如半月，故而名曰半月湾。半月湾有个度假村，位于海边。刚下车，来不及多看一眼度假村的别墅，就面向大海。啊，大海！辽阔的大海！天阴海阔，水汽把天和海染得迷迷蒙蒙。海滩的海水清澈透亮，轻轻翻卷着黄沙；近处的海蔚蓝，泛着微波，铜镜般迷幻；远处的海迷迷蒙蒙，紧贴着天边，仙境一般。海面辽阔，人心开阔。人的心为之欢，神为之振，气为之畅。真想跃身海面，乘着海波，游向远处，钻入云端。

半月形的海边铺着一层金黄的沙子，犹如一条杏黄色的丝带铺在海边。俯首海滩，沙粒细嫩柔软，细如尘粉，嫩如婴儿的脸蛋，柔如绸缎，软如脂膏。海水轻轻地翻卷着海边的沙粒，像母亲的手不停地抚摸着心爱婴儿的肌肤。往东望去，人造石堤围成的港湾将海水揽入怀中，海湾波平浪静。脚下长长的水泥海堤像伸开的臂膀，拥抱着海水。海水似哺乳的婴儿，蜷曲在海堤的臂弯里，恬静安逸。往西望去，海水亲吻着礁石，相互戏耍取乐。海边没有游人，清清静静。远处的海水抚摸着天，将天安抚得娴静安详。走下海滩，踏着柔软的沙子，仿佛进入梦幻。身子飘飘摇摇，似在云雾中沉浮。心软软的，仿佛海沙里的蜜流灌入心田一般。弯下腰，掬起一捧沙子，沙子如奶油般腻滑；沙子从指缝里滑落，流金溢彩。从沙滩走到海边，俯身水面，海水清明，微波来来去去，不停地摇荡着金黄的沙粒，像边抚摸着心爱的人，边喃喃细语，倾吐心中绵绵不绝的情和意。捧一掬海水，清清的，凉凉的，软软的。把目光伸向海面，海在天边消失，天在海边降落，天地浑然。

半月湾的东角有个小小的人造港湾，石块垒成的石堤围成一个方形港湾。石堤将半月湾围成月牙形的海湾。海湾里藏着一个港湾，港湾里泊着大小渔船。港湾静静的，波澜不惊。海边的人祖祖辈辈以打鱼为生，海港是渔船的出发点，也是渔船的归宿。渔民驾船东去，是茫茫的东海，西去是遥远的南海。半月湾是海角，据说是东海和南海的分界点。过去渔民出海打鱼，风里来雨里去，历尽艰辛。出一趟海，少则几天，多则几十天，艰辛可想而知。有的渔民出海打鱼，一去不复返，鳏寡孤独，遍布渔村。昔日的苦难渔村，今日不乏豪宅。村边静静的，偶有惠安女走过。惠安女身材窈窕，头包花丝巾，只露半边脸；上身穿紫衣，下身穿着宽大的黑裤子，宽大的裤腰镶着几条珍珠链，十分精美。昔日惠安女是勤劳的女人，也是苦命的女人。今日的惠安女花枝招展，独领风骚。昔日惠安女海边巡逻，曾是佳传美谈。站在山顶，极目远眺，东海茫茫。茫茫海天将日本岛国锁于迷蒙之中。伫立岩石远望，仿佛置身于巨轮船头，正朝着远海航行。远处有东瀛蓬莱，仙山琼阁；有天涯海角，惊涛骇浪。李白诗云：“长风破浪会有时，直挂云帆济沧海。”真想驾着李白诗句的轻舟东去，在大海的波涛上飞驰，跨过岛国，越过太平洋，抵达西半球。

淅沥小雨拉上了夜的帷幕。站在半月湾别墅上远眺，小雨把夜涂抹成墨色。海墨，天墨，海天一色。墨色删去了天空，留下了海。海是一块美丽的墨玉，幽静深邃，仿佛蕴含着无限哲理。墨色沉静，将人融化其中。伸手抚摸夜色，墨色浸染手臂，将安宁送进每一个细胞。深吸一口夜色，墨色把心化为一块沉碧。嗅夜色，浓香扑鼻，仿佛倾倒一瓶美酒。海面上闪烁着一点亮光，仿佛天上的星星，其实是海船上的灯光。灯光点亮了海，点亮了天，点亮了夜。船灯是海的眼睛，微微闪烁着，仿佛船人明亮的心。灯光犹如镶嵌在墨玉上的星点，照亮墨玉的心。灯光把人带进海的胸膛，让人细心揣摩海的博大精深。人浸泡在夜色里，物我不分，宠辱皆忘。世界虚空，只有天地和我。世界单调，只有墨色。世界寂静，只有天籁。

半月湾的西角是礁石，一道石头城墙雄踞海湾。这是一道明代修筑的古城墙，距今六百余年。城墙用一块块花岗岩砌成，当年用来抵御倭寇。城墙从海边一直延伸到城内，完好如初。城内的城墙有一丈多高，海边的城墙高达两三丈。块块花岗岩石整齐地排列在一起，犹如百万雄兵蹲踞海边，威武雄壮，气势恢宏。抚摸墙上粗糙坚硬的花岗岩，犹如抚摸着古人的长矛利剑，古人威严冷峻的面孔跃然石面。磊磊青石，那是古人固守家园的铁石心；参差石缝，是古人绞杀顽敌的绳索。此刻，仿佛能听见古人在呐喊，看见古人在厮杀。如果说城墙是古人的骨肉，城门上“崇武”二字则是古人的精魂。昔日的厮杀已去，城墙上没有留下古人的英名，却留下了英魂，城墙上的披离绿草兴许是英魂再生吧。

西角礁石嶙峋，阳光将海面打磨得镜子般光亮。海蓝蓝，天蓝蓝，海天一色。清净的海水冲刷着礁石，将坚固的花岗岩打磨得浑圆。海波翻过礁石，欲爬上岸来，大海却将它拽回去。海水冲击着礁石，激起雪白的浪花，浪花如白莲盛开。海水里泡着几颗巨大的石头，任海水洗涤；海边的礁石被海水染成浅黑色，给礁石留下海的记忆；海岸的黄色岩石看着潮起潮落，岿然不动。一捧海水在手，日月在手，心灵在手。望大海，神清气爽，六根清净，乐然陶然。

半月湾看海，海给你描画美丽，海给你吟诗，海跟你交流。

丽江夜色

丽江，一个清冷的名字。

丽江有一股清洌的水，还有一座荡悠悠的古城。

夜色中，我走下汽车，脚踏着硬硬的石板街，仿佛来到了梦幻般的世界。

看啊！墨一般黝黑的苍穹，浩瀚无垠；苍穹下，弥漫着一层薄薄的幽幽的红光；红光之下，点点红色灯笼闪烁着浓浓的红光，将一条古色古香的街道照得惝恍迷离。街道两边的商铺里，柔柔的灯光轻轻地拥抱着铺子的主人，主人在灯光的怀抱里或料理着生意，或悠闲地看着铺外的夜色。街道的一侧，小石桥，细流水。石桥借来商铺里柔柔的灯光，做成一件柔纱，披在肩上，向人展示自己的妖娆身姿；石桥下的细水，则邀来灯笼里的红光，一起喧哗热闹。一条小街，悠悠晃晃，伸向远处的天边，与漆黑的苍穹相接。街道上漫步的行人，流连顾盼，悠闲自在，沉醉在天街夜色之中。

夜色天街！是丽江古城吗？

脚下石板上粗糙的石纹告诉我，这里不会是古城，恐怕是一座仿古新城。

我向一条窄窄的小巷望去，小巷深深。小巷的这头闪着微微的亮色，小巷的那头亮着浓浓的黑色，静谧深邃，不知小巷深深深几许。

漫步街头，左顾一间间商铺，物品琳琅满目；右盼一个个小摊，小吃香气扑鼻。那香气缠绕着街边的丝丝垂柳，久久不愿离开。那灯笼悬挂在屋檐下，静默无语，却比大都市的霓虹灯更诱人。稀疏的人影轻轻飘过街道，消失在远处的深巷。多么平静祥和的小城！

徜徉着，突然萌生了一个念头，何不独自去寻访古城，早点领略古城的风采呢？可陌生的茫茫夜色阻止了我。

徘徊着，尽力享受夜色下陌生的清静，想把自己融化在这幽静的街头，永远享受它的平静。

坐在天井式旅店的院子里，举头望着深井般深邃的夜空，思绪的风筝飘飘摇摇，去寻找那未知的古城。

夜梦中，我梦见自己在高高的夜空盘旋，盘旋，寻找我心中的古城。可是我迷失了自己，不知道实实在在的古城到底是什么样子。

清晨，我要去香格里拉。匆忙中，瞥一眼昨夜的街头，透明如纱，清净如银，平淡如水。旭日一下子消融了我心头昨夜的梦幻。

我思忖，旭日下的古城会是什么样子？

从香格里拉回到丽江时，暮色苍茫，我住在新城的一家旅馆。据说，夜晚的丽江古城是最具魅力的，几条古街各具特色。我本来怀揣向往之心，此时更是迫不及待。我草草吃饭，匆匆出门，随着人流流向古城。

靠近古城的广场，没有路灯闪耀，一片苍茫。广场一边的水渠流水哗哗，木水车慢悠悠地转动着，毫不理睬人们的观望，仿佛一位守望古城的老人，在此引导人们前往古城。广场上，人头攒动，看不清数不见的人暗暗地向一条只有一点微光的小巷流去，似乎那里是天堂的入口。

我踩着脚下陌生的黑暗，随着人流，飘入巷口。影影绰绰之中，我感觉自己被人流的洪水包围着冲击着。我也不由自主地包围着冲击着别人。这是一座边陲小城，怎么会有这么多的游客从千里万里远的地方涌来，是什么东西吸引着他们？仰望苍穹，苍穹如盖，笼罩古城。眼前，街边屋檐下的红灯笼，散发着朦胧的灯光，甚至看不清眼前人的脸。难道人们就是为这朦胧迷离的夜景而来？

古城的中央是一个较为开阔的小广场。小广场上，一片幽暗。幽暗中，聚集着数不清的人头，人头涌动，像暗夜中海面翻滚的浪潮。广场的四周，有一圈微弱的光，形成一圈迷幻的光环，似海岸边人家的灯火。看看人海，看看四周的光环，觉得自己仿佛在海面上随波沉浮，茫然不知所措。听说，广场的四周有四条街，该向哪条走呢？

随着人流，信步走入一条街。街道两旁没有街灯，只有商铺的屋檐下吊着的盏盏红灯笼散发着幽幽的红光。街道上，铺着一块块的石板，石板光溜溜的，不知经历了多少年代。街道两边的房屋都是二层，两层之间有瓦檐相隔，加之一色的红柱青墙，看起来古香古色。虽古朴而不陈旧，虽庄重而不失清新。与先前看到的仿古新城比较，这里的古韵更浓。街道两边的小小店铺里，摆着各色小商品，游人如织。同行的同事最喜欢那一条条诱人的披肩。丝的、涤纶的、毛的，花色多多。拿一条披在肩上，对着镜子左顾右盼，爱不释手。再换一条试试，依然爱不释手。买了一条，再买一条。你一条，我一条。你几条，我几条。最后将条条喜悦收在包里，走下店铺的台阶还忍不住回首频频。我想，作为装扮女人的饰物，恐怕没有什么比披肩让女人更具风情，更具魅力。一件合适的披肩搭在身上，既飘逸，又妩媚，风情万种。一个身着披肩的女人打红红的街灯下走过，仿佛飘过一朵云霞，路人无不投来爱慕的目光。我恍然大悟，古城的披肩是打扮女人的，古城的夜色是铺垫女人的，女人让古城的夜色更靓丽，更妩媚。古城藏着女人的梦。

浓重夜色中的广场是个谜。初来乍到的游客，往往会成为迷失路途的羔羊。广场的边上有几道流水，导游告诉游客可以通过流水的逆顺辨别方向，哗哗奔流的渠水变成天然的向导，多么有趣！方方正正的广场，当年是因什么而建？是为集会，为商贸，还是为操练，不得而知。作为元、明、清几代府地，又是茶马古道上商贸集散中心，可以想见当年所起的重要作用，也可以想见当年这里的繁华场面。时代更迭，地处偏远的古城依然繁华如故，实在令人钦敬。

我最喜欢那条情人街。站在靠着广场的街头往里望，一条狭窄的街道望不到头。街道上，那一盏盏红灯笼，高高悬挂在房檐下，让街道充满浪漫气息。虽然街道不宽，可是既有石栏，又有流水小桥，还有绿柳，十分别致。小桥下，银灯照水，水淡淡；街道上，绿柳低垂，柳依依；楼房上，红灯高挂，灯酽酽。如此诱人的街景，谁会置身街外，谁不想在这梦境一般的胜境里销魂呢？

酽酽的灯光下，漫步街头，让人心旌荡漾。那一溜一间挨着一间的古朴酒吧，其门面是红色的，褪色的门框可以看见粗糙的丝丝木纹。往里瞧，有的屋子宽敞点，有的屋子窄小点。屋里没有明亮的电灯，而是在墙上桌上点着一支支蜡烛，蜡烛散发着淡淡的光。柱子是木的，桌子是木的，都可以看到粗糙的木纹，朴素典雅。这样的设置，在当今的都市几乎消失殆尽，唯有这里依然古风古貌。这里的古朴风貌，可以一下子把人带到遥远的过去，让人回味那过去的遥远。

酒吧里坐着的顾客，并非全是少男少女，少则几人，多则几十人，甚至有洋人也来凑热闹。他们面前的木桌上，放着一瓶瓶啤酒。有的几十人分成两拨，男女混杂，相互对歌。烛光摇曳出的一张张脸，兴奋，热烈，忘情。纳西族歌的清澈，流行歌的嘶哑，藏歌的狂放，彼伏此起，竞相争胜。歌声沸腾着酒吧。

最有趣的是男女对唱。身着艳装的女子，站在街道的石栏上，与楼上从窗户里探出半个身子的男子对歌。你一声，我一声，歌声飞上飞下；是传情，也是邀友；歌声时而飘飞，时而撒落，情韵绵长。游人驻足观赏，仿佛在天宫聆听仙声。歌声落在楼上人的心里，落在楼下人的心里，也落在我的心里。

有的酒吧较为安静，那里坐着的，或是一对情侣，在摇曳的烛光里，一边细细品酒，一边绵绵细语，脸上洋溢着浓浓的甜蜜；或是一对婚外情人，坐在一角，趁着朦胧烛影，时而举杯呷口啤酒，时而低头窃窃私语，脸上飘逸着兴奋和喜悦的光彩；或是几个老友相聚，谈起一段段往事，嬉笑不止；或是几个游客，一边大口喝酒，一边大声谈笑，恣意品尝旅游的潇洒、纵情带来的快乐。

酒吧里的情景，仿佛一幅画，仿佛一首诗，仿佛一首歌，仿佛一幕戏，玩赏不尽。街道上摩肩接踵的客人，走过一间一间酒吧，兴趣盎然地观赏着酒吧里的热闹。那楼上酒吧里的客人，在喝酒聊天中，没有忘记低头看看楼下的风景。那楼下观景的人，也没有忘记在观赏热闹时偶尔举头观赏着楼上的客人。楼下有热闹，楼上也有热闹；楼下是景，楼上也是景。这里是艺术的世界，是风景的世界，是风情的世界。

如果你走累了，可以坐在街边的石栏上小憩。你可以继续静静地观赏酒吧里的热闹，品尝其中的滋味。也可以把你的视线移向这狭窄悠长的街道，观赏街道上的美丽景色。酒吧里的热闹是流动的，街道上的热闹则既是流动的，又是静止的。那流动的是人流，是一张张崭新而陌生的面孔，一个个清晰而朦胧的身影。那静止的是街道上的一样样景物。

低头凝视街边的小小石桥，简直不是一座座桥，而是一件件小小的雕刻。一座座小桥点缀在一条小小的水渠上，别说有多小巧，有多别致了。

小桥下的水流，平平的，静静的，脉脉的，像夜晚睡熟的婴儿。桥下敷设的小小白炽灯，照出一点白色的水面，像少女静默而含情的面庞。她默默倾听着一首首歌曲，静静揣摩着街道上演绎的一个个故事。她是故事的旁观者，又是故事里的一个迷人角色。

伸手抚摸着那绿柳低垂的条条丝绦，凉凉的，依依的，似乎她的内心蕴藏着吐不完的情思，似乎在深深的夜色里，还在痴痴等着她的心上人前来约会，向他倾诉心中的爱。她婆娑的身姿，窈窕的体态，娴静的仪表，安详的面容，的确让人十分怜爱，恨不得将她轻轻揽入怀中，柔柔地抚摸她散发着丝丝香气的肩胛，甜甜地亲吻她凉意微微的面颊。

只要抬头就会扑入眼帘的盏盏红灯笼，是夜街的一只只明亮的眼睛，也是夜街里一颗颗跳动的心。因为这明亮的眼睛照亮了身着夜服的街道，因为这跳动的心使这里热血沸腾，充满活力。这里的色彩是灯笼染红的，这里的梦幻意境是灯笼营造的。灯笼是这里一切艺术的背景。近看，灯笼是一粒粒硕大的红玛瑙点缀着红楼青瓦，是一颗颗鲜亮的枣儿悬挂林间；远看，只只灯笼连成一条红线，一直伸向街道的尽头，像一条铁流在空中奔腾，像一条长龙从天宇降临，像一道彩虹在夜色里闪现。它渲染了夜色，渲染了游客的心。

如果你想在这里清静一会儿，可以溜达到街的那头。渐行，你会觉得热闹离你渐远。虽然街的那头也是一间间的酒吧，但是那里的顾客少了，游人也少了，自然清净许多。假如你停下脚来，回首这边的热闹，热闹更加热闹。你会看到，这边热闹的场景，是地上的天堂，是夜幕里的彩霞，是漂浮在浅海的海市。你不会相信自己是站在坚实的地上，而是置身于虚无缥缈的太空，因为那一片热闹你不相信是真的。那灯，那柳，那桥，那水，那人，是你梦幻里的场景，是你冥想中遥远的过去，是你畅想里梦寐的未来。这一切，怎么会是真的呢！分明是虚幻，是实实在在的虚幻。

眼前的景象，让我忽然想起船桨灯影里的秦淮河，不禁低低吟哦着清人孔尚任描写秦淮河的佳句："梨花似雪草如烟，春花秦淮两岸边。一带妆楼临水盖，家家粉影照婵娟。"丽江城北的黑龙潭有股清洌的流水，潭水由北向南蜿蜒而下，分为无数细流，入墙绕户，穿场走院，形成主街傍河、小巷临水、跨水筑楼的景象。水网之上，造型各异的石桥、木桥多达三百五十四座。情人街犹如秦淮河，浪漫，多情，销魂。

我带着身后的热闹前行，街道渐次安静，只有街边小桥下的流水由安静变得喧闹起来，似乎它要用欢乐欢送我，要把这里的欢乐作为礼物馈赠我。

夜幕下，潺潺流水缓缓托起古城，轻轻摇荡着古城，古城仿佛一只浮动的巨舟，荡悠悠的。

子夜，我梦见自己荡着双桨，悠悠荡荡，驶向归途。

青岩古韵

青岩，贵阳西南一座老镇。

温煦秋日，和爽秋风，撩人秋色，伴我风尘仆仆来到贵阳西南面不远的老镇青岩。青岩有六百多年的历史，不算久远，所以我称它为老镇。

老镇是什么样子？

当今的中国，经过几十年的发展，到处旧貌换新颜，呈现出一派新气象。一座偏僻老镇，也该随着时代发展发生变化。在这日新月异的文明时代，难道它会旧貌依然？

老镇近了。一看，石墙故垒，一派旧貌古风，看不见高楼，也看不见新房。只见金光下的老镇泛着一片青光，悠悠然一座久已废弃的城堡。

前往老镇的路是一条青石小路。踏着略有不平的石板，脚下踏踏实实，感觉这才是人间真正的路。我迈着踏实稳健的脚步往前走，抬头碰见一座高高的石牌坊。青石做成的石牌坊，高大厚重，用手抚摸，粗糙温热，看样子在这里已经站立了不少岁月。

看看上面镌刻的“瑞人平升”四字，知道这是老镇的一座百岁牌坊。哦，它是老镇年寿最高的“老人”，在此迎候四方的游客，为您讲述老镇几百年的历史。

百岁牌坊的身后是老镇的一条老街，也是老镇现在最热闹的街市。老街的街道用清一色的青石石板铺成，一块块长条石板在秋日下泛着一片青光，将街道渲染的古朴清雅。街道两旁的铺面，陈旧古朴，显然还保留着老街的古貌。你看，青石台阶，旧木柜台，陈椽碧瓦，蓝旗招牌，一派古肆古风。你再看铺面里的商品，有古玩、玉器、木雕、饴糖、老酒，又有时装、银器、陶壶、猪蹄、辣鸡，旧货新品，应有尽有。顺着石板街往前走，两边的店铺迎面扑来，看左边，会拉掉右边；此处驻足稍长，彼处停脚就短：总揣着遗憾往前走。不知不觉，走到了北门，溜遍一条几百米的马鞍形商品老街。

再串串斜街小巷，此处停停，彼处看看，总觉得脚不够快，眼不够明，心不够灵，老镇风物难以尽收心底。

老镇的每一条街巷仿佛都游动着习习文风。走入一条明清小巷，有一座状元府。据说，主人赵以炯是贵州唯一的一位状元，也是西南唯一的状元。苍凉的远镇出现一位状元，当时一定惊世骇俗。状元府门楣上的木牌匾书有“文魁”二字，今人观之，也油然生敬。走进二进院的府第，经三百年而保存完好的四合院，素墙青瓦红门，门窗精雕细刻，处深巷而清静。那“山川遗故宅，文史赐科名”的楹联，彰显着主人曾经的辉煌；那院内深幽的状元泉，映现着赵氏兄弟的灵性；那皇帝的“第一甲赐进士及第第一名赵以炯”诰示，辉耀着登科的无上荣耀；那不少文人墨客的字画，显示着名流对主人的仰慕；那发黄的赵以炯的画像，不知牵引过多少书生的目光。何止赵以炯一人荣耀！他的几位兄弟中，居然还出了两个进士，一个举人。石砚深深，浓墨幽幽，功名唯独青睐赵氏家族，是天意，是人运？也许不知有多少书生显贵穷究其缘，深探其理，恐怕最终只得躬身合手称拜，摇头默语叹息。至今，似乎唯有赵以炯赴考前的一段神奇故事可以告诉人们原委：赴考前一年中秋夜，赵以炯与赵以熢两兄弟在一棵大桂树下闲聊，突然，一条银白大蟒蛇出现在二人面前，并围着赵以炯绕了三圈，而后朝着文昌阁方向缓缓而去。赵以熢惊叹不已，慌忙下跪拜月，并对赵以炯说："二哥，这是天意！明年大考夺魁天下者必是二哥！"神奇的故事，让多少学子卧榻辗转，梦寐以求啊！

赵以炯晚年辞官回乡，在青岩设院讲学。青岩书院位于全镇的中心位置，请的先生都是当地有名气的读书人，学生们每个月到书院集会一次，穷经究理，解疑释问。从这里考取功名的人，秀才、举人有五十多个，光赵氏家族就有十多人金榜题名，出现"一门五进士"的奇观。甚至有千里之外的广东富商也慕名送子来此求学。遥想当年老镇，在赵氏的感召下，书院学子云集，书阁书声琅琅。深巷浅院，华日初上，清凉中顽童浅吟低唱；明月高悬，孤灯下老翁涵咏切磋；墨香绕梁飞檐，书声穿街过巷。好一处书院文海！

老镇中心的小小文昌阁，其意义可不小。老镇原是军事重镇，而镇中心不是校场，却在中心一侧建了文昌阁，难道不是在倡文吗？不是在号召文化昌盛吗？一座武镇，盛传文风，文风武运，并立共存，能不昌盛？

老镇的每一处建筑上似乎都散发着微微的安和气息。走进老镇的天主教教堂，墙面的斑驳遮不住西洋的建筑风格。那佛教庙宇古朴庄严，似乎想用善念收摄人心，不想让他人独霸老镇。佛教的宗教活动主要是每年三次的“观音会”和每年一次的“大佛会”，每次都有数千佛教徒参加。活动以唱山歌为主，有自唱，有对唱，场面蔚为壮观。你仔细端详道教庙壁上的人物浮雕，八仙脚踏祥云，悠闲自得，箫韶缭绕，和乐容与。再看观内的“悟道楼”两旁的楹联：台上演出多少人间等闲事，曲中凝成万千道德修身经。好一个修身养性！青岩道教的文化活动，称为“打清醮”，分为春秋两次。春醮为太平教，求国泰民安，风调雨顺；秋醮为瘟疫教，送瘟神消灾。一镇四教，中西并存，土洋共荣，确为老镇文化奇观。通常，中国的宗教建筑与民居之间都会有一定的空间，以营造庄严的宗教气氛，而青岩保留下来的结构完整的不少宗教建筑，不仅不抢占重要地理位置，反而与周围民居在布局、空间结构、色彩搭配等方面相互衬托，和谐共融，并沿用了当地布依族建筑的石木结构，形成了文化和建筑的和谐。

那高高矗立的刘氏节孝牌坊，虽然让刘氏苦度了凄凉的一生，但皇帝的嘉奖，老镇人们的崇敬，让牌坊矗立至今。如果说赵状元是老镇男人中的人杰，那么刘氏则是老镇女人中的楷模。依今天人的目光看，贞节固然大可不必，而孝则绝对不可缺少，中华民族的传统美德也体现在“孝”字上。

老镇先前淳朴的民风已经牢牢地化入每一块石头里，每一根木柱中。老镇还矗立着两座高高的石牌坊，一座是百岁牌坊，另一座也是百岁牌坊。人生百岁本难得，而在这偏僻的小镇，可以为两位百岁老人立牌坊，不可不称为贵。抚摸着牌坊那厚重粗糙的石柱，仿佛感受到了老镇人踏踏实实的心跳，他们在淡泊的生活中，没有太高的奢望，而追求的是实实在在的生活，是中国老百姓喜闻乐见的福、禄、寿、喜。长寿是福，也是喜。喜福盈门，才是真正的生活，真正的幸福。老镇人追求的是像老镇的青石一样厚重踏实、朴素无华的生活。

仔细端详“万寿宫”高大宫门上的浮雕，那百姓津津乐道的“八仙”，不仅颂扬着随意自在的生活意趣，而且也在传扬着道家顺其自然的养身之道。道观内演出的一出出人间戏剧，不仅在宣扬着读万卷书，行万里路，结万方人的人生旨趣，而且也是在传播道家高人顺应天道的养身要诀。万民乐，万民寿，何尝不是老镇人的实在追求呢？

从地理环境看，几百年前的老镇也许并不富庶。而不富庶并不妨碍老镇的繁荣，正如不繁荣并不妨碍富庶一样。走进那由江西会馆改成的“万寿宫”，那深深的庭院，那由一根根粗大的红漆立柱支撑的二层楼房，分明折射着这里当年的繁荣。那远道而来的江西客人花费巨资，在这里兴建会馆，可以想见，当年的会馆内，富商脚步杂沓，名流羽扇轻摇，厅舞冷袖，台扬歌韶，一派融融乐乐的升平气象。

除此之外，老镇还留有几处很考究的四合院，处处透露着当年的风华。

漫步马鞍形的石板长街，你会看见今日的店铺就是昔日的商铺。整整一条长街，一色古店模样。一色的石条台阶，一色的板门，一色的红漆门面，一色的木柱青瓦。老街的两侧，店铺接店铺，店铺紧紧相挨，仿佛老镇当年的士兵排成的整齐的队列。粗略估计，这条街的铺面足有一两百个。当年的老镇，驻守士兵和百姓杂居于此，军需补给，民用消费，一定不会少。可以想象，当年通往老镇的小道上，车辚辚，马啸啸，商旅络绎，将远处的货物不断输来，囤于这条老街的铺面里。物品种类之多，恐怕不会比今天所看到的少。那时，街道上，白天人头攒动，车水马龙；夜晚，灯影幢幢，幽静安谧，时而走过几个夜游的闲人。

走走老镇的大街小巷，串串老镇的寺庙阁楼，让你心底产生出一种结结实实的厚重感。方圆并不大的老镇，居然有“九寺、八庙、五阁、四洞、二祠、二宫、一院、一楼、一堂、一府”。如此多的建筑遗存，其中积淀着多少厚重的中国古典文化，营造出一种多么浓郁的文化氛围！科举、教育、宗教、军事、经济、民俗、建筑、艺术，熔铸其中，样样价值可观，真乃一座不可多得的文化宝库。巍峨的石城墙，仿佛一位昂首站立了几百年的强壮军士；悠长的老街，仿佛一条流金淌银的千年老河；恢宏的老寺，仿佛胡须皆白安坐打持的老僧；精美的古坊，仿佛胡须冉冉骨貌风华的老者；错落的故居，仿佛先辈层层叠叠的嶙峋脊骨；参天的老木，仿佛故营旧垒中向天啸鸣的号角。这一切，入眼，让你看到眼前一片灿烂古韵；入胸，让你探得古道悠长；入心，让你铭记石头缝里蕴藏的文明。任你力大，你拎得起如此厚重的文化，扛得动如此结实的古韵吗？

秋日的光华笼罩着老镇，随你走到哪里，老镇的古朴总随着你的脚步，让你甩不开，摆不掉。那青色的石板街尚且不说，那条条小巷，用青色的层岩砌成一道道石墙，朴朴实实；那鳞次栉比的老屋，墙壁是青色的石灰岩，块块石头都青得发光；那木柱、木檐、木门、木窗，每一根木条都布满了密如蛛网的裂纹，根根木条上的红油漆几乎褪尽了颜色；院内的设置简单朴素，木凳藤椅，再加几盆时花，或几株老树；屋里的家具也很简单实用，除了几样电器，其他都很简朴。即使是形制大的建筑，如寺庙石牌坊，也都很写意，没有夸张，没有奢华。那穿行田间的男人，一身粗布衣服。那街前院内做针线活的妇女，也是一身古式的粗制青衣，很难看到时髦的衣着。那院内乘凉的壮汉，手摇干枯的芭蕉扇，悠闲自在。那檐下闲坐的老者，一把藤椅吱吱响，一壶苦茶杯杯涩，一杆旱烟缕缕香。嗨！好不悠闲，好不恬静，恍若一处世外桃源。

秋光弥漫老镇，街巷没有车水马龙，高高的石墙，凝重的老屋，隔断了鸡鸣犬吠，老镇静谧得像一只千年老龟。状元府的清静，足让你听到赵状元当年朗朗的读书声；万寿宫的幽深，能让你听到当年演出的一出出戏剧的亮腔；那一家家的院落里，静得能让你听见花落的声音。从万寿宫过去的那一条狭窄的小巷，是最迷人的。小巷的这头是用高大的青石垒成的几户人家的大门，往前望，小巷狭窄而幽深，两边的墙高达两三米。沿着小巷往前走，发现两边的石墙是用层层层岩垒砌而成，一层一层，仿佛天然生成的石壁，仿佛已经经历了千百万年的风吹日晒。地上的青石板已经被人脚磨得溜光，脚踏上去，发出踏踏的响声，响声沿着石墙，传向小巷的深处。日光将小巷照得透亮，穿行在小巷里，犹如穿行在一条光明的时光隧道里，回到了透明的史前时代。你会觉得这条小巷就是整个世界，就是整个宇宙。人世间的繁华被这条小巷的利剑斩截，恍如隔世；人世间的烦恼，被这条小巷的光明清洗得干干净净。不知不觉，你将自己在这里完全丢失。小巷原来并不平直，而是曲折向前延伸的。你边走边用手指触摸层层石岩，一种温热的感觉会传遍你的全身。踏踏的脚步在小巷里回响，将一片片清亮传向小巷的那头，那头是几户人家简陋的青石大门。

试想，若是夜幕下的老镇街道上没有路灯，只有铺面上挂着的一只只红灯笼，照出一点点的红晕，街道在天幕下惝恍迷离，幽静深邃。多迷人！小巷里更没有路灯，幽幽的，暗暗的，不知通向何处。

站在北门的城楼上，向四周眺望，看到一圈苍色石山像一圈结实的围墙，把老镇紧紧箍在里面。老镇蹲踞在围墙内的一块高地上，像一只凝神屏息的神龟。漫步新砌的青石城墙，望着城内挨挨挤挤的青墙碧瓦，你又会觉得老镇似乎是一位神清气爽的老人。他安坐一块巨大的青石上，似乎在默默清点着他的满腹经纶，也似在静静回味着他的满目沧桑。多少年来，老镇的子孙们不忍碰碰他的嶙峋老手，不忍触摸他暴突的青筋和血管，只是偶尔盯着他苍白的胡须，历数着每根胡须里藏着的故事。

灿烂秋日下的青岩老镇，和爽的秋风吹着你的满头苍发，周围的金色恭敬地簇拥着你。你在这里日复一日，年复一年地坐着，日数人事起落，夜观斗转星移，一遍遍轻轻捋着自己蓄满故事的胡须，一遍遍轻轻抚摸着用血肉凝成的青色石岩，度过了几百个春秋。几百年，几千年，你继续向人们讲述昨天和前天的故事吧！

南靖土楼

土楼，一个圆。一个圆，吸引我去南靖观土楼。

听说有的国家把土楼看作神秘物体。有的建筑家说土楼是天上掉下的飞碟，地上冒出的蘑菇。其实土楼就是土楼，说简单只是一个圆，说不神秘也神秘，说美丽当之无愧。

南靖土楼位于深山之中。从南靖县城驱车一个小时才能到达“怀远楼”，先进窄窄的山沟，后爬曲折陡立的山路，然后进入深山中一块窄窄的平地。沿途可以看见大小不一的土楼，最出名的土楼却隐藏在深山。先民不把土楼建在平川，却隐藏在深山，何尝没有秘密。土楼里有独特的建筑，还藏着独特的客家语。

土楼，神秘的圆。

“怀远楼”赫然矗立。圆圆的土楼，通体金黄，楼顶覆盖着一圈青瓦。土楼坐落在山脚，背靠青山，山上布满竹子等植物。土楼对面不远处也是青山，山色葱茏。青山夹峙，土楼安坐其中。站在土楼外卵石铺成的平地仰望土楼，雄壮浑厚，粗犷豪放。何谓“怀远”？其门联曰：“怀以德敦以仁籍此修齐遵祖训，远而山近而水凭兹灵秀育人文。”门联寓含主人的愿望，并未囊括修建土楼的目的，也未点出“怀远”二字的内在含义。对于城里的摩天高楼，人们并不惊奇，因为建筑材料好，土楼却令人惊奇。我惊叹，四层高的土楼，居然能屹立一百年，实在不可思议。土楼的基座由一尺大小的卵石筑成，可以清楚地看出卵石浑圆的形状。基座高三米，其作用是夯实土楼的基础，免得雨水冲刷，导致楼体不稳。基座外有一圈卵石筑成的台阶，避免积水，稳固基座。楼体采用当地的泥土夯筑而成，楼体粗糙，四周已经出现一些细密的裂缝。据说裂缝因地震所致。地震并未毁坏土楼，说明土楼很坚固。楼体稳固，没有丝毫松散的迹象。楼顶覆盖一圈青瓦屋檐，用以遮挡雨淋。泥土如何能承受如此高的楼体，而且百年不坏？我佩服古人的胆识和智慧。楼体有一些小小的窗户，似乎是为了透光。土楼只有一个门，门道不宽，可以容几人并行。闽南人为什么要建土楼，而且楼体很高？

走进楼门，迎面是一道圆墙，墙上覆盖着人字青瓦屋檐。圆墙内有个小院子，院里有一套四架三间屋，人字顶，青瓦覆盖。这里是祖庙，也是书堂，名为“斯是室”。室内柱子上的楹联是：“斯堂讵为游观极计敦书开耳目，是室何嫌隘陋惟思尚德课儿孙”。举头楼顶，一道圆形的天光直射而下，院里洒满阳光。圆圆的楼层层层叠叠，圆圆的屋檐层层分明，蔚为壮观。这哪是地上的建筑，分明是天庭的琼楼玉宇。透亮的天光，美丽的圆环，层叠的木楼，把人置入奇幻世界。任你驰骋想象，奇思妙想，恐怕难以想出如此奇特而美妙的建筑。偌大地球，只有闽南才有如此建筑。这哪是一栋建筑，分明是一幅美丽的画，一首绚丽的诗，一曲动听的歌。如果你细看，可以看见图画匀称瑰丽；如果你细听，可以听见土楼在吟唱奇妙的歌。土楼在描绘美丽，在吟诵奇幻，在吟唱自豪。这里是人境，难道不是幻境或仙境吗？你细读，这里有童话；你细想，这里有神话；你伸手，可以摸见朵朵梦云。这里绝非真实情景。我惊叹，沉默；我想高歌，想低吟；我想看一眼古人那双智慧的手。

土楼，奇妙的圆。

土楼是一个立体圆，立体圆里圈着的院子是一个平面圆，平面圆的围墙是个立体圆，立体圆里圈着一套房；每层楼是一个圆环，四层走廊是四个圆环。圆套着圆，环套着环，形成一个美妙的圆的世界。院内结构简单而奇妙。院里有圆圆的水井，足不出户就可以取水；院里有水道，水从地下流出楼外。附近的“和贵楼”内有个用卵石铺成的石池，脚踩上去软乎乎的，据说卵石下的泥淖有一米多深。土楼居然建在沼泽地，柔软的沼泽竟能承受沉重的土楼，实在令人惊叹。“怀远楼”的每层楼顶都有青瓦覆盖的屋檐，屋檐是圆环，回廊也是圆环。土楼的墙体是泥土，楼内的房屋却是木结构。在楼外看见的一个个小窗口，并非为了透光，而是为了瞭望和攻击。通过窗口可以瞭望远处，可以向下攻击。土楼兼备攻守之能。屋体轻巧，紧贴着土墙，屋里是一个弧，简单整洁，楼内共有一百三十六间屋。一间屋是一个弧，一个个弧圈成一个圆，一个圆是一层楼。屋檐轻巧，如凌空飞翔的鹰。踏着咚咚作响的木楼梯上楼，如在空中漫步，有凌空欲飞的感觉。登上二楼，院子尽收眼底。沿着木楼道绕行，仿佛在飞檐走壁，妙不可言。楼道和屋里光线并不暗，因有天光射进楼内。

登上第四层，仰望楼顶，耀眼天光倾泻而下，楼外天光灿烂。环视回廊，圆圆的回廊搂着一个空空的圆柱，似乎可以顺着透亮的圆柱攀上天宫。俯视层楼，古香古色，深邃幽静，仿佛置身天外，又似深潜地宫。

土楼，美丽的圆。

土楼前是一块平地。仰望土楼，土楼如神鹿挺立，分外壮观。据说，闽南土楼有六百多年的历史，有的土楼保存了半个世纪之久。土楼是用泥土拌沙子、糯米、竹子等夯筑而成。南靖有一万多座土楼。土楼的形制各异，以圆形为主，兼以方形、扇形、弧形等十多种形状。土楼在南靖是普通民居。永定有更为壮观的土楼群，圆形的群楼汇聚，如鲜花绽放，辉煌灿烂。

土楼，智慧的圆。

闽南多是客家人，土楼为客家人所建。客家人从何而来？主要来自中原的山西、河南和河北。据说为了躲避战乱的中原人不辞劳苦，千里迢迢来到地广人稀、山峦遍地的闽南。今日，客家人的后裔经常会提起中原故乡，有人还到中原拜祖、祭祖。我的眼前出现一副图景：一群又一群中原男子背着行囊，携妻挈子，跋山涉水，栉风沐雨，风餐露宿；有的苦撑着身子慢慢行走，有的倒在路边，有的病死荒野；有的苦笑，有的哭泣，有的长叹。来到陌生的异乡，为了保护家人，躲避贼寇骚扰，群策群力，绘出了土楼蓝图。其实，“怀远”二字有表里两层含义，一是告诫子孙要胸怀远大志向，一是怀念北方的亲人。雄伟的土楼，难道不是苦难的结晶？土楼是苦难孕育出的一朵绚丽鲜花。客家人讲客家语，客家语与中原语差别很大。客家人为什么要创立客家语？客家语是如何形成的？谜语一般。

土楼，装满故事的圆。

土楼藏深山，人迹罕至。深山僻远，环境优美。青山为屏，绿树为伞。平地栽种稻谷，山林供给家用。“怀远楼”前河水清澈，榕树枝叶繁茂，山鸟枝头欢歌，山民树下歇息。虬枝绿叶摇曳河面，天光云影游弋水中。世外桃源一般。

土楼，一个圆，回味无穷。

漓江水

自桂林至阳朔，一百多里，一带碧水，称为漓江。

唐韩愈称赞桂林一带山水：“江作青罗带，山如碧玉簪。”

“桂林山水甲天下，玉碧罗青意可参。”（宋·王正功）王翁的诗句一出，桂林山水誉满天下。

漓江水，岂止女人身上一条青色的罗带！

如果站立江边，你会看见玉带一般的漓江水清清的，能看见水底的游鱼细石，清澄碧透，仿佛天上的琼浆玉液滴落地面，汇聚成漓江。如果置身于水中，你会清楚地看见你的黄色皮肤，甚至你的汗毛。如果你舞动自己的手脚，扭动自己的身子，仿佛在空中舞蹈一般，轻灵飘逸，你美丽的身姿会在碧水里留下清晰的影子。如果顺江望去，你会看到江面是一面明澈的镜子，又是一条素带。如果你用冰清玉洁的江水洗涤身子，会涤尽你身子和心灵的一切污垢，不相信吗？

你细看，漓江水似女人秀丽的面庞，让你百看不厌。白皙的脸蛋上，你看不到一点瑕疵，像用奶汁洗过一般，白净细腻，柔滑妩媚。千年万年，她始终保持着如此娇美的面容，不仅让残红褪去而风韵犹存的中年女人妒火中烧，也让正值华年的女子自叹弗如。她安闲地躺在大地的软榻上，一会儿远眺影影绰绰的群山，一会儿凝眸眼前碧簪一般的翠峰，一会儿顾盼岸畔的碧树青草，一会儿含情天上的游云飞鸟。柔风羡慕她姣好的面容，经常用手轻轻地抚摸；细雨爱慕她娇美的脸庞，隔三岔五前来洗涤；那日夜望穿秋水的碧峰，一刻不停地盯着她的脸蛋，从来不知道疲倦；那岸边的翠竹点头哈腰，献尽殷勤。她那双明眸秋水一般，顾盼生姿，千媚百娇。她声色不动，引来蜂蝶飞飞；她含情脉脉，让远山低头，让俊鸟啁啾。蓝天羡慕她的秀丽，将自己碧蓝的影子融进她的心里，多情的男子更是忘情地扑入她清凉的怀抱。

漓江水静静的，似乎一动不动。其实她本来就是文静的，她像撒娇的女子，喜欢默默地躺在大地母亲的怀里享受母体的温馨。百里长的漓江水，像一只沉在水底的玉簪，不摇不晃，静静地沉默着。她喜欢纯洁的细水浸润自己的面庞。她喜欢轻柔的水流轻轻地抚摸自己的肌肤，给她带来阵阵酥酥麻麻的愉悦。她身处躁动的地球，不为狂风暴雨所动，不为电闪雷鸣所摇，日日夜夜纹丝不动。她似情窦未开的少女，不愿意陷入纷纷扰扰的世情，甘愿厮守一份天真与纯洁；又像看够世情的女人，甘愿在静穆中保守恬静与悠闲。鱼儿游动，像母腹中婴儿的躁动，她不动声色，用心体会躁动给她带来的丝丝甜蜜。红日用烈火般的热情炙烤着她的脸，她只用清凉的微笑轻轻抹去；皎皎圆月用一腔纯洁的话语邀请她去远地游赏，她只用感激的心将圆月的话牢牢记在心里，寸步不移。她坚守着那份平静，但她并不薄情。她会把风声收进心里，会把雨声收进心里，会把鸟语收进心里。她会容纳游鱼浮游，会容纳沙砾滚动，会容纳雨滴敲打。无论白天夜晚，她允许山的身子紧紧依偎自己；无论黄昏拂晓，她总让明月陪伴着，用自己含情的眼神默默传递心声。她喜欢大榕树与她为伴，他喜欢凤尾竹向她频频点头。她不喜欢毫不顾惜她感受的游艇扰乱她的平静，只好皱皱眉头；她也不喜欢轻浮的游人浪声浪语，只好默默地承受。

漓江一碧如洗，明净透亮，惹人喜爱，岂知她的多姿多彩更为迷人。漓江是地上的五彩丝绦，也是天上的七色彩虹。

晚霞，遍天。夕阳将山的翠身描成墨影投射在漓江里，以衬托铺满半块江面的红霞。山影绰绰，水色红透，半江墨水半江红，如画师的即兴泼墨一般。水光中，渔翁踏着竹筏，用长长的竹竿划破水面，将几声山歌抛在水面，溅起水花几朵。渔舟唱晚，漓江在烂漫中越显宁静。

晨光，熹微。天边一片白色，稍远的山将自己银灰色的影子投在水面，如粒粒玉笋出土。稍近的山将自己的墨影画在水面，浓墨一般浓重。天上淡黄色的云朵也将自己的淡淡黄晕印在水面，似乎也来凑一份热闹。玉笋挤着黑山，黄云将半块水面染成黄色。

朝霞，满天。朝阳喷薄而出，天地笼罩在霞光里。漓江的橙色水面上，一条竹筏，两个老翁，几只水鸟。一个老翁撑篙，一个老翁撒网，水鸟蹲在竹筏上，静静守候。

晴天，湛蓝。蓝蓝的天上没有一丝白云，沿岸的绿山和绿树映衬着水面，水面一片绿色。天色清亮，山色碧绿，水色翠绿。轻舟一叶，在水面轻轻摇荡，将一面绿色锦缎吹皱。“青山簇簇水中生”，“分明看见青山顶，船在青山顶上行。”（清·袁枚）岸边的一块块绿田，缀成一片绿野；江中小滩上的牛马，低头啃着青青绿草。

晴天，蔚蓝。蔚蓝色的天罩着地面，把漓江染成一片蓝色。漓江失却了本来的清澄，用蓝色与蓝天相映，水天一色。蓝天似乎无意改变漓江岸边青山的本色，让他们在漓江里沐浴时仍然保持着一身青绿。

阴天，灰色。灰色把地上的山涂抹成灰黑色，山不再那么绿，清淡朦胧，个个灰头灰脸，一脸的不高兴。岸边的树也不那么绿了，任天公随意改变自己的容颜。漓江变成了白色，满江白白的，清清的，亮亮的，一片宁静。一艘游船驶来，被江水涂抹成一只灰鸟。

阴天，多云。云朵一朵挤着一朵，日头像挤在石缝间，露着微光。暮霭里，云朵将漓江和沿岸的山染成青紫色，岸边的凤尾竹组成一道森森黑墙。紫色江边，几叶渔舟停靠，几个渔翁蹲在竹筏中间，悠闲地抽着烟。

漓江，我想把你挂在天上，人人观赏；我想把你搂在怀里，独自爱抚。可否？

花溪

花溪，那条如花似玉的溪，总在我眼前流淌。

花溪，她静静地流，缓缓地淌，轻轻地流出花溪镇西面的山口，亲亲地淌进人的心里。

与其说花溪是一条溪，不如说她更像一位正值妙龄的苗家女。她袅袅婷婷，如一缕清风飘出山口，似一条素练舒展开来。西山的绿树孕育了她冰清玉洁的肌肤，西山的翠峰造就了她婀娜的身姿。她脚步轻盈，似飘飞的杨花柳絮，似展翅翻飞的蜻蜓，似水面摇动的一朵白莲。她带着松针的幽香，带着野草的淳朴，带着山花的清丽，姗姗而来。她一点也不着急，她怀揣着一颗清纯的心，要做一次长途旅行。她没有精心打扮自己，只带着她的天生丽质走出山里。初出山口，看到眼前一片开阔，一片敞亮，她竟按捺不住自己，欢腾起来。她欢跳着，欢唱着，跳下一段石阶。她将如怨如慕的山歌洒在石阶上，洒在原野上。她像山里的俊鸟飞出林子，像山里的彩云飘出寨子，山外的精彩撩开了她的心花，她兴奋，她快乐，她忘情。

在平展展的原野上，花溪放慢了脚步，重归于平静。这片美丽的原野，春有金黄的油菜花观赏，夏有碧绿的禾苗陪伴，秋有千重稻菽慰藉，冬有青青的菜苗相望。多彩的原野是美妙的世界，仿佛她小时候做的童话梦。原野迎来一条清水，原野为之鲜活；城市迎来一条清水，城市为之清新。清水在原野上曲折，仿佛一条白练在绿海里飘动，她美化了近处的原野，映衬着远处的青山。“十里河滩明如镜，几步花圃几农田。”[1]美丽的花溪！美丽的原野！

花溪在流淌，在流淌中顾盼着原野景色。蛇山挺立在原野，如出土已久的春笋，花溪轻轻向他走来。蛇山以为花溪会轻轻依偎着他，在他爱怜的目光里流连徘徊，而花溪却轻轻滑过他的身旁，向前滑去。龟山、麟山和凤山夹道欢迎远道而来的花溪，都想博得花溪的喜爱，想与花溪一起营造花溪公园的美丽风景。花溪放慢了脚步，在小山间流连徘徊。

如果说花溪的源头和流经的地方群山绵延起伏，那么花溪公园里的几座小山只是盆景里的几粒小石。那些绵延山峦呵护着花溪一路走来，花溪在山的怀抱里享尽安闲，她为自己生长在山峦间感到温暖欣慰。眼前的这几座小山，没有大山的气概，却有小弟弟般的乖巧，倒也让她爱怜。她静静地流着，抬头看一眼龟山，只看见龟山绿色的“龟甲”，却看不见它的真实面目。其实龟山并不想袒露自己的真面目，他的“龟甲”是坚硬

① 陈毅 1959 年游花溪时赋诗。

的石头，几乎没有几粒土，他为自己的瘦骨嶙峋惭愧，在如花似玉的花溪面前自惭形秽。龟山既不高大，也不俊俏，聊以自慰的是满山郁郁葱葱。绿树在石缝里伸出粗壮暴突的根须，从这条石缝窜到那条石缝，哪里有石缝，哪里就有树的根。粗壮的根须支撑着坚实的树干，坚实的树干支撑着繁茂的枝叶，龟山为自己的坚实和葱郁而自豪。龟山以其勃勃生机笑迎花溪，在花溪里投下灿烂的笑容。

花溪轻移莲步，平静地在花溪公园徜徉。溪上搭着一座曲曲折折的石桥，横栏直槛，如天河的鹊桥；溪里一座桥，影影绰绰，更曲折，梦幻一般。穿过石桥，花溪突然高兴地跳跃起来，水花四溅，心花怒放。桥下有一个石阶，阶上苔藓绿，绿中白水活。石阶西面那段静水白如练，石级东面的那段水绿如蓝。花溪在投入那段蓝水的怀抱之前，再也抑制不住自己的喜悦之情，忘情地跳跃起来。桥西的花溪凝神静气，如处女般恬静腼腆；桥东的一节花溪则激情奔放，连跳带唱。苗女肚子里的山歌本来就多，她怀揣着一肚子的山歌而来，能不亮一嗓子吗？石桥东面的不远处，水中星星点点的河石，有的如拳似掌，长满小草；有的如盘似磨，开着鲜花；有的如舟似舫，长着婆娑绿树；有的如月似日，芳草萋萋。它们像海里的仙山琼阁，又像谁家庭院里的园景，还像画家笔下的丹青，其实纯属天然。难怪花溪刚才那么开心，原来眼前的美景让她乐开了怀。山歌一曲，花溪又归于平静，静如沉碧绿如翡翠。花溪被两岸茂密的树木和龟、蛇、麟、凤簇拥着，幸福地蜷曲在水湾里，任由树木和神兽仙禽情意绵绵。河石的前面，一湾湖水静谧清澈，镜子一般明澈，小山和两岸的树木倒影水中，留下朦胧的剪影，像画家笔下的一幅水彩画。游人在水面挥动木桨，悠闲地划着小船，童话般美妙。岸边树林里的声声蝉鸣和啁啾鸟语轻轻震颤着水面，桨声寥落，水面清净。水光云影，天蓝水碧，鸟语花香，麒啸凤鸣，恍若仙境。花溪在仙境般的水湾里沉醉。

花溪绕到麟山脚下，眼前豁然开朗，百步桥平铺水上。桥里水面平静，像一面亮澈的镜子，清澈见底；桥外是一道石阶，水流通过石条向下流去。虽言是桥，其实是一个个石条矗立水面，人在石上走，犹如在水上行。一步一个桥，百步百个桥。人行石上，影倒水中。流水穿过石阶迅速跃下，既给人置身舟中的感觉，又给人漫步银河的奇妙。当你跨过了百个石条，到达溪流的彼岸，像在水府潜行一回，像在天庭游览一遭，美妙之感难以言传。此岸脚下水草丰茂，绿叶摇曳；彼岸水边青枝掩映，绿叶扶疏。绿草水中摇曳，清水揉碎一片片草影；枝叶倒影水面，水面刻下一幅版画；水花溅起，扬飞一朵朵白梅。丽日林中照，清水石上流。清绿相映，构成清丽亮澈的水上世界。

石阶下，花溪一片平静，在两岸绿树的拥抱中恬静安闲。一条长长的水道，水碧绿，树碧绿。花溪静静地躺着，不流不淌，不思不想，任由两岸枝叶抚摸她娇嫩的肌肤。浮云不顾两岸绿树和游人的嫉妒，跃入水中，在水面留下一抹淡影。水面仿佛一幅画，浓墨淡影，如果你喜欢，也可以为她添上美丽的一笔。水道宁静，仿佛一首温婉的小诗：蜻蜓掠水，丛花吐香，水草摇绿。水道清亮，仿佛一首小曲：好鸟相向鸣，垂柳轻轻飏，游人形影幢幢。碧水形成一条甬道，绿树形成两条甬道，绿树夹碧水，碧水映青枝，丽日在甬道里筛下几道浓淡不一的树影。

如果说花溪是一条白练在花溪镇飘舞，那么镇南的连绵不断的翠峰则是一道天然屏风。一个个尖尖的山峰像一粒粒春笋，清脆碧绿，将半块天染绿，将半块地染青。山色柔嫩，不是屏风胜似屏风。翠峰俯瞰着花溪像蚯蚓在绿地上蜿蜒，眼看着花溪像一把剪刀将绿野裁剪成美丽的图案，欣赏着花溪如一条丝絛在绿山密林间斗折蛇行。翠峰称赞花溪是一支画笔，会在地上轻轻作画；翠峰夸耀花溪是一根绣花针，能把原野绣成锦绣。

过了花溪桥，花溪流到对面的屏风山下，像缠绵的女子用飘飘长发厮磨着山脚，依依向东流去。

我见过许多都市河流，大多只是一条河而已，无景可言，而花溪积自然山水于一处，是天然，更像人为。山映水，水映山，山水天然巧合，是美不胜收的天然画卷。

你若掬一捧花溪水，可以看见她的秀；你若掬一捧花溪水，可以尝到她的甜；你若掬一捧花溪水，可以闻见她的香。你掬一捧花溪水，洒向青天，天上的星星会更亮；你掬一捧花溪水，洒向原野，原野上的草会更绿，花会更艳。

美丽的花溪，流吧！流吧！

清清黄河水

那段清清的黄河水，带着一片绿意，在我心里流淌。

赤日炎炎，我沿着陕北吴堡黄河岸边的公路向北行驶，本想看看夏日浩浩汤汤的黄河水，目睹它的橙色，领略它的浩大，欣赏它的壮美，不料看到的却是一条清澈的小河。也许你怀疑我看到的现实，其实我也怀疑眼前的现实，我不相信这条浑浊了亿万年的河水会如此清澈，如此绿。

古老的黄河西岸凿出了一条新崭崭的公路，公路建成后似乎没走过几辆车。黄土层上的柏油路一尘不染，在黄土崖上画出一条清晰的褐色。往东望去，河对岸山西的黄土和村庄与陕北的黄土和村庄隔河相望。对岸的河滩上，青绿的枣树掩映着农舍，灿烂的日光笼罩着枣树林，金色的河谷一派静谧。黄河在两山之间静静地流着，没有波涛，没有吼声。我曾见过这里冬日的黄河，浑黄的河面漂着朵朵梨花般美丽的冰凌，冰凌慢悠悠地在河面游弋，悠闲自在。我曾见过这里夏日滚滚滔滔的洪流，那是暴雨后黄河在奔腾，巨澜翻滚，势不可挡。瞅一眼脚下的河水，小河轻轻地流，似一股清风轻轻划过地面；小河静静地流，像黄皮肤里的血液静静摩挲着皮肤。清清的水流在河谷里无忧无虑地弯曲，悄悄地忍耐着夏日的酷热，默默地享受着河谷的静谧。河谷没有一丝风，只有满谷金光，偶有几只飞鸟飞过，留下几声吱吱的叫声。浑荒的河谷抱着一道清流，苍黄的山间吟着一段清新。

车过一段弯路，青青的小松树静静地伫立在路边。松树的青色点缀着黄色的路沿，画出两条绿。路沿下的河谷，一条绿带平铺着，沙滩一片白，河水一条绿。绿水懒懒的，似平身躺在河滩上小憩，任由金光照，不管河谷虚。河滩上娴静的白沙轻轻地簇拥着清水，将清水轻轻地揽在怀里。清水抚摸着细沙，用细柔的发丝厮磨着沙滩的面颊。河那边的枣树枝叶婆娑，缀成一条绿带，守卫着沙臂里的清水。清水从那岸伸向这岸，将那岸枣树的绿色收在怀里，洒在这岸的黄土崖下。土崖下的河滩里，几块嵌在白沙里的青石翘着头，好奇地看着眼前的绿水，盼望绿水滋润自己干涩的嘴唇。一股清流带着白，溢着绿，从上游的那段山下走来，在下游的另一段山前消失。这是多么可爱的白和绿啊！俯仰天地，天地间只有一段河谷，河谷里漂着一带绿。这带绿是天仙遗落的一只玉簪，还是远古飘来的一片绿叶，或是岸边女人不慎遗落在河谷里的一条绿色丝绦？我想俯身捡起玉簪，摩挲它的润；我想弯腰拾起绿叶，嗅嗅它的清新；我想伸手捧起丝绦，送给远方的朋友。

车过一段坦途，青青的小柏树静静地伫立在路边。松树的青色点缀着黄色的路沿，画出一点点绿。河谷的下游，一条绿水远去，河谷的上游，一条绿水远来。绿水之上，河谷空空，河滩里白沙如银，疑是九天的白云飘落河滩，粒粒清清爽爽，片片白白净净，在阳光下闪着白色的光芒，将河滩映成一片银白。一条绿水分成两条绿带，穿过河谷两边的沙滩，缠绕着河滩中央的一片沙洲，像两条绿色丝绦绕着一面玉璧。沙洲白洁如玉，闪着柔和的白光，将绿水拽在自己的身边。绿水轻轻围绕着沙洲，用清澈玉液滋润着干涸的沙洲。绿水如臂，绕过沙洲，又紧紧地挽在一起，顺着河滩远去。一股绿水自然而来，飘然而去，沙洲不喜不悲，依旧守着河中央的那块干涸之地。沙洲的西边乱沙散乱在滩边，沙洲的东边一片平展展的沙滩铺在河滩，河滩外面的绿树连成一条绿带，缠绕着沙滩。绿树外的山脚下，农舍点点，在日光下闪着白光。金色的日光洒满河谷，两岸的黄土映照着河谷，河谷一片透明，一片幽静，一派古朴。我真想掬起一捧清水，洒向河谷，让河谷漂着一朵朵水花，在河滩落下一粒粒珍珠。

车过一个村庄，青青的小杨树静静地伫立在路边。圆叶点点，在日光里泛青。金色的日光填满长长的河谷，不露一丝缝隙。河谷两岸的黄土山闪着浑黄，将浑黄融入金色的日光里。金色笼罩着河谷，河滩上的绿水在上游斗折蛇行，在白沙滩上画出清晰的绿。那斗折，是天际的北斗七星投下的丽影；那蛇行，是河水模仿青蛇在爬行。沿着斗折蛇行而上，你的眼前立刻浮现出黄河从上游一路奔来留下的无数曲折，从远古到今天，奔流不息的河水一路走来，一路弯曲，弯曲是黄河妖娆的身姿。视野外的黄河，也许一段白，一段黄，一段绿，就像曲折的历史给大地留下多彩的轨迹。眼前的绿水，绿绦般在河谷里飘拂，谁持绿绦就地舞？沙滩上弯弯曲曲的绿，是谁用巨臂挥毫泼墨，写下灵动的甲骨文？你会看见沙滩上跳着优美的舞，你会听见沙滩上飘着低低的歌。你一定相信，从古到今，河谷里一直跳着优美的舞；你一定相信，从今往古，河谷里一直飘着不息的歌；你一定看见眼前的白沙滩像一幅洁白的纸，上面画着黄河的满面沧桑。

车过一段石崖，青青的小柳树静静地伫立在路边。柳条丝丝，在日光里低垂。柳丝飘着长发，低头书写着绿。远处的河谷里，河水紧靠着山脚下的崖壁延伸着，依恋着那黄黄的崖壁。依恋够了，河水离开崖壁向河滩中央走来，似乎厌倦了崖壁的呵护，要松开手，舒舒坦坦地在河谷里舒坦。一片清水斜着身子飘过来，在河谷的中央散开。清浅的河水漫过河谷中央的沙滩，像一面敞开的镜子透亮。透过水流，你可以清楚地看到水中的卵石任由水流厮磨，十分乐意水流在炎热中冲洗它的身子。浅浅清水将日光一丝不漏地传给沙砾，让它们在清凉中享受夏日的惬意。沙砾滚动着细小的身子，轻轻地倾吐心中的快乐。水流低低地吟唱，吟唱沙砾的愉悦，吟唱自己的快乐。你会看见水迈着轻盈的舞步在起舞，你会听见水流以轻快的旋律在低低吟唱，河谷里轻歌曼舞，一派升平。

车过一段土崖，青青的小槐树静静地伫立在路边。槐叶片片，在日光里吐绿。槐叶在地上筛下点点阴凉，点点阴凉是它低微的喘息。对岸是一个圆圆的河湾，河湾的层层石壁上闪着层层红光，河湾里蓄着一湾湖水般碧绿的河水。河水安卧在宽阔的河湾里，一动不动，似对河湾的宽阔和宁静十分惬意。河水这边的路下是一片荒草滩，杂草丛生，偶有河石凸现。日光将金色洒满河湾，河水在金色的河湾里懒散地躺着，似乎在经受了长途跋涉后十分疲惫，想在此小憩。天上的云朵在水面投下片片淡淡的影子，波光粼粼的水面风情无限。远处红岩下的老镇被红日烤得冒着热气，似乎很想赴身河里洗去身上的暑气。红崖顶上的黄土地里，枣树懒懒地站立着，望着山下的空旷，心里一片空旷。你会为河湾里的风情所吸引，你会躺在河湾里的树下领略河水的无限风情。

黄河，你流淌着过去，流淌着现在，流淌着未来。也许过去你也曾有过清澈，期望你未来也如此清澈。

车到佳县，一河清流顿失清澈，顷刻之间变成一股浑黄的浊流。我的心里却永远流淌着一条清流，永远珍藏着偶然拾取的一段绿。

香格里拉行

高原

跳过金沙江，跑上一道坡，顿时眼前一片敞亮，原来我踏上了青藏高原的边缘。

莽莽高原与天相接，高得似乎伸手摸得着天。高原下的山、河流和峡谷，似乎是另一个世界，低矮，狭窄，扁小，是天坑里的世界。高原空旷而平坦，空得仿佛只有天地二物，一眼望去，高原远处粘着天，天低垂在高原的肩头。这里是高原，也是天庭，高高在上。在高原上游走，仿佛在天街漫步，进入一个无比纯洁的世界，心像天空一样透亮。

高原是块草原，稀疏低矮的绿草铺在地面，稀疏的牛羊低着头悠闲地啃着小草，牧童坐在草地上，悠闲地望着远处的游人和疾驰的车。草原静静的，没有人声，没有鸟语，没有牛羊的叫声，甚至没有风，只有天地默默相对。城市的喧嚣被抛到了另外一个世界，这里创造了全新的宁静世界。牛羊缓缓游走，牧童偶尔高歌几声，歌声飘过草地，愉快地飞入蓝天。路边小屋前的木柱上，你会看到高悬的牦牛头骨，犄角冲天，面目狰狞。

草原过后是绿野，绿野上铺着一块块农田，农田里长着并不茂盛的庄稼，庄稼的边上立着一幢幢方方正正的藏式小屋，小屋的墙白白的，白白的屋里住着神秘的藏民。

经幢

位于香格里拉古城大龟山的吉祥胜利幢，是目前全世界最大、最重、内藏经书最多的胜利幢。吉祥胜利幢是藏族传统吉祥八宝之一，幢高二十一米，直径六米，重量为六十吨，内装有一百二十四亿藏文“唵、吗、呢、叭、咪、哄”六字真言经文。幢外用黄铜铸有观音、文殊、普贤、地藏四大菩萨，八尊妙音空行母及雪山、江河、森林、村庄等图像；顶部是代表胜利发展的华盖，上部篆刻着六世班禅所著《香巴拉赞》的节选，下部为各民族团结和睦的雕像和藏族传统的吉祥八宝图案。佛经上说，按顺时针方向转动经幢一周就等于咏诵了一遍内藏的经文，那么转动吉祥胜利幢一周就有咏诵一百二十四亿遍六字真言的功德。

高大金黄的载体，多么神圣！几个人用力推着经幢桶，经幢桶缓缓移动，仿佛藏文六字真言缓缓流进身体，直达嘣嘣跳动的心脏。六字真言将你的心带到一个旷远而神秘的地方，那里无灾无难，福音袅袅，纯净如冰雪世界，宁静如湖水一片。那里是人迹罕至的伊甸园。

我突然想起了虔诚藏民的千里拜佛情景：一个，甚或是两个衣衫褴褛、蓬头垢面的藏民，怀着虔诚的心愿，迈步、合十、举手、匍匐、五体投地。他们用磕长头的行走方式，风雨无阻，缓慢前行。他们或独自走在寂寥的漫漫长路，或带着妻儿老小，或结伴组成摩托车队，带着有限的衣食，不避风雨，不畏寒暑，翻山越岭，风餐露宿，执着前行。多么虔诚的心！多么伟大的精神！

湖泊

香格里拉的湖水妖冶，妩媚。在三四千米的高原上，不知道是谁将一块块碧玉遗落到了草地和山间，不知道是谁有意用一面面镜子映照山的美貌，草的柔媚。有的湖水清淡素雅，静静地躺在山下的草地里，尽管山上的碧树静静守候在她的身边，她仍然无动于衷；尽管湖边的红叶百般挑逗，她始终恬恬淡淡，旁若无人。有的湖水则不然，蓝得赛过宝石，山上的碧树青草稍动眉眼，她便心旌摇荡，将碧树青草尽揽怀中，尽情地亲吻。有的湖水十分深沉，山影树形在她的身边绕来绕去，她不让他们摆动自己的衣裙，不理他们飞来的媚眼，始终板着面孔，拒诱惑于千里之外。有的湖水一碧如洗，她似乎早早恋上了身边的峻山，将挺拔的山形和柔软的白云一起搂进自己的怀抱，抚弄戏耍。有的湖水白得像一面明澈的镜子，将站在湖畔的你抱到水面，你的身姿，你的眉眼，一览无遗。有的湖水碧绿，与天地完全融为一体，分不出哪是天，哪是地，哪是湖水。不仅山恋着湖，天恋着湖，牛羊和人也恋着湖。湖水包容了万物。香格里拉的湖水迷人，不单在于她以自己的清丽娇媚点缀了山川，还在于她不甘寂寞，千万年来一直守望着这块净土，不离不弃，将自己的青春毫不吝啬地奉献给这块土地。

山

香格里拉的山高大雄壮，令人仰止。有的山坡上长满了红杜鹃，杜鹃花开，整面山坡火一般红艳。这让人想起杜甫“山青花欲燃”的美丽诗句。很多山上长着碧树绿草，山春笋一般嫩。你可以看见绿树一棵挨着一棵，层层叠叠，从山脚一直叠到山顶，山仿佛是一棵棵树垒叠而成的。你可以看见有的山形峥嵘峭拔，山石磊磊，山顶积雪皑皑。山不仅孕育了自己的高大壮美，还哺育了山下的湖泊和草地。湖水在她的怀抱里安详地躺着，日夜瞅着她壮美的身躯，千年万年，矢志不移。山脚下的草地，绿草丰茂，鲜花遍地，牛羊不肯离去，粉蝶不肯离去，牧童不肯离去。最让我惊叹的是这里的山孕育了高大的松树。在藏民的居所，我看到了最粗壮的屋柱，需要几个人才能搂住的木柱。我曾经惊叹，如此粗的树木，恐怕只有天上才有，地上哪会有呢！谁知这些粗壮的木头就出自香格里拉的山上。我看到了山上一棵棵粗壮的树木，高插云霄。我惊叹山的伟大，仰慕山的神奇，我禁不住对着群山叩首膜拜。山是这里的主人，他们拉着手，连绵不绝，千万年来一直驻守在这里。他们站在高高的青藏高原上，仰头瞭望着蓝天，俯首瞭望着东方广袤的土地。山使香格里拉静穆，静穆得像一尊佛，像一方圣地。

晚会

夜幕低垂，将香格里拉的草原紧紧包裹起来。我在一幢藏式屋宇前停下脚步，眼前是一幢二层藏屋。借着屋宇下朦胧的灯光，我看到了令我震惊的一个个粗大的木柱，也看到了让我惊叹的高大厚重的土墙。整座屋子，没有砖瓦，没有水泥，只有木柱和土墙。要知道这是一幢二层房屋，需要多么结实的厚墙！我赞叹藏民的智慧。

二楼的大厅宽敞典雅，几根粗大的木柱支撑着屋梁，一条条木梁支撑着屋顶。游人围坐在四周的木凳上，观看中央穿着藏服的年轻男女载歌载舞。藏服古朴华艳，藏舞笨拙凝重，藏歌欢快悠扬。我喜欢藏歌，歌者拖着长袖，边舞边唱，歌声似在高山飞扬，似在草原传响，似在湖畔缭绕，似在幽谷回旋。歌声带着你走遍藏区，歌声带着你飞越高山，歌声带着你遨游蓝天。一边观看表演，一边啜着碗里咸咸的酥油茶，一群人深深沉浸在藏俗氛围里。

夜幕沉沉，踏着轻快的藏民舞步归来，藏族的天地紧紧包裹着你。

藏刀

在藏区，你可以看到卖藏刀的商店和地摊。藏民男子，人人喜欢佩戴藏刀，一把漂亮的藏刀别在腰间，或插在靴子上，威武雄壮，飒爽英姿。这种张扬英武之气的饰物，具有豪爽之气的男人，无人不爱。藏刀的美不只在于它的阳刚，还在于它稀有的质地。我亲眼看到店主拿着一把藏刀，寒光一闪，木板上的钢钉断成两截。据说古代的宝剑湛泸、干将、莫邪削铁如泥，我不曾相信，眼见藏刀如此锋利，我对削铁如泥一说深信不疑，我为古今良匠高超的铸剑技艺所折服。一把藏刀在身，多么荣耀，多么威武！一把藏刀在手，世上的一切艰难险阻将化为乌有。

过了金沙江，回到家里，心像香格里拉的湖水一样纯净。

岳麓山行

十年前的岳麓山，像一株春笋，那么翠，那么嫩。

那是一场暴雨。当我跨过湘江，站在岳麓山下准备登山时，天下起了大雨。我躲在路边人家的屋檐下等待雨停，屋檐对面是岳麓山的入口处，雨帘模糊了入口处“岳麓山”三个大字。我心里十分着急，如果雨一直下下去，今天登山无望，只能等待下次登山机会。雨不仅没变小，反而越下越大，竟成滂沱大雨。雨幕将天地严严实实包裹起来，不露一丝缝隙。

我望着雨幕紧裹着的岳麓山，眼前浮现出毛泽东的影子。年轻时毛泽东曾经在长沙读书，那时他血气方刚，风华正茂，也许他也喜爱岳麓山。一代骄子已去，却给人留下抹不去的记忆。我在雨幕里谛听，听天籁之声，雨滴潇潇；听湘江涛声，涛声杳杳；听历史涛声，涛声隐隐；唯有毛泽东的挥斥之声，那么响亮，压倒一切声音。雨幕包裹着历史，包裹着我，我在浑圆的包裹中等待雨停。雨下够了，终于变小了，但是没有停歇的意思。我等不了那么久，不管雨停不停，买了门票踏上登山之路。我做好雨浇的准备，权当见识一次历史风雨。人生何惧风雨！风雨中能体味风雨滋味，尽管风雨滋味不甜，但有别番滋味。

那是一条公路。阴天登山省气力，何况是一条公路。独自登山，感觉路格外宽阔，仿佛脚下的路专为我一人而修。我可以慢步，可以快走，可以奔跑，宽阔的感觉真好。看路，路斜；看山，山青；看天，天阴；看地，地新。我突然想起了曾经背着沉甸甸的背包翻越太行山的情景。那是一个银霜满地的上午，山空旷，路很滑，下山时不停地摔跤，屁股疼竟是一种乐趣。此时，我感觉脚下的路太平坦，如履平地；我感慨历练对人生的意义，一次磨炼，终身受益。我几乎没费脚力就登到了山顶。山顶空旷，天幕低垂，原来天居然晴了。天清新，山清新，空气清新。望一眼山下的长沙城，清晰可见。望一眼湘江，湘江如带，橘子洲如鱼。我的脚力犹健，还想再登一截山，可惜山上无山，只有下山。

那是一山绿树。我在林荫间漫步，踏着湿漉漉的青草，谛听松林的声音，松林无声。树叶上的水珠滚落，滴落在草丛里，无声无息。我寻找山风，山风销声匿迹。我喜欢听山风单调的旋律，虽简单却明快，它可以将人融进自然，领受天籁之妙；可以将人送归原始，体味远古之幽。虽然山很清静，却犹如山风呼啸，将我融入自然，领受天籁，将我送回原始，体味远古。静谧将我和自然合二为一，无我无它。我感慨自然如此神奇迷幻。雨水滋润后的树叶，格外润泽、娇嫩，它们仍在不停地吮吸着水珠的甘甜，仿佛刚听完一曲美妙的圆舞曲，仍然沉静在曼妙的音乐中。摸一摸湿漉漉的松树，松树送我几缕幽香；摸一摸灰白的枫树，枫树请我秋来赏红叶；摸一摸从远古走来的银杏，银杏摇晃着一把把小扇子，向我点头致意。无声的世界那么美妙，难怪古人会有此时无声胜有声的感觉。

那是一些小路。我在林间小路徘徊，路是石级路，清洁如洗。我在石级中寻找历史的遗迹。那是蔡锷，那是黄兴，那是其他几个名人，他们隐藏在密林间，手扶绿树，静默无声。他们希望人们拜访山林，而不喜欢人们拜谒他们。他们认为树才是山的魂，他们不过是看守树木的人。湘人把这些湘地的名人安放在这里，让他们与绿树共存，与青山共存。近代湘地多风波，也多名人。岳麓山平静，山下却一点都不平静。正是风云迭起，才孕育了一大批有志之士。如果你凝视那些林间鲜活的名人面庞，你会听见他们依然在呐喊，呐喊声振聋发聩，荡涤心胸，荡涤山野，将人和山野融化在他们的呐喊声里。我想和着他们的呐喊呐喊，让震撼历史的呐喊震彻环宇。历史的呐喊已去，现代的呐喊依然在继续，人类前行的历史需要不停地呐喊。我耳边响起呐喊，听见声声呐喊穿过小路，穿过林间，飞向山下，飞向历史，飞向未来。

那是一个小峡。山脚有个清风峡，我想听清风流动的声响，谁知没有一丝风。只见峡中林木茂盛，小树簇拥着大树，新枝搀扶着老枝，勾出一幅幽邃杂树画卷。新枝竞发，老树苍虬，看出林木在更迭，看出有些古树的树龄足有几百年。山气氤氲，托举着老树新枝，摇荡着旧枝新叶的心。嘉木秀，空谷幽，山气清，确是休闲避暑的胜地。山气朝夕佳，林木四季秀，栖鸟相与鸣，在此歇脚，十分宜人。如此佳境，不仅给人赏景之乐，还可以给人修身养气之益。山上多是新树嫩叶，山脚却多是老树虬枝，原以为岳麓山青壮，不曾想也沧桑，山脚那座古老的岳麓书院就是明证。大概宋代在书院读书的书生，经常来此谈古论今，研习学问，或者游玩。我静听，似乎听到了操着各地口音的书生在谈笑湘江，争论朱熹，那老树的年轮里一定镶嵌着他们说笑的内容。拍拍老树的身躯，聆听古人的声音，乡音里尽是些家事国事天下事。

那是一座小亭。我坐在清风峡中的爱晚亭里，尽情享受着艳阳里的清凉。山上树木葱茏，山下清泉淙淙，绿水一池。依山傍水，设了一个小亭，真乃佳处。始建于清代的爱晚亭，取自杜牧的诗句“停车坐爱枫林晚”。树中找树，果然有不少枫树，秋来可以在小亭里赏红枫。毛泽东有“看万山红遍，层林尽然”的诗句。看来晚秋时节，这里丹枫如霞似火，红彻一方。试想秋来红叶满山，三五好友坐在亭中，举头赏红叶，低头论古今，有多惬意！估计昔日岳麓书院的学子常来此游玩，春观杂花，夏看绿荫，秋赏红叶，冬品瑞雪，何其乐也！据说毛泽东在长沙求学时，也曾邀志同道合的好友来此赏景，纵论天下之事。“书生意气，挥斥方遒，粪土当年万户侯”，恐怕这就是他们当时在此相聚时的真实写照。当年有志青年的一番宏论，引来中国的巨变，面对檐角如翼的爱晚亭，不禁浮想联翩，敬意油然而生。而今爱晚亭成了人们游玩休憩的佳处，人们置身其中，尽享其乐，何其乐也！

那是一个书院。建于宋代的岳麓书院，至今学风很盛。从门联“惟楚有材，于斯为盛”可以看出，书院当年如火如荼，学子云集，名师硕儒来此讲学，鼎盛千年不辍。书院内依然一派古香古色，典雅朴素，清静宜人。书院八景，是千年学子养性怡神读书的佳处。集学问与养性为一身的书院，今天变成了大学，依然有国内名师来此讲学，古风蔚然。千年书院培养出万千学子，培养出众多名流，令人赞叹。书院因山得名，山因书院扬名，二者相得益彰。岳麓书院文气氤氲，学风袅袅，人才辈出。虽说书院不大，却名气斐然。

那是一条清澈的江。我站在岳麓山下的湘江边，江风夹着雨滴飘飘洒洒，一如历史的风雨敲击着湘江。岳麓山上看到的橘子洲是一条顺江而下的小鱼，此时则变成了一条停泊江中的大船。眼望湘江北去，一带清流；瞩目橘子洲头，两水夹击。“橘子洲，洲旁舟，舟行洲不行；天心阁，阁中鸽，鸽飞阁不飞。”橘子洲将湘江水分成两条流水，清浅江水漫流，时有浪花溅起。当年毛泽东“中流击水，浪遏飞舟”的情景顿现眼前，那是多大的勇气，何等的气魄！我仿佛看见一个伟人的身影在江水里龙腾虎跃，腾向前方，跃向未来。伟人的身后跟着千千万万游泳健儿，劈波斩浪，涌向前方。橘子洲的橘树绿叶苍翠，秋来橙黄橘绿，果香飘溢。毛泽东的巨型石刻头像，长发飘飘，英气勃发，让人尽睹伟人年轻时别具一格的丰采，为伟人当年的风华所陶醉。

十年前的萧萧风，潇潇雨，青青山，依然在我眼前舒卷，画卷一般。

滇池情

滇池，是一粒露珠，晶莹剔透。

三十年前，滇池，一池水。

那个冬日，一场瑞雪将昆明包裹在雪中，我到西山去寻找滇池。多可笑，这无异于缘木求鱼。西山的公路弯弯曲曲，迤逦而上，走起来毫不费力。我揣着寻找滇池的梦，一边走，一边转头看着山下的平地。房屋在星星点点的飘雪中模模糊糊，我仿佛隔着门帘看门外的景色。白色的门帘飘飘忽忽，千家万户在飘忽中轻轻摇荡，似轻纱笼着的梦，又似缥缈的海市蜃楼。落在脚下的雪花很快融化为水，路面湿，但一点都不滑。我刚从北方来，想起北方家乡的雪花落地后总迷恋着坚硬的土地，迟迟不肯归去，有如遥远天空来的访客，看惯了空明，总想多看几眼地上的山、水和草木。西山路上的雪花是匆匆过客，对眼前的景物似乎并不陌生，也不留恋，所以想早点恢复真身，回到天空，准备下一次旅行。

轻盈的雪花陪伴着我，引我走进路边的一座小寺院。我忘却了寺僧的面目和袈裟的颜色，也忘却了寺院里的泥塑，却清晰地记得寺院里那几株茶花。雪花轻轻地飘落，似乎怕敲落茶花树的绿叶，更怕敲落红艳的茶花。我从天寒地冻的北方走访西南，绿叶本让我新奇，红花更让我惊讶。我的目光轻轻拨开徐徐飘落的雪花，吃惊地望着那一朵朵硕大的红花，叹为观止。雪中的红花本让人新奇，手掌大的花朵更让人新奇。我贪婪地望着如火的红色，贪婪地看着绿色里燃烧着的火苗，很久才移开脚。我不以自己的少闻寡识为耻，因为见多识广的大文豪郭沫若都惊叹，何况我这无名之辈。郭老赞曰："艳说茶花是省花，今来始见泛红霞，人人都说牡丹好，我道牡丹不及茶。"

我心里揣着灿烂的红花向前走去，在山坡的绿色树林里停下了脚步。那里有一座非常朴素的墓——聂耳墓。一个平凡的墓，埋着一个平凡的人；一个平凡的人，谱出了不平凡的曲子：他为西山增胜。站在墓前，我的耳畔飘着聂耳的曲子。树林，山野，在高亢的曲音中摇荡。我带着曲音离开树林，怀揣着跳动的音符向前走去。

我并不为龙门石道的奇险而惊讶，因为那里是一面石壁。我为人们开凿龙门的匠心而感叹，人们知道龙门是欣赏滇池的佳处。凭栏鸟瞰，眼前一片空旷。星星点点的雪花连缀成一块雪幕，远处的天空朦朦胧胧，近处的屋宇缥缥缈缈，脚下的湖水清清白白。滇池原来很大，东边连着城市，西边看不见湖边。一池水，连着天，盖着地，洋洋洒洒无际涯。顿时，眼界开，世界开，心胸开。天地间，一片水，在雪天雪地里一片清明。雪将人画入景里，滇池将雪揽入景里，人将雪和滇池揉在梦里。我用目光拨开点点雪花，想看一看真真切切的滇池，滇池却特意嘱咐雪花遮掩自己，宛若出嫁的新娘，将雪花做成盖头，遮盖她的娇容，掩饰她的羞怯。我远道而来，遇到羞涩的新娘，算不上一场艳遇，并不惊喜，却也快乐，毕竟看见了书里的滇池。美景如美人，浓妆淡抹总相宜。滇池腼腆，含蓄，形容别样。我想起徐志摩的诗句："最是那一低头的温柔，像一朵水莲花不胜凉风的娇羞，道一声珍重，道一声珍重，那一声珍重里有蜜甜的忧愁——沙扬娜拉！"

我爱慕滇池的娇羞，走到滇池的身边，想在近处看一看她的娇容。西望滇池，一池碧水，泱泱也，与西天相接，不知其远，不知其深。天朦胧，山苍茫，水迷蒙，岸苍翠。一池冬水在眼前，看得见她的颜容，却看不透她的芳心。滇池一派恬静，并不在乎人来人往，紧紧依偎着身边的西山，紧贴着远处的天地。

滇池边的大观楼公园，小巧别致，依偎着滇池。那只长联更是以它宏伟的气魄，守卫着滇池。寒士匠心留上联，下联留给后人续。远地有好水，水边有真人。山水在天地，更在人们的心中。滇池留人，长联留人。

十年前，滇池，一面镜子。

那个春日，我又去西山看滇池。我没有进小寺院，但心中开着硕大红艳的茶花；我没有进树林，但耳畔缭绕着聂耳的曲子。那花，在我心中绽放了整整二十年；那红艳，让我寒天不寒，热天不热。那曲子，在我耳畔缭绕了整整二十年；那曲音，让我怀念英灵，向往美妙。那绿树，在我眼前摇曳了整整二十年；那绿叶，让我的心境像春天明朗。我又站在龙门，再一次俯视着曾经那么娇羞的滇池。那日，滇池不再羞怯，她撩开了薄薄的面纱，露出了娇美的容颜。我仿佛在经历一场动人心魄的艳遇，面对丽人般的滇池，我现出难以掩饰的羞怯。我尽力掩饰内心的羞怯，大胆地直视滇池的容颜。

春风撩开了滇池的面纱，水波荡漾，亮光闪耀，与蓝天相映。万亩方塘一鉴开。我惊奇地发现，滇池与昆明城构成一个古老的太极图图案：滇池是阴极，昆明城是阳极。人文与地理的巧合，令我感到神奇。滇池与昆明毗邻，滋润着那些干枯的楼房。惊回首，我看见葱绿的西山宛如一位青春少女，正临镜自顾。她一边梳理青丝，一边顾盼面容，青春在水里荡漾，幸福在心里开花。天上飘过几朵白云，水里却留下几只雁影。忽然水面一阵欢腾，百千只白鸟飞来，在空中上下翻飞，在水面往来穿梭，听说是来自西伯利亚的候鸟海鸥。多么壮观的景象！一阵热闹过后，有的海鸥仍在飞腾，有的海鸥落在水面，悠闲地游弋。这动人的景象，让我想起了二十年前那个冬日飘落的白雪，莫非那点点白雪化作眼前的只只白鸟？当年的白雪令滇池宁静，今日的白鸟令滇池热闹。当年那份宁静，静如处女；今日这份欢腾，闹如顽童。我想伸出双手捕捉海鸥，还滇池那份宁静，又怕滇池不情愿，因为她宁静的外表里有一颗热烈的心。

看够了热闹，我顺着西山的小路下到滇池边。滇池在脚下安闲着，细细的水波轻轻拍打着岸边，水草在水边微微摇晃着身子。水波仿佛母亲的手轻轻摇晃着水草，逗水草开心；水草似乎习惯了水波的撩逗，摇晃着身子，快乐着。那一只只海鸥在岸边踱着方步，悠闲自在。垂柳站在岸边，条条丝绦迎远客，犹如恭谦的女郎。绿树掩映下的石拱桥，小巧别致，像一个微雕。大观楼依然站在水畔，眺望着滇池。那只长联缀上了下联，找到了良缘佳配。墙边的藤枝，繁花似锦，仿佛斜插在滇池鬓角的时花。

我想坐着快艇在滇池游一圈，看见游艇划出的水波，我打消了念头。我不忍在滇池的脸上划出一道道伤痕，也不愿增添滇池的皱纹。我甚至不愿用脸贴着水面，感受她的圆润、清凉和纯净，我怕弄脏了她的脸蛋。我希望她永远年轻美丽。我真想把她搂在怀里，亲吻她的娇嫩和俊美，又怕引来众人的不满。挥一挥手，向滇池道别，滇池嫣然一笑，酬谢我的善意。

现在，滇池，一粒露珠。

那颗圆润的露珠，闪着光，在我心里滚来滚去，滚了整整十年，留下一个个湿润的脚印。脚印跳跃着，翻滚着，划着弧，绕着圆，永不休止。它滋润着我的心田，令我的心十分滋润。它想跳出我的心，在干枯的土地上跳跃。它想跳到平原，跳到丘陵，跳到高山。它想张开笑脸，迎着朝阳欢呼；它想伸出双手，呼唤每一个路人。我拽着它，不忍释手，想尽情享受“金屋藏娇”的甜蜜。

那颗多彩的露珠，溢着彩，在我心里滚来滚去。我在露珠里看见花红，看见叶绿，看见雪白，看见鸟飞，看见风清。这粒露珠，是我内心世界里的另一个世界，它不污浊，也不苍白。我在那份清纯里能嗅得到花香，听得见歌声，看得清绿野，摸得着湿润。我珍视这粒露珠，让它永远是露珠，而不是金珠、银珠、明珠。我会珍藏它，像珍藏一件宝贝。我会蜷缩在这粒露珠里，像胎儿蜷缩在母腹中一样，倾听母亲心脏一次次亲切的搏动，做最原始的梦。

那颗纯净的露珠，在我的心里滚来滚去。我看见它通体透亮，它比玉珠亮，比银珠纯，比甘霖甜。它是大地的精灵，是草木的乳汁，是天庭圣洁的使者。它像一粒夜明珠，夜里亮着我的心房，白昼却跳出我心，云游四海，滋润每一粒泥土。世界上最纯净的东西，莫过于我心中的这粒露珠，我千金不换，让它永驻心间。

那颗清凉的露珠，在我心里滚来滚去。它用自己柔软的躯体，熨帖着我的心。我烦躁的时候，它会抚摸我的心口；我冲动的时候，它会拍拍我的背；我快乐的时候，它会跟我一齐欢呼；我郁闷的时候，它会为我唱开心的歌。它不会虚情假意，用清凉滋润人心；它没有豪言壮语，用清凉告慰世界。

我从西南捡来这粒露珠，我不会独享它的清凉。我会将它抛入空中，让它化为一只飞鸟，飞遍天下；让它化为一道彩虹，照耀天空。我会将它抛入山间，让它化作一道清泉，叮叮咚咚。我会将它放入林荫，让它与草木同生同长。

我怀抱着一粒晶莹的露珠，在地球的摇篮中遥望着星空。

荔波山水

如果你站在贵州高原独山县的莽莽高原边缘，远望高原下数不清的翠峰，你一定不想去搭乘汽车，而想变成一只轻灵的小鸟，跃下几百米高的地质断层，飞向断层下林立的翠峰。

别急，你在县城附近的那条小河边停一会儿吧。

让我抽刀断水，将小河裁为几节，我们一起欣赏小河的美丽。

那节小河，在河谷缓缓地流淌，小河两岸点缀着两条绿绿的草带，草带由灌木和绿草连缀而成。草带外面是窄窄的农田。河水清清的，看不到一丝杂质，一眼能看到水底。河水悠悠的，从远处的山里缓缓走来，仿佛山里人平常不紧不慢的脚步。小河的一边是山，一边是稻田，绿山绿野，满目清新。小河在清新里流淌，秀丽明媚。

那节小河，在七孔桥突然停下了脚步，由一条河变成一泊绿绿的湖水。老旧的七孔桥用青石砌成，据说有两百多年的历史。桥的两侧垂挂着两尺长的绿草，古桥披上几分秀色。两侧桥头的古树虬枝龙腾虎跃，有的枝叶繁茂，有的枯枝横突。古树装点着古桥，古韵悠悠。古树守望着古桥，彼此形影不离。桥下绿绿的湖水映照着古桥和古树的影子，古韵与新意巧妙糅合。绿草绕着湖畔，小花笑对湖水，湖水清新绿翠。湖中露出一枝胳膊粗细的枯枝，鲜活与陈腐相映成趣。古拙的小桥，苍虬的老树，幽深的湖水，构成一幅小画。观古桥，看老树，赏绿水，你不留恋？如此别致的小景，带回家挂在墙上，是再美不过的装饰。

那节小河，在七孔桥上面不远处，敞开自己的胸怀，迎接拉雅瀑布飞来的新水。拉雅瀑布从一个二三十米高的小山包飞泻而下，水雾腾腾，给瀑布和周围的草木蒙上一层薄薄的细纱。瀑布沿着山体分成几绺，悬挂在石壁上，有的如野马分鬃，俊俏潇洒；有的如丝绦垂落，紧贴着石壁。瀑布飞入潭水，欢快地汇入河水。一条银白透亮的瀑布挂在眼前，小巧玲珑，赏心悦目，人的心情为之一新。小瀑布，大惊喜，多可人的景象！

那节小河，沿着山沟哗哗流下来，人逆流而上，又会看到什么？水流似乎在有意取悦于人，它不让你感到单调，不让你出现审美疲劳，它把自己裁为一节一节，让你从每一节流水中看到各不相同的韵致。每一节流水都有一段平台，河水流过平台，落到下一个平台，形成小小的瀑布。有的平台是一湖清水，有的平台是一层薄薄的流水，有的平台是一道道水流，水流间夹着石头或一丛丛水草。有的瀑布三五尺高，有的瀑布仅一二尺高；有的瀑布是一道飞瀑，有的瀑布丝丝绺绺，分成好几道小瀑布；有的瀑布中间点缀着石头，块块石头上长着丛丛绿草。如果你站在水中，伸手抚摸可爱的小瀑布，就像抚摸着小孩嫩稚的脸蛋，细腻柔滑；轻轻的水流冲击着你的手，酥酥的，震撼着你的心。玲珑剔透的小瀑布一个连着一个，一叠一叠，沿着山沟累叠上去，你猜有多少叠？六十八叠，六十八个瀑布！你平生见过如此多的瀑布？见过一个连着一个的瀑布？水流两边，青山夹峙，山花烂漫，你不惬意？人工巧，巧不过天工。

那节小河，突然张开双臂，展开身姿，在一块巨大的石面漫流。不，是在一片小树林里漫流。清清的水流在石面欢快地流过，急匆匆，绕过石面大小不一的石块，绕过石面上的丛丛绿草，绕过石面上的棵棵绿树，沿着斜面向山口冲去。你怎能想到大石板上流水淙淙，会有水草驻扎？怎能想到淙淙流水间会有绿树扎根？绿草长在石缝间，石头边；绿树则将自己的根深深扎在石缝里。这里是树林，树林里是小河；这里是小河，小河里是树林。脱掉你的鞋袜，踏在清浅的水里，任由唰唰的清水冲刷着你的脚踝，脚踝凉爽，全身凉爽，心底凉爽。如果你站不稳脚跟，可以用手扶着树干；如果你站着不动，抬头是绿树，低头是流水，脚下是石头。你置身于水与树的世界里，同时享受到水的清凉和树的绿意，你会以为世界上的童话都发源于这块水上树林。

那节小河，突然收起自己妖娆的身姿，变成了一泊湖水。深山里突然出现一泊湖水，你不惊叹？环顾四周，翠绿的小山环抱，谁能想到一条山沟里隐藏着一个神秘的湖泊？湖水深幽碧绿，你不想荡舟湖面，体验一下湖泊的神秘？两三个人摇着一条小舟，荡舟湖面，像进入一座水宫。湖面不像一般的湖那么开阔，而是湖中有山，山中有湖，山将湖分割成一条条幽深的水巷。山上树木郁郁葱葱，其间点缀着野草、野花。舟在湖面游行，这边的水看不见那边的水，其实水水相连；这面的人看不见那面的人，却可以穿过水巷走到一起。湖里水道纵横，一不留神就会迷失在迷宫一样的水道里。你偶尔会看到水中长着一棵两棵大树，给湖面筛下斑驳的影子。水中有两棵树相距几尺，人们称之为鸳鸯树，多有情趣！湖面一片清凉，桨声人语在静谧中格外清晰，格外短促。山和树木屏蔽了声音，屏蔽了人间。这里是名副其实的仙境，你舍得离开？

湖外是山的世界，是典型的喀斯特地貌。山里没有路，兴许千万年来无人进去。你一定急于进入那片翠峰，让我带着你去吧。

让我做一只雄鹰，在蓝天遨游。我展开矫健的双翼，俯视湖外的世界。湖外哪有山，分明只有水，分明是汪洋一片，波澜壮阔。我看见这里的水是坚硬的水，这里的海是坚硬的海。那一个个葱绿的小山汇成山的海洋，山是柔弱的水，水是坚硬的山。这里的远古曾是汪洋大海，海水退去，留下山的海洋。莫非远古的海洋留恋这里的山水，依依不舍？莫非远古的海洋刻意制造一个仙境，留给幸福的人类观赏？我想，画家的画笔再巧，即便能画出这里的山形山色，却画不出这里山的魂。那一个个坚硬挺拔的山，是一支支春苗，是一粒粒嫩笋，是一颗颗碧玉。如果人们不骂我自私，我真会将它们移至我家的后院，做我的园林。

让我做一只小鸟，在山间绕飞。我在山里绕来绕去，数不清有多少山，有多少树。我愿在每一棵树上筑巢，因为那些树都来自遥远的过去，那些树上都有读不尽的历史。它们枝连着枝，叶连着叶，朝朝暮暮，无忧无虑地生长。它们没有被砍伐的危险，没有被污染的苦恼。我想站在山顶的树上瞭望，满目苍翠会引发我引吭高歌，万山静穆会让我敞开胸怀。让我纵声歌唱，歌唱蓝天，歌唱青山，歌唱绿水，歌唱自由。我可以在山洞里栖居，这里没有惊扰，可以躲避强风暴雨的吹打。我可以在树丛、花丛找到我最爱吃的食物，找到我最亲密的伙伴。这里山山苍翠，山山年轻，山山静谧，山山古老，山山是乐园。

让我做一只蝴蝶，在树丛、花丛飞绕。我在古老的树上安乐地栖息，在古老的花丛寻找最艳丽的花朵。这里有世上少有的奇花异草，有世人未知的嘉木灵异。这里没有繁华热闹，没有荣华富贵，没有世态炎凉，只有无欲无求的花草树木和流水。我飞过花丛，停留在每一朵花上，采撷每一粒花粉，吮吸每一滴露珠。我可以在每一个角落无忧无虑地生活，天晴浴日，雨来沐身，云来看天，风来看花，何其乐也！

荔波的山水牵着我的手，牵着我的情，我的心深深嵌在荔波的青山绿水间。

凤凰城记

湘西是个神秘的地方，从重峦叠嶂里飞出一只凤凰毫不稀奇。

凤凰城便是那只凤凰。

凤凰城不错，有个好名字；凤凰城历史不久，只有三百年的历史；凤凰城不大，只有一条街、一条河。

凤凰城的名字很迷人，很多游客慕名而来，我也不例外。据说凤凰城美丽的名字与一座山有关，而我最喜欢的却是那条小街。

面前一条小河，踏着河上的石桥走过去，进了一条小巷。走出小巷，面前还是一条小巷。不过，这条小巷长长的，那条小巷短短的。这条小巷长长的，往东看看不见头，往西看看不见尾，只好往上看。巷子两边是两排房子，各有三四层高，头上广阔无边的天变成一条窄窄的缝隙，犹如一条白色的丝线悬挂在空中。两排高高的房子夹着一条窄窄的巷子，人仿佛掉进一个深井里，幸运的是可以看见天，可以自由呼吸，可以左右走动。

一条幽幽的小巷子，诱人。

最有趣的要数坐在巷子的台阶上看行人。往巷子的西边看：

我看见一个男子肩上挑着一担蔬菜缓缓走过来。小小的男子，小小的担子，小小的步子。我看着小男子一点点长大，小担子一点点变大，小步子一点点变大，由远而近的脚步声一点点变大。他走到我面前，我发现他比我还高，担子并不重，他的步子很快，似乎要赶着往家走。在担子换肩的时候，我看见他的扁担几乎碰着两边小巷的墙。脚步声由近而远，步子由快到慢，人由大而小，最后人消失在无尽的小巷里。

呵呵！我笑了，一条袖珍巷子！

巷子里人很少，我看见一个男子推着一辆平板车迤逦而来。车子吱嘎吱嘎的声音由远而近，车子由模糊而清晰，人从小到大。推车人走过我身边，看见我好奇地看着他，他也好奇地看了我一眼，然后继续前行。我看见车子塞满了整个巷子。车子的吱嘎声远去，车子远去，人远去。我看见远去的车子，一点点膨胀，一点点把巷子撑开。最终车子挤破了巷子，不见了踪影。

呵呵！我笑了，原来是一条袖珍街！

我不相信这是一条小街，于是仔细看小街的两面，街这头是一个挨着一个的小铺子，街那头也是一个挨着一个的小铺子；街这面是一个挨着一个的小铺子，街那面也是一个挨着一个的小铺子。街这头无头，街那头无尾。一条无头无尾的小街，一条深幽的小街。

我不相信天底下有如此小的街，我沿着小街往东头走。街一点点变窄，我的身子一点点变宽，眼看着我的身子挤满了小街。迎面走来一位女士，我只好侧身让她走过去。我继续往前走，发现自己越来越胖，简直要撑破小街。我的脚步声越来越大，以至咚咚作响。我有点毛骨悚然，发现自己掉进一条地缝里，永无出头之日。我想走回头路，几乎转不过身子。

哎呀！我庆幸自己转过身子！

我沿着小街往那头走，一边走一边看着自己，我发现自己一点点变瘦，越往前走越瘦。我惊觉，这是一条魔鬼街。我左顾右盼，企图消除我的恐惧感，果然奏效。你看，小吃店、玉石店、银饰店、服装店……最后，我在一家饴糖店前停下脚步。这里的街面稍宽，店前站着几个人看热闹。我看见店里的制糖师傅手里拿着一根木棍，木棍上缠着长长的、软软的、白白的东西，这东西连着远远的另一头的固定木棍，像一条白色的长带子悬在空中。师傅用手中的木棍绞几下长带子，然后再系到那头的木棍上，拉长，再绞，再系到那头的木棍上，重复往返，汗水涔涔。制糖师傅乐此不疲，看的人津津有味，一道特有趣味的风景。

呵呵！原来这是一条蛇尾巴街，一头稍宽一点，可以容两辆平板车并行；一头细细的，只容一个人走。

我喜欢这条袖珍街，它小巧，简直可以放在手里把玩；它实在，不赶时髦，保持自己的原始本色。小人物喜欢小天地，小天地里别有天地。

那条水，叫沱河，清清的，绿绿的，静静的。站在河上的石墩往两边看，青山对峙，估计沱江一路走来，多是青山相迎，绿水相送，没有多少污染，故而清清的。举世皆浊我独清，难啊！估计这一段河水不浅，绿是自然的。这段河是人工截流河，因截流形成了湖水一般，波澜不兴。青山绿水吊脚楼，这景色真够惬意。

青山不满意小街来打扰，因此使劲将它挤在河边，甚至将它的一只脚挤在河里，形成了临水而建的吊脚楼。一根根木棍支撑着一排吊脚楼，将吊脚楼变成一只日夜停靠在河边的大船。河里很少看见小船，因为小船不能通往下游。如果坐在吊脚楼下的石台阶上，喝茶，看书，聊天，看风景，或者在河边钓鱼，洗菜，淘米，一定很有趣味。那座称为“虹桥”的三眼桥远远横在河上，似一道虹，但没有彩虹斑斓的色彩，名字好听而已。稍远处的一座塔，静静伫立在水边，将自己挺直的身子弄弯，抛在水面，影影绰绰，摇摇欲坠。还是吊脚楼的影子踏实，站在水边纹丝不动，任凭风吹水动。

脚下的水在缓缓移动，尤其在水经过石墩的时候，可以看见清水冲着青石，划出白色波纹。蹲下身子，用手掬起一捧清水，凉凉爽爽的，真想灌进嘴里。把水抛入水里，激起一点水花，博得自己一脸笑意。水流从山的那面过来，钻入山的那面，不知道流向何方。据说，山环水绕的凤凰城曾是古代的兵戎之地，河岸边有旧城墙便是见证。山青水绿的地方竟是兵家之地，山如何感想，水如何感想，不得而知。只见山水依旧，人事灰飞烟灭。血刃之地变旅游之地，让人感叹世事易变。脚下的流水，照过古人照今人，照着青山照蓝天，它是天地间的一面镜子。

那座山，在凤凰城外。群山之中的一座孤山，岩石裸露，陡峭笔立，只有少量的草木点缀其间。这就是当地人眼中的凤凰山。凤凰城因凤凰山而得名，凤凰山因似凤凰而得名。山因凤凰而有名，城因凤凰而有名，一荣俱荣。一个不起眼的偏僻小城起名凤凰城，无非想借一点凤凰的仙气。当地人称凤凰山为天下第一山，是就其陡峭而言。称凤凰山为天下第一山，不免过誉，山外青山楼外楼，天下奇险之山多得是。沿着石壁玻璃栈道而上，到达山顶，只见一条刀刃一般的山脊上悬着一条游丝般的路，踩踏其上，真有立马变为一只凤凰脱险而去的愿望。不过，凤凰人看中的是此山状若凤凰的仙姿，想借凤凰的灵气，乘着凤凰飞出穷乡僻壤，甚或期望此地飞出几只凤凰。凤凰人的期望没有落空，熊希龄、沈从文、陈寅恪和黄永玉不就是从这里飞出去的几只凤凰吗？

人们喜爱凤凰，然而凤凰只出现在神秘的地方。

山那边

山这边是厦门，山那边是山重，山重是个村名。

山这边有风，山那边也有风。山这边是海风，山那边是熏风。

山这边是厦门和海，山那边是山里的一块凹地，凹地上有个山重村，村里有棵老树。

山这边的海风吹不到山那边的凹地，因为尽管山只有七八百米高，却挡住了海风。山那边的风飞不过山，厦门闻不到山里的气息。山里的风是卷曲在洞里的龙，只能在洞里蠕动身子，无狂也无骤。尤其是夏初，山那边风和日丽空气暖，是另一个世界。

山这边的海很美，可以与蓝天媲蓝，与碧水媲碧，道是天涯不是，道是海角不是，却有天涯海角之美。山这边的岛很美，不是仙岛，胜似仙岛；没有仙山琼阁，却有碧树红花，别墅高楼；没有遗世独立的仙人，却有仙风道骨的佛徒。山这边有如诗如画的城市，有碧树青禾点缀的绿野，有蔚蓝的天空。然而，平时你只能看到一小片天地，天地为你而小，你为天地而大。你是海港里的一条鱼，只在一条狭窄的水道里游泳；你是笼中的一只鸟，只在巴掌大的空间里飞；你是树上的一条虫，只能蚕食一棵树上的叶。当你登上厦门西边的蓝山，别说登到山顶，就是登到山腰，你会看到天地为你变大，你为天地变小。面朝城市，尘嚣远去；背靠青山，山岚缥缈。你抱一抱绿山，吻一吻嫩叶吧，回到大自然，你会有几多新鲜。

山那边山套着山，山连着山，山间有一片凹地。山那边日暖风和，有几山青翠，有几凹翠绿。去时下山踩着绿，入村踩着绿，抬头环顾群山非青即是绿。地是绿的，天是蓝的，置身其间，你还求什么？不就是求几分绿，求几分新吗？群山夹地，这山长满绿树，那山也长满绿树，山为绿树而肥，树为山青而瘦。密密匝匝的树裹着山，层层叠叠的梢簇拥着山，山为树爱戴，树为山而荣，和谐的自然彼此和谐相依，你岂能不为此颔首。密密的林间，一簇一簇白花乱点，不知是什么花在怒放。这里一片淡黄，那里一片淡黄，片片淡黄装点着绿坡，听说是野生龙眼树在扬花。许是一色的绿让人感到色彩单调，某位画师摇动彩笔，随意在山上涂抹几笔，抹出几点异色，为生机勃勃的绿增添几分灵动。

山这边的海蓝，比不过山那边的山绿。海是精灵，灵动异常，不怪智者乐水，只嫌少了几分凝重；山是精魂，凝重中有几分灵动，不止仁者乐山，智者也乐山。智者会掬起一捧水，在水的晃动里寻找乐趣；仁者却在这山的厚重沉稳中揪几片绿，在绿的深沉中寻找自身的影子。山这边，海滩人语喧闹；山那边，山头蜂蝶翻飞鸟鸣翠。山与海比，山逊一段平，海输几分高；蓝与绿比，蓝赢一片静，绿胜几分新。山那边，山气日夕新，飞鸟相对鸣。凝神静听，时闻鹰鸣，偶有鹂啭，百鸟争鸣，千虫合唱，山上一片活，山下一片静。山下望山山静，村外看村村静，村里看人人静，人前看人人心静。山里人，无欲无求，只求风调雨顺年丰收。

山那边的房屋，一色农家屋宇，高不过两三层。抬头看，天阔树绿空气新，偶有飞鸟掠过，如游云飞动；两边青山吐翠，如春笋出土，似绿云绕天。低头看，屋宇鳞次栉比，鸡犬之声相闻，门前列桃李，屋后排梨杏，院中芭蕉香蕉芒果龙眼争绿。路小巧，地开阔，与高天相向，组成另一番天地。山这边，高楼大厦，楼高入云，厦大插天。人在街上行走，阔天变成一线天，广地变成一条路。抬头看，两边的楼房排山倒海般挤来，身为之挤，心为之跳，气为之喘。不闻鸡犬声，但闻车笛响，汽车尾气如猎手追杀着行人。街边的绿树在汽车尾气的荼毒中沉重喘息，街头的各色小花在杂沓的脚步扬起的尘土里张着笑脸。

山那边的田地，禾苗初长，温煦的阳光射在娇嫩的绿叶上，绿叶挺着细细的绒毛，吸着清气，吸着新光，蒸蒸日上。抓一把久违的泥土闻一闻，虽然没有美酒佳肴的浓香，却有泥土、禾叶和杂草的清醇。香蕉树张开阔大的绿叶，贪婪地吮吸着日光，尽情地嘬取着新鲜的水汽。龙眼树稠密的树叶撑起一把绿色大伞，上承日光之暖，下接地气之清，临冬不退绿，此时越加茂盛。一串串正在发华的土黄色花蕊缀在绿叶间，和路边的野花一起笑迎路人。龙眼花蕊里溢出的芬芳只有茅台酒才可以与其媲醇比厚，深深吸几口花香，你会醉卧树底。带几缕花香回家，满屋飘香，香水的气味会自叹弗如。芒果树花期已过，树上缀着一粒粒豆大的绿果，你的眼前立刻跳出一颗颗色黄肉甜香醇的芒果，禁不住馋涎欲滴。枝叶繁茂的大榕树遮天蔽日，霸气十足。路边的灿烂红梅，如火如荼，为绿野增色，为游人开怀。你即便多长几双眼也看不完山里的新鲜。

山这边不乏浓荫绿树，街道旁和公园里的假槟榔树凤凰木木棉花芒果树也会应时而绿，随令开花，顺节结果，也会赏心悦目。正如你看笼中的鸟，虽和山里的鸟外形无异，叫声相同，也有几分乐趣，但鲜活程度大异，总感到此鸟非彼鸟，此声非彼声，笼中的鸟毕竟少了许多野性。城里没有多少泥土，自然闻不到泥土的醇香。家里的那几盆花草，梅、兰、竹、茉莉、丹顶红和盆树，尽管精心浇灌，按时晾晒，总比不上野地里自然生长的花草茂盛鲜活。即便是街道和公园里的花草树木，与山里的花草树木相比也要逊色几分。

山重的那棵古树，据说有两千多年的树龄，需十几个人才能合抱。尽管树枯枝虬，树根一个大洞可以钻进好几个人，树上的几根老枝也有几个空洞，但依旧长着新枝绿叶。这棵古树能活多少年，谁也说不清。看着古树主干的斑斑皱纹，如见耄耋老人手背上暴凸的经脉；望着老枝的空洞，让人慨叹生命的顽强长久，叹惋人类的羸弱和人生的短暂。

山那边的小溪，一股清浅细流，一股平静小水。细流在乱石间跳来跳去，不顾游人喜忧，只顾自家欢乐。它从山里的林间来，前往山间的远处去，不舍昼夜，不顾阴晴。若问哪里去，它会说山深不知处；若问何时归，它会说久去必然归。小水山上来，穿林涛，过石罅，来到一弯宽阔处。小水静，古树老，一弯曲水清新，几棵老树婆娑，仿佛老人伴着童稚，各有其趣，各得其乐。临水自照，照出脸上从城里带来的尘垢和尘嚣雕出的皱纹，捧一掬清水洗涤，尘垢顿除，皱纹立减。你会感慨，城里的自来水去得掉脸上的尘垢，去不掉脸上的皱纹，山里清泉是最好的洁面除皱圣水。

山这边的海，静时海天一色，平镜一面；动时波涛汹涌，绿涛拍岸。初看时满目新鲜，心为之阔，情为之壮，看久了如看一弯湖水一般。小溪没有大海的壮阔，却有自己的清澈委婉。面对一池清水，大家闺秀也好，小家碧玉也好，临水自顾，顾盼多姿，犹如在自家的闺房里自如舒坦。若是海水抹面，必然艰涩；如果用溪水涤面，一定润滑舒坦：山里的溪水养人又养颜。

山那边的山林间有野果，路边也有城里人喜欢的水果。你看那艳艳红桃挂树梢，你看那青青绿李藏叶间，不信城里人不眼馋。城里人吃东西图个新鲜，亲手从树上摘下的水果能不新鲜吗？你可以尽情看，尽情摘，只要你付得起钱，愿摘多少摘多少。

山这边的水果很多，应时的过时的，水果摊上都有，但是买东西容易掏钱难，东西贵不说，买不到最新鲜的。城里买水果不讲价，多是一口价，而山那边可以买到最低价。去一趟山那边买水果，就像去国外采购一回，大开眼界。山这边的水果是城里的味，山那边的水果是山里的味，味道各异，你不信吗？清代的刘姥姥进贾府看见样样东西都新鲜，现代的城里人去山那边走一趟，保准看到样样东西都新鲜，信不信？

山那边人少村子安静，人们出门是邻里，回家是亲人；抬头是绿野，低头是庭院；白天一壶泉水茶，晚间两盅糯米酒；忙时下田间，闲时喂鸡鸭；晴天晒太阳，雨天看苗长；自家种粮自家吃，自家种菜自家煮；忧时唱几句歌，乐时搓几把麻将；年头几粒种，年尾几囤粮。

山这边的车多人更多，过马路要小心，眼神不好或腿脚慢了要吃亏。街道洋，高楼洋，头发洋，衣服洋，洋里洋气样样洋，山那边的人跟山一样淳朴。

从山那边回来，别走大路走小路，沿着沟里的那条小路走最好。公路沿着山脚蜿蜒曲折，两边绿树成荫，车在路上行，好像乘着船在绿浪里滚。树叶裹着车子，车子像一只虫子在绿叶里蠕动。沟那边山坡上深浅不一的绿色花色招引着你的目光，不知什么树开什么花。开着车窗，龙眼的花香钻进车里，浓香扑鼻。即便关上车窗，浓香也会钻进来。山上香，山下香；山那边香，山这边香；沟里香，空中香；香气迎人来，香气送人归。当你回到家里，周身香气氤氲。

山这边风好，山那边风熏，山那边的熏风吹得人心醉。

黄果树瀑布

小河，像一匹野马，为什么不懂得悬崖勒马？那是一个百米高的断崖，哪有什么路！无畏的野马俯冲下去。

丽日下，我站在山腰，感觉细雨蒙蒙。抬头望天，天蓝蓝的，没有一丝云彩，哪来的雨呢？我低头，看见谷底一股水汽升腾、弥漫。树林间，轻轻的水汽包裹着树，水汽游动，树在沉浮。绿树被一粒粒润洁圆滑的水珠摩挲着，发出低微的呻吟。水汽如乳液一般，浸润着绿叶，绿叶张着笑脸，享受着乳液的滋润。树林如梦似幻。

林间的草，在水汽中吮吸着柔嫩的乳汁，叶子上挂着几粒晶莹的水珠，水珠如水晶般透亮。我看见小草仰望大树，仿佛仰望天庭，薄薄水汽包碧树，碧树在水汽里轻轻摇荡着。小草一声低沉的叹息，惊走的水汽立刻又回到身边。小花张着笑脸，想开怀大笑，水汽如母亲的一只大手，迷住它的眼睛，它只好闭着眼微笑。小草怨恨挥之不去不招而来的水汽，是它抑制了自己内心的快乐。小草真想把水汽一口气吹散，可惜自己没有太大的力气。它怨恨大树，宁愿被水汽吞没，不愿吐一口气，将水汽吹到远处。

一个挑着担子的苗人，任由水汽扑面，他摸着脸上的水，不知是汗水还是水汽。他情愿抬手抹去脸上的水，不愿意舍弃难得的清凉。他在水汽中行走，脚步如水汽般轻盈。他挑着沉重的担子，却迈着轻轻的脚步，似乎怕踩碎了脚下圆滚滚的水汽粒。路面微微湿润，似有人用清水挹撒过一般，湿而不滑，润而不腻，苗人脚面不带一点灰尘，不带一点泥巴。

苗人放下肩上的担子，坐在路边，摸一把汗水，伸开双腿，眺望着远方。远处的山像屏障，像城墙，将他包围着。他舒一口气，低头看着山下，水汽迷蒙着天坑一般的山谷。一截高台上蓄着一汪清水，仿佛一汪天池。天池的上游奔来一段快活的清水，天池的下游一条清水向远处快活地跑去。水汽淡了，水汽亮了，水汽里出现一条白瀑，悬挂在脚下的山谷。瀑布的两边悬挂着灌木和小草，如画框一般将瀑布镶嵌在画里。瀑布的下面，水珠飞溅，粒粒水珠在阳光的照耀下，闪着银色的光芒。银珠飞升，渐飞渐高，渐飞渐远，飞到瀑布上面的山腰，飞到瀑布两边的树间，爬在树叶上，落在草丛里。

一条快活的小河，不经意间创造了一个罕见的瀑布。

本是见惯了的景致，此刻苗人却陶醉了。那是天女散花吧，却不见天女的影子；那是鲸鱼喷水吧，却不见鲸鱼。粒粒水珠闪耀着光芒，阳光将它们变成粒粒珍珠，在空中游来游去，如苗人小女儿心中的童话世界。

一个女人站在瀑布的对面，一帘瀑布自高而下，遮住了她的眼帘。是月宫嫦娥织就的丝绦抛撒在月下？是苗家女人浣洗的布匹悬挂在天上？是苍穹的银河跌落九天？是地宫的冰凌矗立地面？薄薄的水帘直落而下，透明如清澈的玻璃，清纯如素绢。女人张开双臂，想把那幅素绢揽在怀中，想用自己红红的嘴唇亲吻它的清凉，亲吻它的柔嫩，如亲吻自己女儿的脸蛋；她想把这幅素绢当作一条披肩披在身上，在微风中旋转，让自己像降落人间的仙女，重返天界。她亲吻着，旋转着，在亲吻中醉了，在旋转中醉了，一切像在梦中。

她从梦中醒来，两眼朦胧。朦胧中，她瞅见无风时，水帘直落水潭，如她背上的长发垂挂；有风时，水帘在空中微微舒卷，像她的秀发在风里飘扬。水帘两侧点缀着几簇绿草，绿草根部的青苔和绿草一起吮吸着水帘的清气，绿草在水帘清气的震荡下微微摇动身子，似在和着水帘的节拍在吟唱。她看见水帘跌落水潭，水面飞起朵朵白花，白花跳跃着，欢呼着，歌唱着。她看见那小小的水花，那是小女孩天真的小脸，那是小男孩挥舞的小手，那是女人欢乐的笑声。她伸出双手，想把水花捧在自己的手里，贴在自己的胸口，装入自己的心里。她笑了，开怀大笑，心里乐得像那一朵朵水花。

她看见潭水是口装不满的缸，为什么日复一日的水流填不满它？她看见潭水是女人快乐的怀，喜欢水花飞溅，喜欢心花怒放；她看见潭水是好客的主人，张张笑脸都装在它清澈的心里。她想浸泡在谭水里，享受潭水轻轻抚摸的舒坦。她看见水帘俯着身子，快乐地跃进潭水里，似跳水好手去水里寻找那一瞬间的完美，一瞬间的快乐。她忘却自己是站在瀑布对面的石阶上，她想跃起身子，扎入水里。她看见潭水给水帘奉上一朵朵美丽的鲜花，将瀑布的快乐捧给远道而来的朋友。她张开双手，将潭水奉上的鲜花捧在手里，衔在口中。

一个男人吃惊地望着瀑布前的半空，一道艳丽的彩虹横空而出，彩虹的一头搭着瀑布，一头搭着瀑布边上的石壁。他揉揉亮眼，恍若梦中。不雨何彩？不雾何虹？谁持彩练当空舞？谁将天桥涂颜色？他一半清醒一半醉，他说何需天边觅彩虹，何需日日翘望空旷的天空，几丈之外便是自己喜欢的美丽彩虹。看着近在咫尺的彩虹，他大喊：我太幸福了！不期而遇的彩虹让他忘情，他伸出一只手，想触摸彩虹，触摸彩虹的艳丽，触摸彩虹的虚幻和坚实。他想把彩虹拈来放在手里把玩，他想把彩虹贴在自己的胸口，他想把彩虹装进口袋里。他想驾着彩虹，体验凌空而立的虚幻；他想揣着彩虹踏上归途，送给心爱的女人。他做着彩虹的梦，他想乘着彩虹驶向自己美好的未来。

彩虹，是谁赐予你美丽的色彩？不是天公，而是你喜爱美丽的那颗心；是谁给你插上梦幻的翅膀？不是格林童话，而是你喜欢高远的那颗心；是谁让人从你身上体验到自然的伟大？不是教科书，而是你融入大自然的那颗心。

彩虹像多情的女人，依恋着瀑布。

瀑布成就了彩虹，彩虹衬托着瀑布，彼此珠联璧合。

一个男孩沿着石级下到水潭，水潭浅浅，水潭清清，如梦中的水晶世界。飞瀑溅起的水花溅到他身上，他发现身上的水花又溅到自己的心里，心里凉凉的。他伸开双手，迎接扑面而来的水珠，让水珠来得更多点吧！他伸出双手，想攥住几粒水珠，水珠飞在他的手心，在手心跳来跳去。他弯下身子，撩起一捧潭水，水凉浸透心底。他对着瀑布吼一声，瀑布一帘笑容，将他的童声传给身后的水洞里。他抬头望着瀑布，高声吟诵着李白“疑似银河落九天”的诗句。白花花的水帘自天而降，降落在潭水里，也降落在他的童真里。他敞开胸怀，让水帘飞入他的怀中，与他的童真一起飞翔，飞过蓝天，飞回他的家。他仰望水帘上空的蓝天，高喊一声，感谢大自然赐予他一条美丽的瀑布。

一个女孩沿着潭壁的小路爬上去，倏然钻入水帘的背后。她拍着手高喊：“我不是做梦吧？好一方天地！”水帘背后居然有一条天然通道，从水帘的这头通到水帘的那头，形成一个名副其实的水帘洞。水帘遮盖着长长的洞，长长的洞口悬挂着一条水帘。水帘从她的头上飞过，直泻水潭。她透过水帘往外看，水帘模糊了对面的树木，吞没了附近的人语，水帘创造了一个冰清玉洁的世界。女孩说：“为什么孙悟空不在洞内的猴王宝座上，难道唐僧唤他西天取经去了？为什么一个猴子都没有，难道不知道这里是它们的乐园？”洞内回旋着女孩的话音，水帘在回答：这里是人间仙境，这里是人间乐园。

回首如梦似幻的瀑布，瀑布里淡出一匹野马的影子。

黔山贵水

如果你去过贵州，你会为贵州的山水倾倒，就像倾倒在一位十分爱慕的女郎面前，倾心爱慕。世界上的美多种多样，山水之美如清泉流入心脾，最能滋润人心。贵州山奇水异，是自然山水，又超越自然，让人倍加倾心。不妨让我带你去领略贵州的山水吧。

也许你去过新疆和西藏，仰慕天山的高大，仰慕喜马拉雅山的雄壮。那是一种可望不可即的仰慕，正如仰慕古代孔子之类的圣人，让你可望不可即。在贵州高原，你看不到如此顶级的山脉，不会身临七八千米的极顶，但你依然可以领略高山的雄壮伟岸，让你产生高山仰止的情怀，让你喷发壮怀激烈的豪情。当你来到兴义的那块高地，坐着汽车奔驰，你会以为在天庭遨游，超尘出世，悠哉游哉。当你不经意间侧视的时候，你会猛然发现身边一座高山横空出世，雄浑高大，遮天蔽日，半壁天空顿时没了踪影。举头仰望，看见鸟儿只在半山盘旋，高山蹲踞平地，如怒狮猛虎般威武雄壮。你会惊叹，天并不高，就在不远处的山顶；

你会惊叹，高山插入云天，刺破晴天未折腰；你会生出奢望，跃上山顶，摸一摸天空的蔚蓝，俯视寰宇。

当你从兴义归来，路过关岭的时候，你会看到另一番景象。汽车在高山上随着蜿蜒曲折的山路盘旋而下，你侧视身边的山岭，会发现自己正从高空顺着山岭一点点降落。山赤裸裸的，岩石裸露，寸草不长，山势一截一截下落，高大的山体被截为几截，截截分明。你从山顶走来，迤逦而下，可以领略赤裸山体的铮铮铁骨和强悍性格，见识山的伟大，也可以体会到“横看成岭侧成峰”诗句的美妙。

雄山让你仰慕，另一种山会让你惊叹。你去过荔波吗？站在高处眺望荔波的群山，几乎一般高低的群山，你挨着我，我挨着你，拥拥挤挤，拥挤在一起。每座尖尖的小山，苍翠欲滴，如春笋，似夏苗，终年碧绿。它们如约而来，紧凑在一起，是永久的聚会，是永久的朋友。它们在相互依恋，是在争奇斗艳，还是在展示群体美，只有这些小山知道。这里没有荡漾的海水，却有山的海洋在荡漾。波涛汹涌，将你带入波澜壮阔的山海，让你尽情领略山光妩媚的同时领略水色的柔美。那里是世界上独一无二的美妙之地，是人间最美的乐园。

你去过兴义的万峰林吗？如果你在远处看到的荔波群山是一种群像美，那你到了万峰林，就可以在近处饱览峰林的个体兼群像美。你站在半山腰，放眼望去，山下的绿野上蹲着一个个碧玉般翠绿的小山，每个小山只有几十米高，葱茏碧透，似乎有人有意将别处的小山移到这里，将它们染成适宜的绿色，点缀这里的美丽山野。看着眼前嫩绿的群山，似笔锋，如玉簪，你想伸手把它们撮在手里仔细把玩，欣赏它们的娇小，欣赏它们的柔嫩，欣赏它们的可爱。你甚至想把它们揣在怀里，带回家里永久观赏。绿野，白水，翠峰，这远赛艺术的自然美景，将自然化为至高无上的艺术，让人叹为观止。

你去过安顺吗？那里有数不尽的伸手可及的小山，如果你在那里的一个个小山下流连，你会看见身边几十米高的翠绿小山一个挨着一个，你想伸手抚摸山上的灌木和绿草，你想抚摸裸露的灰白色岩石，仔细品读亿万年风雨雕刻在岩石上的皱纹。你会注目山上的小洞，那是亿万年前海水凿出的洞穴，那里蕴藏着亿万年前海洋的信息，那里是一道时空隧道。你在这座小山前驻足，在那座小山前徘徊，在另一座小山前流连，从这山转到那山，你会迷失在这些可爱的小山间，你会体会到“停车坐爱枫林晚”的美妙。

如果你的足迹踏遍贵州各地，随处都可以看到几米乃至不足一米高的石林。这些小小的石林，兴许只有几十米或几米大小，它们或点缀在绿野间，或挺立在小溪边，或掩映在杂草里。如果你不留心，会以为那是一片无序的乱石，当你走近一看，便发现那是一片小小的石林，是大地上一丛美丽的石花。这些绽放了亿万年的石花，岩石赤裸，呈浅灰色，高高低低，布满大大小小的深浅不一的裂纹，或尖如笋，或突如拳，或如花蕾含苞，或如鲜花开放，形态万千，各尽其妙。如果你俯身抚摸这些可爱的岩石，你会感叹风雨妙笔生花，会感叹岩石的松软，感叹时间的苍老，感叹岁月的无情。这些小小的岩石，是不败的鲜花，是精心雕琢的盆景。虽然你带不走它们，但你会将它们永远珍藏心底。

你去过梵净山吗？那里既是著名的佛教名山，又是天然氧吧，是著名的避暑胜地。踏进那片难得的净土，你可以看到尊尊奇岩，各具形态；你可以看到巨大断壁；你可以看到云海波涛滚滚，或云烟四起；你可以看到翠峰绵延；你可以看到飞瀑似练；你可以看到十分罕见的佛光：这里是神奇之地。

贵州，遍地石山，遍地艺术。这里是山的天下，是山的艺术，有超越人类艺术的艺术。如果你是一位画家，这里有画不尽的素材；如果你是一位诗人，这里有激发你灵感的万千因子；如果你是一位散文家，这里有你写不尽的山神山韵。

如果说贵州的山雄壮俊秀，让人百看不厌，那么贵州的水千媚百娇，让人流连忘返。

如果你去过安顺的黄果树瀑布，一定知道那条白水河。白水河是一条欢乐的河，不仅它自身欢乐，也会给你带来无穷的欢乐。沿着白水河行走，你会看到白水河异常清澈，由十几个瀑布组成的瀑布群美不胜收，蔚为壮观。河水时缓时急，有的瀑布沿着斜坡缓缓而下；有的瀑布落差小，沿着凹凸不平的坡面奔腾而下；有的瀑布落差大，呼啸而下；有的瀑布汇成漩涡，怒吼而下；有的瀑布绵长，几叠小瀑布组成一个大瀑布；百米落差的黄果树瀑布更是壮观。还有十分诱人的荔波瀑布群，让你赏心悦目。如此美丽的瀑布，给人带来的除了快乐就是美，会让你看时大饱眼福，看后回味无穷。

如果你去过杉木河，一定享受过漂流的刺激和享受吧。你看，那大山之间狭窄的河道上，一条小流欢快地奔流，皮筏在小流上欢快地跳跃，人在跳跃的皮筏上快乐地嬉笑，水的欢叫和人的欢笑融汇在一起，欢乐激荡着山涧。

你去过施秉吗？那里的河是另一种河。在高大苍翠的大山间，你会看到一条碧绿的河懒懒地躺在群山间，河水的碧绿赛过山的碧绿，河水的宁静赛过山的宁静。在宁静的世界里，河水不荡不漾，静静地守着一片宁静，静如母腹中酣睡的婴儿。这里风不动，树不摇，山净化了河水，河水似一块碧玉。河水净化了山，倒映着山，将山带入宁静的世界。这里的人生活在一个童话般美丽的水晶世界。

更神奇的河会令你惊奇。荔波的水在大山间愉快地流淌，溯流而上，你会看见水从一个神秘的山洞里缓缓流出，不知它的源头在哪里。万峰林边的一条河从几十里外的一个山洞里流出，在地面流淌了几十里，在一座山前倏然消失，人们不知它上了天还是入了地，你在惊疑之余还是惊疑。龙宫镇的漩塘更为神奇，一条清澈的小河流入漩塘，昼夜不息，漩塘里的水日夜旋转，旋转的塘水居然不增也不减，你知道塘里的水去哪里了吗？兴义的马岭河，原本在一块坚硬的平地上流淌，小河渐渐变成一把飞快的利剑，生生将地面劈开，形成一道百米深的窄窄的峡谷，你不觉得惊奇吗？关岭的大峡谷，是一条小溪将大山从中间生生剖开，谷底越剖越深，俯身谷底溪流，令人目眩。这时你会感慨，小溪是一把锋利的菜刀，坚硬的大石山只是砧板上一块娇嫩的豆腐，任由小溪切割。如此情景，你不惊异吗？龙宫位于半山腰，游人进入龙洞，需要驾着小舟。驾着小舟在半山腰的水洞里游玩，惬意之余你不觉得神奇吗？

当你在贵州的土地上转悠，到处可以看到流水潺潺。山上的流水在欢跳，山间的流水在欢唱，平地的流水在低吟。那条清澈的花溪水，从山间一路奔来，流过美丽的花溪镇，风情万种；它依偎着身边一个个小小的翠峰依依而去，诉不尽千般柔情，说不完万般蜜意。还有数不清的地下水在岩洞里默默流淌，当它们寂寞难耐的时候，会跃出地面，在山间或平地晒晒太阳。

千姿百态的贵州水，如银般闪耀，似练般轻柔，像美女般靓丽，若神出鬼没般神奇，谁不爱怜？

珍奇的喀斯特地貌，美丽的贵州山水，山挽着水，水绕着山，山水相依，道不尽其美，说不尽其异。

碛口冰花

古渡无人舟自横。

舟，是黄河边的一只小游艇。

岸的这边，靠着山，是山西的山，山下是一些散乱的民居；岸的那边，也靠着山，是陕西的山，山下是一片荒滩。

黄河在两山之间默默流淌。

立春时节的太阳，淡淡的，冷冷的。淡淡的太阳洒落下清白的光辉，似寒冬的冰盘透着丝丝冷气。河岸游动着干冷的风，吹得人脸冰凉，扎得人脸生疼，甚至吹走了岸上的人影，整个渡口冷冷清清，只有我和两位同学。

昔日的碛口古渡，今日的游冶之地，被春光打磨得静静的，被寒冷冲洗得清清的。那滩，那川，那山，清清静静的，不见水吼，不见鸟鸣，唯有我们几位野客。

冷峻的清净似乎将流动的河水冻结了。远看，眼前的黄河水是一幅宁静的画，不见水的流动，不见水的涛声，只见一抹崭新的黄色涂抹着沙滩，只见一弯金钩沉落在两山之间。黄色的山，黄色的滩，黄色的水，鸣奏着低沉而浑厚的旋律。

近看，那道淡黄色的河水在轻轻地流动。其实是河面上的冰凌在缓缓地移动，才显出河水也在流动。那河冰，与其说是冰凌，不如说是冰花；与其说是冰花，不如说是散落在河里的瓣瓣梨花。立春时分，冰冻的河面消失了，上游源源不断地漂来一块块冰凌。冰凌不大，圆圆的，冰面周围围着一圈细碎冰凌凝结成的雪花状的冰棱。冰凌梨花般雪白，杏花般娇嫩，碧玉般晶莹；仿佛耐不住寂寞的天宫仙女，采撷天宫美丽的花瓣，撒落人间；仿佛陆游笔下“寂寞开无主”的梅花主动步入河里，到远方寻找有人欣赏的繁华世界。

冰凌花将我的思绪引领到千年古昔。块块冰凌，就像一只只浅浅的玉杯，在河面悠闲地游弋，这不正是古代文人游戏中的曲水流觞吗？它从遥远的古代漂来，玉杯里仿佛承载着王羲之亲手斟酌的醇酒，也承载着王勃在滕王阁泼墨挥毫时的一腔豪情。

这一只只浅浅的酒杯，从遥远的天山漂来，不也曾承载过古代守边将士的艰辛和思乡之泪吗？如果你端杯仔细品尝，你会品出幽怨哀婉的《梅花落》飘落其中的曲音；如果你端杯潜心审视，你会看到西天寒冬的明月洒落其中的缕缕皎洁的月光；如果你端杯静静聆听，你会听到千年前铁马踏冰的铿锵足音，还有那青海沙场乒乒乓乓的刀剑格斗声。那深深的古怨，幽幽的旧恨，真会让你生发“白发三千丈，缘愁似个长”的感慨。

不过，这块块可爱的冰凌花，我真为它梨花般的白而神往，为它杏花般的嫩而爱怜，为它梅花般的傲而膜拜。如果你是情深意笃的人，你会走近这平静的河边，捧起冰清玉洁的冰凌，将这朵朵冰花藏入你的心底。如果你是热情洋溢的人，你会将块块冰凌当作只只方舟，乘着它们漂往遥远的东海，畅游东瀛神秘圣洁的仙岛。

多么美丽的冰冷！只有我们三人在冰冷中欣赏着这千年不变的美丽。

如果说河里绽放着一朵朵洁白的莲花，那么河畔有一片衬托莲花的绿叶。这片绿叶就是河边小小的老镇。

老镇破破旧旧的，很不起眼，仿佛一个衣衫褴褛的流浪汉默默蹲守在河边。他破旧的衣衫里藏着苍老的故事，不时吸引一群群外地人前来聆听。

那条街，旧旧的，窄窄的，短短的。陈旧的石板街面，坑坑洼洼，不知道是哪年哪月铺就的。脚踏上去，硬硬的，仿佛回到了过去。其实，说是街，而街上旧旧的房屋断断续续，并不连续，很不像街。街面冷冷清清的，几乎看不见人。窄窄的街，窄得只能容几个人并行，只够两辆马车来往。很难想象，这条小街曾有过纷至沓来的脚步，有过车马穿流的印辙。一条街，大步流星，几分钟就可以走完。这样的街，只是古往意义的街，远不能和今天的街相提并论。我们驻足于一段真正可以称作街的地方，只见街两面的老房子，鳞鳞青瓦，色泽深暗；根根檐椽，皱纹纵横。格格陈旧的窗棂上方，挂着块块方匾，这方匾是许多大学艺术系将这里作为写生基地的牌匾。据说，这里的房子具有明清风格。

那座戏台，立在镇中央，并不陈旧，一看就是仿造的。当年那座戏台不见了，但仿佛依然可以听见咚咚的锣鼓声，听见一声声音调高亢的山西梆子，听见一阵阵戏迷的欢呼声。兴许老镇里的那条条砖缝里至今还深藏着那当年铿锵的锣鼓声，那河岸边硬硬的红岩里至今还镶嵌着当年朗朗的戏声，那悠悠的河水里还飘着当年戏迷的浓浓热情。可以想见，当年夜色深沉的夜晚，村姑野汉，葛布方巾，摸着坎坷山路，聚集在这里看戏。戏场灯火通明，人影憧憧，锣鼓声一直响到夜深。

那座大院，门洞深深，门楼高高，庭院阔阔。当年有多少船主船夫住在这里，不得而知。只见阔大的院落，可以容得下二百人。几排长长的平房，虽然如今空空如也，但可以想见当年这里住过多少南来北往的客人。

那座高墙深宅，大门紧闭，当年显赫的宅主现在虽已故去，想必他的发家故事至今还在老镇口口相传，正如每个发家人都有一个诱人的故事流传一样。

老镇的短街小巷，处处沉寂。听不见鸡鸣犬吠，听不见嘈杂人声，沉寂得让人寂寞。

据镇上的人讲，天暖之后，每逢节假日，这里的游人很多，熙熙攘攘，很热闹。

登上老镇背后的山坡，站在山坡上的黑龙庙前，可以俯瞰山下的黄河。黄河静静的，仿佛铺在大地上的一条金色丝带。河面依然漂着冰凌，可比先前少了些。星星点点的冰凌点缀着河面，像镶在金色丝带上的粒粒明珠，熠熠发光。极目远眺，几面都是苍色的黄土山，山一侧的湫水河几乎不见踪影。黄河横卧山中，像黄皮肤上的血管，静静地流淌着；像性情温柔的处子，做倦了的女工，娴静地躺在铺着黄席子的炕上小憩，那朵朵冰花是她心中美丽的梦；像母腹中酣睡的婴儿，静静地吮吸着母亲河的养分。望远山，远山宁静；望长河，长河宁静。蓝天黄土，一派宁静。

我们沿着黄河岸边的公路下行五十里，所看见的节节黄河，都那么娴静。谁说黄河是喜欢咆哮的壮汉，老镇的那段河，分明是位美丽而寂寞的姑娘。那冰花告诉我，姑娘正在做着美丽的梦，河面几朵跳动的浪花，是她那颗萌动的处子之心。

亘古至今，老镇的这段河，立春时分总漂着美丽的冰花，兴许一直没有多少人来观赏它，而我却喜欢这寂寞的美丽。高山仰止，何曾没有层层土石经年累月堆积时的寂寞？苍松挺拔，何曾没有日复一日提升时的孤独？美丽总在寂寞中诞生。

碛口夕照

记忆中的碛口，是一幅素净的画卷：水静静，冰清清，风冷冷，游人寥落，街道房屋一片娴静。

重游碛口，碛口会是什么样子？我没有第一次来时的那种新奇感和迫切感，没有张开口袋预备收获更多的东西。犹如去看一位老朋友，我只揣着一片真诚，将另一片真诚带回家里。山路弯弯，我不惊不诧；斜阳辣辣，我不热不寒；任由车子带着我走。

我看到了一道山脊。

一道山脊挂着两幅画：东面挂着西湾，西面挂着碛口。

西湾，多么美丽的名字！

快到碛口，车子停下来，老同学指着面前的石头村子说，这就是西湾。我抬头往村子头上的山顶一望，知道西湾在山的东面，不在山的西面，那么为什么叫西湾呢？我低头往村子的脚下一看，看到湫水河在悄悄地流动，西湾正好在湫水河的西面。刚才还在暗笑西湾名不副实，此时却在暗笑自己不知就里。高高的红色石岩挡住了西边毒辣的斜阳，将西湾遮蔽在一片夕阴里，西湾像母亲怀里乖巧的婴儿，在夕阴里静卧着。湫水河那边一片浓烈的夕阳，西湾这边一派清淡的夕阴。古旧的石头屋子在夕阴里显出灰白色，像穿了一身破旧衣服的老人，安闲地靠在山脚歇息。西湾的腿张开，伸在山脚；西湾的身子紧靠着红石岩：一副静谧悠闲的样子。

西湾美丽的名字和悠闲的姿态吸引着我，我甩掉慵懒，走进村子。

老同学说，西湾是个城堡式村子，山那边的碛口是商贸之地，山这边的西湾是商贾家眷的居住之地。山那边繁华热闹，山这边幽静安闲。因为忙于生意无暇照顾家眷，商人们煞费苦心，建起了一个确保安全的城堡村。平时商人们忙于生意，居住在山的那边，只有在闲暇时才回家住住。西湾实际是一个家眷村。商人重利，也重文化，清代西湾出了好几位进士，是远近闻名的文化村。

走进巷子里的一个院落，院内坐着几个闲人。院子是北方典型的四合院，屋子全用当地的石头砌成。几间正房高踞于石阶之上，木柱顶着舍檐，是当地富有特色的建筑风格：明柱、舍檐、高圪台。两边的侧屋屈居于正屋之下，似乎在俯首称臣。侧屋前面是一排瓦房，似乎在护卫着正屋，也使整个院落形成规整的四合院。院子中间有一棵枣树，叶绿枣青，逗人口涎。院子的主人悠闲地坐在台阶上，一脸平淡，看着陌生的客人看这看那，偶尔搭讪着客人的问话。娴静的院子，静穆的老屋，恬淡的主人，在夕阴里有滋有味地休闲。

从这个院落登上屋顶，上面又是一个院落。这个院落的正屋也是明柱、舍檐、高圪台，侧屋还有砖砌的绣楼。绣楼高居屋顶，昔日的秀女早已没有踪影，今日的女孩却不愿做离群索居的怨女。绣楼的青砖早已变白，棱棱木窗已成暗黑。透过窗户往里瞅，深闺女子早已人去楼空，将一腔幽怨和几片落寞抛给了仍在叹息的空屋。

更上一层院落，发现上院和下院，院院相通，层层院落依山而建，一直爬到半山腰。每个院落有大门与小巷相通。

走出院落，进入小巷。小巷是石头巷子：路用石头砌成，路面有明显的石崚凸起，显然是为了牲畜上下时防滑；墙用石头砌成，石墙形成小巷。石墙上凸出的拴骆驼石依然完好无损，排水孔和瞭望孔清晰可见。村里有四五条小巷，一条小巷就是一套完整的院落群，每条小巷相互通连，构成严谨而完整的城堡式村子。如此完美的设计，足见古人的匠心。

碛口，多么熟悉的名字！

走出夕阴，拐过山角，碛口静卧在夕晖里。其实，碛口和西湾近在咫尺，几乎连在一起。走进碛口山坡上的小巷里，小巷空荡荡的，可以听见自己的脚步声。走进院子里，有的四合院极其阔大，院中可以容纳几百人，而今只看见寥寥几人伴着几十个空窑洞。有的四合院则小巧玲珑，只有几孔窑洞，几声人语。有的院子上面还有院子，高处的晾台是身下黄河的绝佳观赏点。稍加修葺了的明柱、舍檐、高圪台，依然一派古色。如果都市人住在这样的院子里，比喧闹的街市安逸许多，不知有多惬意。院子的用处并非只有居住，有的则是旧时储存货物的库房。据说当年的库房里储存着棉花、布匹、皮毛、油等多种货物，如今则空空如也。

院子清静，小巷寂寥。有时可以看见远道而来的自驾游览者在小巷里迷路，他们的话音在小巷里回荡，仿佛天外来声。有时可以看见对着画板专注写生的学生，静静地坐在巷子里的背阴处，十分虔诚地描画着眼前富有建筑特色的屋舍，年轻的老师则坐在对面门前的台阶上打着瞌睡。如果有人高喊一声，话音会传遍所有的大院小巷。

山脚的平地上，昔日富商的高墙大院，大门紧闭，不知庭院深深深几许。昔日平民的院落早已败落成残垣断壁。镖局的店门紧锁，依样复原的戏台空空荡荡。那条简短的小街，矮墙低屋，铺面陈旧，石板街上很少有人走过。高居半山的黑龙庙，据说当年锣鼓喧天，戏子高亢的唱腔，就连黄河对岸的陕西人都听得一清二楚，此时则悄无声息。

我问老同学，多少年的繁华古镇，为什么而今如此寥落。他说，只因多年前远处修了一条铁路，从此冷落了这段河面，萧条了这个古镇。他小的时候，这里还是那么繁华，眨眼间繁华变成了萧条。他感叹旧景不在，新景未来。他说，其实碛口有三四条街，其他几条都被黄河水冲走了，现在只留下短短的一条街。我陪着他惋惜一通，庆幸古镇的昔日文明未被今日的文明所覆盖。

那段黄锦缎一般的河面，撩动了我的心花。谁会相信在滔滔黄河上会有一段湖水般平静的河湾。不知为什么，黄河一路狂奔后，拐过一个弯，却突然在碛口收住脚步，静静地卧在河湾里，享受着一路劳累后的小憩。河湾很大，河面很宽，水平如镜，水色纯得像橘黄的橙汁。我想用手摸摸河水，又怕扰乱了它的平静，还是让它多休息一会儿吧。我想用嘴吮吸甘甜的河水，又怕失去它美丽的颜色。

河湾的对面是陕北的黄土莽原，枣树点缀着山顶，庄稼覆盖着山坡，卵石和杂草装点着荒滩。夕阴里的土崖和荒滩摆着姿势，心甘情愿去做河水的背景。淡淡的背景映衬着明亮的橙色河水，俨然一幅美丽的油画。几只漂亮的游艇停在河边，静静地等待着游人。偶尔，几只鸟儿飞过河面，在河水里投下几点模糊的点子。车马不喧，人语寥寥。柔嫩的水面蛋黄般娇嫩，微微摇晃，轻轻移动。我真想捧起一掬水，涂抹在路边小女孩的脸上，让她的小脸蛋更加柔嫩可爱。我真想掬起一捧水，抛在九天，让美丽的橙色染遍每一寸土地。我真想跃身水里，静静地躺在水面，尽情享受河水的滋润。我甚至想永远住在水边，日夜与这段河水为伴，日览骄阳，夜赏皎月，沐春风，戏冬雪。我想将这段河水揽入怀中，带到天涯海角，让四方百姓观赏。

看到两幅画，收获一片情，焉能不喜！

放眼河湾尽头的二碛[①]，河水静默后突然欢笑着，蹦蹦跳跳，跑向下游。

斜阳脉脉，似乎看惯了古镇的兴衰，一点儿不在乎古镇的衰老；河水悠悠，似乎不在乎自己的起起伏伏，只在乎能否奔向遥远的东方。

---

① 二碛，黄河在碛口段的一段水势很陡的流水。

黄鹤楼观景

蛇山如弓卧江边，黄鹤翘首向楚天。

蛇山背负着一只神龟，神龟背负着两只黄鹤，黄鹤背负着飘飘欲飞的黄鹤楼。多么美妙的组合！

谁说黄鹤一去不复返？已去千年的黄鹤今又归来，站在草丛中的神龟背上，恬静安详。大概它依恋身边的滔滔长江，依恋蛇山的草木，依恋高高的黄鹤楼，依恋今日多娇江山。

五层高的黄鹤楼，四面八边的精巧设计，寓含四面八方的意蕴。楼顶为圆锥形，一片金黄。各层的排檐形如数只黄鹤展翅，跃跃欲飞。远看黄鹤楼，如千只黄鹤展翅齐飞。你仿佛看见群鹤展翅蓝天，从眼前翩翩而过，落下声声鸣叫，多么动人的画面！黄鹤楼美轮美奂的造型，不仅给人展现出黄鹤美丽的身姿，而且让人产生无限美好的联想。

黄鹤楼有一个美丽的传说。一位穷道士为感谢辛氏酒店以酒相待，临别时用橘子皮在墙上画了一只黄鹤，黄鹤会翩翩起舞，店家生意因此兴隆。十年后道士重来，用笛声招下黄鹤，然后乘鹤飞去，于是辛氏出资修建了黄鹤楼，以示纪念。

登楼远眺，仿佛驾着一只黄鹤云游。群鹤相伴，凌浩浩碧空，驾徐徐清风，抚朵朵白云，鸟瞰小小环球，何其乐也！

黄鹤飞飞，向西而去。黄鹤楼浩风满楼，极目远眺，江山万里。浩浩荡荡的长江，从西面滚滚滔滔而来，从黄鹤楼脚下流过，前不见头，后不见尾，横无际涯。长江从万里之外而来，途经千山万壑，冲破无数艰难险阻，奔流不息，何等气魄！江水横流，让人胸襟大开，壮怀激烈。楼内有幅壁画，描写周瑜在黄鹤楼大宴宾客。遥想当年，雄姿英发的年轻将军，设宴黄鹤楼内，宾朋满座，觥筹交错，何其盛也！沿江而上，俯视赤壁，山光水色尽收眼底。乱石穿空，惊涛拍岸，卷起千堆雪。江山犹在，战烟已去，可谁能忘却周瑜赤壁大战的伟绩？周瑜羽扇纶巾，指挥若定，樯橹灰飞烟灭，昔日硝烟宛在眼前。故人已乘黄鹤去，空遗如画江山，缅怀英雄胜绩，让人慨叹历史如逝水，生仰慕千古英雄之意，溢创千秋功业之情。

壁画《孙权筑城》，不仅让人了解黄鹤楼与武昌城的历史，更让人想起雄踞一方的孙权建立的伟业。曹操曾经慨叹：生子当如孙仲谋。文韬过人武略超群的曹操都赞叹孙权，后人岂有不敬之理。江山兴废，固然与百姓之力相关，而英雄在历史进程中具有百姓无法企及的巨大作用。英雄往矣，历史业绩犹存。

昔日江中绿洲——鹦鹉洲已经沉没，不见芳草萋萋，也不见“烟开兰叶香风暖，岸夹桃花锦浪生”。现在的鹦鹉洲屋宇遍地。那座弦拉式鹦鹉洲红色吊桥，琴弦一般，连接长江对岸，气势如虹，美感赢人。

乘着黄鹤，沿着长江逆流而上，三峡水库，高峡出平湖，湖水悠悠，别是一番风景。

长江千回百折，迤逦而西，蜿蜒而上，直至雪山脚下。长江源远流长，波澜壮阔，让人仰慕。顺流而下，长江一泻千里，直入东海，气势磅礴，荡涤心胸，让人豪情满怀。

黄鹤飞飞，向东而去。蛇山蜿蜒，绿树葱葱。几座亭台，几座楼阁，映日金顶，光芒四射。蛇脊红色小亭里的千禧吉祥钟，直径三米，高五米，钟身重二十吨，蒲牢一吨，寓含二十世纪和二十一世纪的连接之意，据说是明朝永乐大钟以后我国铸造的最大铜钟。如此洪钟，令人赞叹。用力一击，钟声雄浑，穿林涛，越长江，过城区，远及百里，经久不息。洪钟寄托着宏愿，宏愿会带来宏业。倘若朝夕鸣钟，黄鹤闻钟声远去，闻钟声归来，多么有趣！

长江东去，奔流不息。长江岸边的汉阳城与武昌城高楼林立，与远处的蓝天相接，恍若天市。长江流入天际，汇入银河。如此浩瀚天地，即便是心胸再窄的人也会敞开胸怀，感叹天地之大，宇宙之伟。长河汤汤，气吞山河，固然令人钦敬，记得毛泽东当年多次在武汉长江里游泳，顺溜而下几十里，那又是何等气魄，岂不更令人钦敬？

黄鹤飞飞，向南而去。远处的武昌城如烟似锦。近处的黄鹤楼公园，绿树葱茏，芳草萋萋，湖中绿水，湖畔亭台水榭，清雅宜人。黄鹤楼下，亭牌阁坊，顶部一派黄色，日光下流光溢彩。它们映衬着黄鹤楼，如众星捧月一般，组成一个灿烂的星群。

据说修建黄鹤楼出于军事目的，到了唐代，黄鹤楼已成为游览景点，不少文人墨客来此聚会游览。李白到此，本想提笔抒怀，看了崔颢的题诗，却不敢作诗，感觉自己写出的诗比不上崔颢的诗。以李白的诗才，如果泼墨挥毫，其诗未必比崔颢的诗逊色，然而李白却说，眼前有景道不得，崔颢题诗在上头。恐怕谁都不曾料到，桀骜不驯、傲才侍物的李白，居然如此谦逊。人贵有自知之明。李白的自知之明，实在让人钦敬。自知之明是胸襟，是美德。不过，人们也有几分遗憾，由于李白的谦虚，我们看不到他描写黄鹤楼的诗作。

蓝天之上，白云悠悠，令人想起崔颢笔下的千载白云。那朵朵白云，映衬着黄鹤楼，为人们欣赏黄鹤楼增添无穷美感。今日白云非昔日白云，当年崔颢思乡愁绪满怀，而今人们不再有乡怨难了之苦。其实今日白云也是昔日白云，犹如明月照了古人照今人一般，天宇经久难变。

黄鹤飞飞，向北而去。隔江望去，江北的汉阳城屋宇万千，一派繁盛。龟山静静蹲踞江边，与蛇山隔江相望，形成龟蛇锁大江的绝妙形势。龟蛇哪能锁住滔滔江水，江水冲破龟蛇险阻，浩浩汤汤，日夜奔流。其实，能锁住江水的不是自然险阻，而是武汉长江大桥，南京长江大桥。一桥飞架南北，天堑变通途，长江之险已成为历史。人们感叹长江奔流不羁，赞叹自然的伟力，更应该赞叹人类的伟力。人类降服自然的伟力比自然更加伟大。

黄鹤飞飞，升空而去。翘首天外，卫星绕地，不舍昼夜；月宫如盘，银光辉耀；太阳如金，光照环宇；木星光环，绚丽迷人；银河灿烂，日夜流淌；恒星爆炸，礼花绚烂。浩瀚星空，迷宫一般。

多次遭火的黄鹤楼，今日屹立在长江岸边，登斯楼，可以怀古，可以眺望山河，可以展望未来，不失为佳地美景。

黄鹤归来了，且有游人处。俯仰天地，心潮随鹤远。

登鹳雀楼

登鹳雀楼之先，王之涣的《登鹳雀楼》便映现我眼前："白日依山尽，黄河入海流。欲穷千里目，更上一层楼。"

远望鹳雀楼，拔地而起，雄宏壮丽，如鹳雀昂首挺立于河岸，跃跃欲飞。楼体健美灵秀，楼头高入云端，与蓝天辉映，以白云为伴。鹳雀楼隐去几百年，终于再次挺立在永济平野，为游人乐事。近观鹳雀楼，唐风唐韵，引人回到昔日鹳雀楼前。

登临鹳雀楼，已将王之涣的诗藏在心底，唯层楼和眼前的壮阔景象是瞻。四处搜寻鹳雀，鹳雀却隐身匿形，唯余楼台飞檐。沿着层楼而上，于楼台观望四周景色，王之涣"欲穷千里目，更上一层楼"的美妙意境浮现眼前，始觉前人境界高远。初登楼，天高远，地狭小，楼于天地之间为一庞然大物，人为天地万物之宰。再登楼，天为之低，地为之广，楼为之小，人为之微。更上一层楼，环顾四周，蓝天低垂，大地广袤，楼似小亭台，人乃天地间一渺小之物。此时，方知王之涣的诗句为经验之谈，其中蕴含着深刻哲理。

举目蓝天，“天势围平野，河流入断山。”蓝天远垂，将广袤的原野围在其间，似穹庐笼盖四野，如碧海悬浮空中。白云悠悠，似草原白羊游弋；黄河悠悠，似雅士闲庭信步。伸手抚摸蓝天，触手可及，手染一层蔚蓝。抬手捋一朵白云，白云流出手心，悠然而去。张开双臂拥抱蓝天，蓝天慷慨入怀，人有凌空欲飞的感觉。人可以与鹳雀同栖飞檐，可以与鹳雀比翼齐飞，其感觉妙不可言。蓝天澄碧，天街清净，一尘不染，将尘嚣抛在脚下，真乃一个干净世界。人在楼上，楼在天上，若伸手可上九天揽月，可与嫦娥共舞；若抬脚可在天庭漫步，观赏玉宇琼楼，何其美妙！

俯瞰大地，“迥临飞鸟上，高出世尘间。”广袤原野上，阡陌交通，绿树与庄稼争绿，红日与碧野争艳，村落点缀其间，一派优美田园风光。此景令人想起王之涣弃官归隐十五年，尽赏田园美景，饱览山光水色，何其乐也！鹳雀楼下，不见飞鸟高飞，不闻鸡鸣犬吠，鹳雀楼超尘脱俗，将世俗撇在平野。难怪古时文人学士喜欢来此聚会游玩，纵论天下，吟诗作赋，笑谈山水。“前瞻中条，下瞰大河。”中条山如屏风立在南边，为原野平添几分雅致；黄河如带飘逸，为蓝天碧野增了几分柔媚和灵动。天边与地边相接，蓝天与绿野相映，天地间的无限风光尽收眼底。看今日美景，思古人盖鹳雀楼初衷，岂为军事而建，不也为人们观赏风景，饱览山河美景吗？

《诗经》称鹳雀“似鸿而大，长颈赤喙，白身黑尾翅”。如果鹳雀得知鹳雀楼重新屹立在黄河东岸，想必会再次现身于鹳雀楼。我心中飞出一只鹳雀，我随着鹳雀飞翔。

西不见“魏国山河半夕阳”，但见红日高悬平野丽；不见“汉家箫鼓随流水”，但见“汀洲云树共茫茫”，原野尽头一带银光闪耀。黄河从秦晋峡谷奔腾而来，到此收敛了奔腾之势，静静地在平野上流淌。黄河如带，两道分流如丝绦缠绕着一片汀洲。此处为晋、秦、豫三地之交，黄河在不远处折而向东。当初修建鹳雀楼的确具有重要军事意义，西可望秦地战旗飘，南可察豫地船舰来，东与北可控千里山川。云烟深处，西岳华山藏峥嵘，早闻华山之险，向往登临华山，一览险山峭壁。云烟更深处，西京长安为蓝天浸润，为青霭笼罩，不知往昔有多少人前往京城登举求仕，有多少人“风烟并起思乡望，远目非春亦自伤”，有多少人兴冲冲而去，落魄而归。八百里秦川，平畴绿野，风光旖旎，世态安详。千载之前，秦兵东来，横扫六国如席卷；刘项合兵叩关，强秦顷刻间土崩瓦解；秦王送晋惠公回国，晋惠公朝济河而夕设版。长河悠悠而去，往事随逝水而去；千里西川，千年盛衰如风烟散去。

东野渐高，依旧一派平原风光。永济以东是蒲州，平畴百里，沃野万顷，都被红日笼罩。原野上即将成熟的庄稼一片碧绿，丰收在望。田间的树木将田地分割成块状，田地如棋盘规整。蒲州古城被绿野和青天紧锁在视野之外，蒲州城附近的解州关帝庙为青天遮盖。关帝庙建于隋朝，至今一千多年。关羽集忠义于一身，不仅在封建时代被供奉，至今仍被称为人雄，客来四方，纷纷膜拜。古事悠悠，怀念不绝，古往文明永怀心间。

中条山的余脉孤立南边，犹如一条青蛇在原野摆尾，阻断南天。黄河从中条山身边静静流过，随后折而向东。黄河流经三门峡，一条大坝将黄河水锁起来，峡谷出平湖。追随黄河东去，华东饶土尽收眼底，东海波涛激荡胸间。中条山南边是广袤的河南平原，沃野千里，不见边际。南国美丽富饶，清澄万里，流连忘返。

不见边际的北野，黄河在平野尽头悄然隐形。鹳雀楼前，鹤影池池水清清，倒映着鹳雀楼和池上拱桥的倩影，水、桥、楼三者巧妙地组合在一起，如诗如画。我想看见池中俯首饮水的鹳雀，哪怕是鹳雀在空中飞翔留下的影子，可惜鲜活的鹳雀不解人意，不知何处去了。远处象征爱情的莺莺塔矗立在半山，至今仍是旧时的样子。普救寺里崔莺莺与张生的爱情故事，在古代编为戏剧，广为流传，现在人们流连普救寺，依旧痴迷于这个美丽的爱情故事。当年栖息在鹳雀楼上的鹳雀见证过崔莺莺与张生的爱情，兴许此时还陪伴在二人身边。平野尽头，黄河向北远去，在秦晋间的千里峡谷中奔流，在不远处的壶口洒下壮丽的瀑布。黄河在河套缓缓流淌，延伸到西边的群山之中，直至远上白云间。秦晋峡谷以东的三晋大地，东矗太行山，西立吕梁山，中贯滔滔汾河；北有云冈石窟和应县木塔，中有五台山和晋祠，南有广胜寺和皇城相府，古迹星罗棋布，数不胜数。三晋大地的古代文明灿烂辉煌。

鹳雀楼为北周时期（557 年—581 年）宇文护镇守蒲州时所建，历经隋、唐、五代、宋、金七百余年，元初成吉思汗的金戈铁马进攻中原，毁于兵燹，仅存遗址。2002 年重建落成，为四檐三层。据说古鹳雀楼，楼体壮观，结构奇特，气势雄伟，四周风景秀丽，因此历代文人雅士和骚人墨客喜欢来此登楼观瞻，泼墨抒怀。王之涣的《登鹳雀楼》因鹳雀楼而写，鹳雀楼因《登鹳雀楼》而名。王之涣其人“慷慨有大略，倜傥有异才”，令人敬仰。

伟哉，鹳雀楼！纵览古今世事，横阅三晋山川。登斯楼仰天俯地，心游九州，意越万仞，目有尽而意无穷，壮志凌云。幸哉乐哉！

漫步大明宫

每次路过西安，总要歇歇脚，这次歇脚，踏进了大明宫遗址。

一千多年前，也许大明宫是个人们很熟悉的名字，然而时光流逝，这个显赫的名字渐渐被人们淡忘，乃至将大明宫从西安的地面上轻轻抹去。直到现在，人们才将大明宫的遗址暴露在光天化日之下，人们重新唤起对大明宫的记忆。

作为唐代长安城的禁苑，唐帝国的政治中心，今日大明宫的标志只是一座高高的门楼，一条长长的城墙，昔日偌大的宫殿群则不见踪影。即便是高高的门楼，也非昔日的门楼，长长的城墙也非昔日的城墙，因为门楼是新建的，城墙也是新建的，而且是艺术化了的一层薄薄的仿真墙。

我凝视着崭新的门楼，只见它古朴，大方，庄重，典雅，不失为一座美丽的建筑。我的眼前幻影般现出了大明宫的十一座城门，它们都有壮丽的门楼，它们一样的美，又造型各异，各有风韵。眼前的这座丹凤门，是宫里最华美的一座门楼，还是很普通的一座门楼，我不得而知，但我知道这是唐王朝官员经常出入的门洞。丹凤门，多么美丽的名字！一只凤凰腾空而起，在大明宫的上空盘旋，俯视着壮丽的大明宫，端详着威严的皇帝发号施令，斜睨着文臣武将卑躬屈膝，调笑着跑来跑去的宫女。丹凤，许是象征着吉祥，许是皇权的象征，许是期望唐王朝飞黄腾达，登峰造极。丹凤门真是一个再好不过的名字，你看丹凤引来了辉煌的开元盛世，让唐王朝盛极一时，在历史上写下了极为灿烂的一页。这只美丽的丹凤似乎至今仍在我眼前飞舞，我看见了它华丽的羽毛，看见了它上下翻飞的灵巧舞姿，看见了它吉祥的光环照耀着西安。

我在长长的城墙前漫步，从这头到那头，从那头到这头。墙前面的沙池，粒粒青石被烈日炙烤着，仿佛让我看见了西域烈日下滚烫的沙海。一队驮着货物的骆驼在烈日下艰难地行进着，骆驼踏出的一个个深深的沙窝，渐渐变成一个个浅浅的沙窝。驼队的主人跟在驼队后面，任由骆驼跋涉沙海，似乎一点都不怕骆驼走错了路。驼队过后，沙海上留下一排干枯的脚印。我看见驼队在沙海一直跋涉了几千年。据说，我脚下的沙池是西域丝绸之路的起点，不知宫内的宫殿接待了多少异域使者，也不知有多少驼队从沙池里出发，驮走了多少丝绸，恐怕只有负载着丝绸的骆驼才知道，只有骆驼的汗滴才能计算清楚。

我用手抚摸一下滚烫的城墙，墙是用薄薄的仿真材料做成的，而外观与一堵真墙别无二致。我慨叹今人的智慧，慨叹古人的笨拙。如果古人有今人的聪明，建一堵薄薄的墙体也能迷惑众人的眼睛，从而令图谋不轨者望而却步。虽然薄薄的仿真墙不及厚厚的砖墙结实，但足以引人回到一千多年前的真墙下，膜拜唐太宗李世民的雄心。李世民用这堵高墙不仅仅是要围住这块只有几平方公里的禁苑，而是要紧紧围住长安城，紧紧围住九百六十万平方公里的国土。这堵墙是宫墙，难道不是一堵厚厚的国墙？试看唐王朝两百多年的盛世，不也凝聚着这堵高墙的功劳？这堵高墙，与其说是用厚厚的砖块筑成的，不如说是用唐皇帝的雄心铸成的，是用唐人富国富民的信心炼成的。昔日君心民心可鉴，今日民心君心可期。

我站在墙内的林荫下，看着赤日熏烤的丹凤门后宽阔的广场。广场犹如一面硕大无比的镜子，执着地反射着消逝了的光阴。偶尔，有游客快速走过广场，身后留下转瞬即逝的简短的影子。人人是历史的过客，人人想在历史上留下自己的影子。无奈回首历史，历史空空荡荡，犹如眼前空空荡荡的广场。然而历史又是实在的，谁人不曾留下自己的脚印？这个广场是建来供人们游玩的，让来者都能在这个场地上留下自己的脚印。凭你是达官贵人，凭你是平民百姓，只要来到这个广场，谁都别想抹去自己的脚印。这里留下的脚印，会有大有小，有美有丑，任由你自己踩踏。我在广场上炽热的白光中寻觅昔人留下的脚印，我找到了李世民巨大的脚印，他踩踏下的脚印深深陷在地里，似乎不想让任何人抹平他的脚印。武则天的脚印小巧精致，犹如她精美的绣花鞋，脚印上似乎还留着几朵娇艳的鲜花。安禄山的脚印则东倒西歪，不知道他何故行色匆匆，似乎不在乎广场上有没有他踩踏脚印的余地。我看到了李白的脚印，深一脚浅一脚，似乎在酒肆里醉酒之后路过此地，嘴里还不停地念叨着“天生我材必有用”。杜甫的脚印平整多了，他一边迈着深沉的脚步，一边谛听着远处的车辚辚，马萧萧，还有妇孺的哭泣。白居易的脚印浅浅的，那是他刚从琵琶女的船上下来，琵琶女的仙乐令他身轻如燕，飘飘欲仙。广场上的脚印让我眼花缭乱，我只好收起目光，转向别处。

我顶着烈日的炙烤，漫步大明宫内。大明宫内空荡荡的，地上的小树绿草以为这里从古到今都是荒地，要说这里曾有殿宇巍峨无异于痴人说梦。兴许只有小小的太液池遗迹里还残存着唐时的水滴，能告诉人这里曾是烜赫一时的皇家宫殿。什么含元殿宣政殿紫宸殿，统统被逝水掀到万里云天。我重重一声叹息。我拨开小树和绿草的枝叶，从中寻找往昔那段辉煌的历史。哦，眼前真的出现了往昔的影子，我仿佛站在一千多光年的地外星球上眺望着这片宫殿。

宫殿里热闹非凡。我看见殿宇上的瓦片闪着金黄的光芒，仿佛几道从天而降的火电刚刚造访；殿宇四角的铜铃叮叮当当，在风中吟唱。雄心勃勃的皇帝板着脸颐指气使，毕恭毕敬的文官俯首聆听，威武雄壮的武官一脸骄横。殿内长长的案桌上，官员批阅文书的毛笔龙飞凤舞，案牍卯时来辰时走。太监如梭，宫女如云。御用文人的高谈阔论飞出宫墙，跌落在墙外失意文人的耳里，赢来几声沉闷的叹息。太液池的诵经声飞到大雁塔，让那里的和尚脸上露出欣慰的神色。太液池曲桥上的调笑声飞到了城里一个怨妇的耳里，怨妇兴冲冲快步登上层楼，翘首太白山外，眼巴巴期盼着久未归家的丈夫。宫门里人来车往，信使怀里揣着一张张边关固仓廪实的捷报，扬鞭策马，极尽风光。宫殿的上空紫气缭绕，祥云攒聚，灿烂辉煌。

我看见四倍于北京故宫的大明宫，挺着胸，直着腰，叉着手，威风凛凛地站在故宫前。

我站在宫内的林荫下喘息，绿树挡着烈日，清凉吹干了汗水。我仿佛置身于一段清凉的历史清流中，目送清流流向远方。

游普救寺

四十年前读大学时，首次游览普救寺，普救寺只有莺莺塔孑然独立。

记得一帮同学从西厢村旁爬上一个土坡，在半山腰看见一个土坪，土坪上莺莺塔兀然独立。一些杂草衬托着莺莺塔，莺莺塔古朴高大，满目苍凉。普救寺荡然无存，孤零零的莺莺塔怃然矗立。崔莺莺和张生不知何处去了，就连忠于职守的红娘也不知去向，更不必说那位出尔反尔的崔夫人。莺莺塔与坡上的黄土浑然一色，没有多少人留意它的存在，似乎它早该被人遗忘，本该孤寂。土坪上没有游人，一帮同学突然来玩，驱散了土坪的寂寞，土坪活跃起来，莺莺塔现出久违的高兴。大家为莺莺塔的高大感叹一番后，一齐跑到莺莺塔的塔门前，把头伸进塔门里看塔内的结构。随行的黄竹三老师说，莺莺塔是回音塔，用石击石可以听见莺莺塔的回音。黄老师在正对着莺莺塔门的土坪边上发现一块大青石，有的同学在土坪上捡来一块石头，用石头敲打着大青石，果然听见莺莺塔“咯哇”的回音，大家顿时欢呼起来。

黄竹三教授是国内研究古典戏剧的知名学者，当时他给我们介绍了元代戏剧家王实甫的《西厢记》剧情，一帮同学深为剧情所吸引。当年发生美丽爱情故事的普救寺，此时人、事和景都已成为过去，只有莺莺塔坚守在这里，似乎它在不停地讲述那段不老的故事。不远处的黄河水静静地流淌，日夜陪伴着莺莺塔。土坡下的西厢村铭记着那段美丽的爱情故事，用自己的村名提醒世人不要忘记那个爱情故事，让世人回味爱情的甜美。首次游览时土坡下的一片绿荷也已消失，但我们依然记着那片绿意，因为那片绿意曾陪伴过孤寂的莺莺塔。

几年后我从书店买了一本《中国十大古典喜剧》，到《西厢记》中游览普救寺，了解剧情。当年，张生赴京赶考，途中遇雨受阻，到普救寺游玩，在寺内巧遇扶送父亲灵柩回乡而滞留寺内的崔莺莺，两人一见钟情。张生住在普救寺西轩，初恋天姿国色崔莺莺，“对着盏碧荧荧短檠灯，倚着扇冷清清旧围屏。灯儿又不明，梦儿又不成；窗儿外淅零零的风儿透疏棂，忒楞楞的纸条儿鸣；枕头儿上孤零，被窝儿里寂静。你是铁石人，铁石人也动情”，但“粉墙儿高似青天”。住在梨花深院的崔莺莺期盼与张生“倒有个天长地久”，“在窗儿外几曾轻咳嗽，立苍苔将绣鞋儿冰透”。两人“月明才上柳梢头，却早人约黄昏后”，离别时“未饮心先醉，眼中流血，心内成灰”，“莺莺哭得似痴呆，脸上啼痕都是血，有千种恩情何处说”，那段凄婉动人的爱情故事令人神往昔日的普救寺。

四十年后大学同学聚会，大伙重游普救寺，感慨世事颇多机缘，十分神往今日的普救寺。当年几十个风华正茂的同学，而今须发皆白，但游兴不减当年，一齐奔普救寺而来。山下，望见莺莺塔依然矗立在半山腰，大家甚是欣慰。仰望寺院，红墙匝绕，古塔高耸，绿树丛中，殿宇隐现。听人说从塬下到塬上，殿宇楼阁，廊榭佛塔，依塬托势，逐级升高，给人以雄浑庄严挺拔俊逸之感。同学们沿着山前的石道拾级而上，进入普救寺的山门。昔日的土坪而今已成一座颇具规模的寺院，不禁连声赞叹。

普救寺位于山西省永济市蒲州古城东的峨眉塬头上，隋朝初年已有普救寺。不过，那时该寺的名字不叫普救寺，而叫西永清院。传说五代时，河东节度使作乱，后汉刘知远派郭威去讨伐，围蒲州年余不克，百姓苦甚。郭威召寺僧问策，僧曰：“将军发善心，城即克矣！”郭威当即折箭为誓，表示决不加害百姓，翌日破城，百姓得救。从此，西永清院便更名为普救寺。后来普救寺所在地区发生了一次大地震，寺院的殿堂僧舍和楼阁塔坊，全部毁圮。此后普救寺的建筑得以修复。至清末，寺院已很破旧，遭受了一次大火。其后又受到侵华日军的破坏，到 1949 年解放时普救寺只剩下莺莺塔、石狮和菩萨洞，其余建筑不复存在。1986 年，政府出资修复普救寺。如今，莺莺塔四周，回廊围绕；峨眉塬上，殿堂错落有致，僧舍鳞次栉比，出现了按原样修复的普救寺。苍松翠柏点缀的山坡，山寺隐隐，莺莺塔高耸，与山下的寺牌和谐统一。

虽然普救寺为佛寺，寺内的钟楼和大雄宝殿均为劝人向佛行善之处，但人们并不留意此处，多为崔莺莺和张生的爱情故事而来。千年前，男女私约幽会是越轨行为，二人敢于冲破清规戒律私会，体现了人性中爱的魅力和爱的力量。

梨花深院高墙紧锁，幽静典雅，是当年崔夫人和崔莺莺的居住地。院内的照壁上写着：“待月西厢下，迎风尘户开。拂墙花影动，疑是玉人来”。照壁题语引人进入崔莺莺与张生的爱情故事中，当初二人的幽会情景骤现眼前。《西厢记》中的“请宴”“赖婚”“逾垣”“拷红”等戏都发生在此院中。崔莺莺与张生幽会，实难相通，偏巧墙角处有一块隐蔽之地。张生越墙会莺莺的跳墙处最诱人。墙角有一簇翠绿修竹和一块假山石，墙外有一株摇曳杏树，杏树枝条搭着院墙，仿佛一个梯子，张生可以顺着杏树轻松进入梨花深院。如此奇妙的幽会之处，让人浮想联翩，当年二人幽会时的神秘情景和“意似痴，心如醉”的心理宛在眼前。

西轩是张生的居住地，当年张生恋着崔莺莺，心猿意马，心痴神迷，哪有心思专心读书。后花园假山高耸，湖水荡漾，小桥飞梁，厅榭玉立，到处红花绿树，是崔莺莺与张生幽会的地方。当年张生和崔莺莺“一个潜身曲栏边，一个背立湖山下”，那神秘幽会的情景，那温馨的艳情，让人痴迷，耐人回味。

十三层高的莺莺塔，原为舍利塔，后因崔莺莺的爱情故事改成莺莺塔，同北京天坛的回音壁、河南宝轮寺塔和四川潼南县大佛寺内的“石琴”，并称为国内的四大回音建筑；与缅甸掸邦的摇头塔、匈牙利索尔诺克的音乐塔、摩洛哥马拉克斯的香塔、法国巴黎的钟塔和意大利的比萨斜塔，并称为世界六大奇塔。据说莺莺塔下，人们可以听到从近三公里外蒲州镇上传来的唱戏声、锣鼓声，附近村镇上的汽车声，人们在家里的说话声和嬉笑声，以及鸡鸣狗叫声。塔下的鸟叫声，通过莺莺塔的“扩音”，声音变大，可以传播到很远的地方。多奇妙的塔！

同学们再次感叹崔莺莺与张生的爱情故事。爱情是人类生活中最令人向往最宝贵的精神体现，爱情支撑并滋养着人类的美好生活。一个剧本讲述的爱情故事，不仅慰藉了多代人的心灵，而且使一座寺院毁而复现，令人赞叹。

莺莺塔巍然耸立在普救寺，也耸立在人们心里。

五老峰山石

五老峰山顶有两块大石头，但它们称不上镇山之石，镇山之石在山下。

从厦大门口进入旁边的普陀寺，穿过普陀寺，后面有座五老峰，上山练腿脚，一览山下风光，不失为闲暇一趣。

厦大在全国闻名，普陀寺在厦门闻名，五老峰在厦门也不出名。从山下望五老峰并不高，因在普陀寺的身后，多少沾一点佛气，因此游人拜佛之后不免登山望远。

普陀寺香火鼎盛，几乎日日人头攒动，游客如云。寺院里香烟缭绕，诵经声祷告声脚步声混杂，清净之地不清净。径直穿过寺院，绕到寺院后面，清净多了。那里有几块大石头，石头上刻几个字，只要穿过那几块大石就是山脚，就可以登山练腿脚。

山路不陡，曲曲折折而已。石级路，即便陡也不会费多少脚力，何况并不陡。有人爬山怕陡，其实山路不陡就没有多大意义，因为爬山本是为了练腿脚，练意志。脚踏坚实的石级，突然想起了往事。曾经跟几个同学背着行李，徒步一千多里走到北京，平生第一次领略到大都市的风采，第一次领略到国都的庄严。如果那时没有吃苦的打算，不知多少年之后才能领略都市风光，才会开阔眼界。自那次艰苦锻炼，一生不惧怕走路，一生不惧怕艰苦，一生视艰苦为等闲。闲庭信步固然悠闲，但悠闲哪比得了筋骨酸痛后的壮实，哪比得了大汗淋漓之后的爽快。抬腿迈脚，拾级而上，志在极顶，身心俱炼。

在山腰停下脚步，回视身后。身后的石级已经隐去，小路消失在树林里，仿佛自己是驾着云朵来到山腰。上山本有路，走高了路却消失。正如人生，当你走了五六十年的路，突然感到自己身后的路那么模糊，不知道自己是如何从小走到老，如何从无知走到有知。如果能够早点回顾走过的路，走一截回顾一截，兴许会让人明白好多东西。遗憾的是人生匆匆，总顾着往前赶路，抽不出时间回顾走过的路。本想回视山下的景色，树木挡住了视线，树外仿佛是另一个世界，完全从视野中消失。看身边，竖枝横柯如细草，绿叶如绒毛，人如置身于鸟巢里，舒适清净。俯身脚下，只见枯枝败叶小草覆盖着地面，看不见土，偶或看见一块块苍色的石头露出地面，仿佛是山的脊梁。站在路边，或蹲在山石上，静寂包围着你，一片清净。

山腰之上看到山石间有一个人造小平台。平台突出，正好可以看见山下的景色。远处海天一色，窄窄的海黏着广阔的天，广阔的天挽着一线海，海蓝天蓝，天静海静。鼓浪屿浸泡在海水里，绿树红瓦依稀可见。厦大敞开的校园里，绿树掩映，白屋栉比。普陀寺露出一片绿色荷池。但见书院寺院，不闻书声佛音，山上实乃清净之地，念佛佛在心，读书书在心。扶着身边的石头，抬头上望，山的一侧随处可见山石。细看脚下的树木，都长在颗颗山石间。

山顶有一个人造平台，平台的后面立着两块大石头。如果说平台是一把椅子，那两块石头就是椅子的靠背。这两块石头和沿路看到的石头一样，没有明显的棱角，近似浑圆。人不禁生出疑问，谁曾打磨过这些石头？是风雨，还是海水？我不想去深究。一路走来，看到这座小山的表面多由一颗颗浑圆的山石铺垫而成。这么多的山石累叠在山表，估计自然堆积而成。远望另一个峰头，发现山峰托举着一块巨大的青石，青石裸露无遗，横卧山顶，是那个山头名副其实的镇山之石。我不知道那块石头里是否隐藏着故事，单就山顶置巨石，本身就是一个故事。站在平台俯视山下，海、岛、校园、高楼大厦浓缩成一个微型景观，几条船在海里航行，仿佛几只乌龟在水里漫游。孔子登泰山而小天下的古语飞来眼前，顿生世界之小人类伟大之感。

下山时山石林木夹路，并不觉行路之难，看见石间树木顽强生长，为之赞叹。尤其是看到一树梅花在山石间茕茕孑立，红花满树，身后有几块青石映衬，一片灿烂染青石，真为之称奇。你把这个小景视为一幅小画也行，视为一首小诗也行。山石为山而生，红梅为石而生，自然界的天缘巧合令人叹为观止。

山腰有一块巨石紧贴着山体，仿佛山之母怀中依偎着的小儿。巨石两边有几块大石紧挨着巨石，和巨石一起依偎着山体。巨石周边看不见一点土，巨石顶端的石缝里长着一棵绿树，绿树年轻茁粗，叶绿干壮。谁曾想到绿树的根顺着几道石缝扎下来，根根根须紧钯着石缝，不仅填满了石缝，而且突出石缝，像人体留下的一条条疤痕，又像百岁老人手背上暴凸的青筋。无论谁看到这样的情景，都会为这棵绿树泣血，它生活得多么艰难啊！它犹如苦海里的黄连，犹如涸辙里的枯鱼，是强烈的求生欲望支撑它苦苦求生，让它在枯涸的石头里寻找生命所需的养分。

山脚有一块更大的巨石，这块巨石全部裸露在地面，旁边还有几块巨石相伴。巨石之大令人惊奇，惊奇之余，看见巨石顶上居然长着一棵小树，这更让人惊奇。裸露的光秃秃的石头上生长着树，简直是奇迹。仔细观察，发现巨石上的树根分成几股，紧紧贴着巨石，沿着巨石表面延伸下来，钻入巨石的缝隙里。几股树根抱着巨石，似乎巨石是它生命的依托，它又是巨石的保护绳。巨石立在山脚，底下没有多少支撑，摇摇欲坠，似乎时刻都有滚落的危险。树根紧抱着巨石，是在自救，也是在救石，险恶处境中相依为命。树自身的生命固然重要，它完全可以选择较好的生存环境，但力挽巨石的责任似乎在它的生命之上。它应该知道以自己有限的力量不足以挽住巨石，可在相同的生存环境中，为了巨石的安危，它愿意付出自己极大的努力。

山下堆着几块更大的巨石，每块巨石之大，不是人力所能撼动的。每块巨石浑圆，我不知道它们来自哪里，将要前往哪里，在此待了多久，还会在这里待多久。它们群聚在山下，兴许是从山上滚落下来的山石，为了守护身后的五老峰，它们日日在此蹲踞，甘愿忍受风吹日晒之苦。抚摸着这些硕大无比的石头，可以任你驰骋自己的想象，怀想它们的过去，展望它们的未来；可以任你赋予它们各种各样的人类思想：惊奇，感叹，赞美。

五老峰并不高，山上的绿树掩盖不住颗颗山石。如果说绿树是五老峰的皮肉，那么颗颗山石既是五老峰的脊梁，又是山的灵魂。

华山遗恨

自古华山一条道。如果能亲临华山，亲历其险，不失为一次美遇。

站在华山腰上往下看，感觉见华山容易，登华山难。过去华山一条道，而今华山路几条。一条是沿着山体曲折而上的石级小路，一条是悬空而上的缆车。一般只有少数人才选择那条石级小路，因为既费时又费力；大多数人却选择缆车，因为既省时又省力。尽管等缆车的时间并不比登山的时间短，然而人们还是排着长队等缆车。华山有多陡，山底下看不见，只见上上下下的缆车几乎直上直下，中途还有瞬间的急停。登山需要力气，坐缆车需要胆量。

站在华山腰上往上看，感觉登华山容易，上华山顶难。山体如削，山顶与天相接，一条细线一般的山路通达山顶，两边是峭壁，望之令人目眩。我移动脚步往上爬，爬了两百步，顾盼左右，只见两边的峭壁空空荡荡，如果一脚踏不稳，就会坠落峭壁，粉身碎骨。哦，险！一人登山，没有一个伴，不免心虚。忆当年，不惧任何艰难险阻，脚下的华山之险何足畏。无奈年过花甲，不能逞强好胜，只好止步于最险处。

立身于险处，仰望山顶，山顶近在咫尺，触手可及。然而窄窄的山脊，细线一般的小路，悬挂在山上，随着微风飘动，仿佛立马就会被吹断。我相信自己的信心，却不相信自己的腿脚，只好下山。我反身挪动脚步下移，脚一点点挪，目不斜视，生怕出一点差错。挪了几步，感觉身子飘飘的，像要飘浮起来。俗话说，上山容易下山难，一点不假。脚像踩在棉花上，坚硬的石头变得软软的，脚居然软化了石头。渐渐身子有点摇晃，只好止步，坚定信心。大着胆子看一眼山下，峭壁笔立，深谷万丈。于进退维谷之间，为苟全性命于人世，只好痛下决心。硬着头皮往下移，脚底下居然变硬了。上山险，下山更险，不失为一次生死考验。生死，乃瞬息间的事，让死神见鬼去吧。

我不留恋人生，因为人必有一死，却留恋华山上的一处处美景。听说华山之美，古人赞辞不绝。唐代诗人张乔诗云："谁将倚天剑，削出依天峰。卓绝三峰出，高奇五岳无。"它南依秦岭，北濒黄河，"势飞白云外，影倒黄河里"，奇峰突起，巍峨壮丽。华山有五大峰：东峰朝阳峰，顶生巨桧乔松，浓荫蔽日，环境清幽，游人穿行其间，上有团团绿荫，如伞如盖，耳畔阵阵松涛，如吟如咏；西峰莲花峰为一块完整巨石，浑然天成，西北绝崖千丈，似刀削锯截，陡峭巍峨；中峰玉女峰，林木葱茏，环境清幽，奇花异草，香染襟袖。南峰落雁峰，俯瞰黄河渭水如丝如缕，漠漠平原如锦似缎；北峰云台峰，四面悬绝，巍然独秀，有若云台。五峰耸立于群山之中，如同一朵盛开的莲花。李白诗云：“三峰却立如欲摧，翠崖丹谷高掌开。白帝金精运元气，石作莲花云作台。”另有道观、栈道、石刻等景点。

美景如斯，多诱人！

美景如斯，壮士返也。此回不能凌绝顶，何时还有机会？即便以后有机会，我还能登凌绝顶吗？痛惜啊！

我想做一个梦：我站在华山顶上，用手抚摸着东西南北中五座山峰，像摸着娇嫩的莲花瓣，香气扑鼻。遥望远处，黄河如一条丝线，向东蜿蜒而去；秦岭绵延千里，不见尽头。

我知道，南柯一梦，不足为信，只能了却一点心愿。我心里依旧痛惜不已。

我想到了一则故事：老和尚打发几个小和尚过河砍柴，不巧洪水暴发，挡住了去路，几个小和尚只好扛着空扁担回到寺院。其中一个小和尚在河边摘了一只苹果带回去，得到了老和尚的夸奖。

我释然了。虽然我没有领略到华山的全部美景，却领略到了华山之险，也是一份不错的收获。有的人做事但求圆满，不在乎一点一滴的收获，殊不知收获再小也是收获，总比没有收获好得多。

古往今来的志士名人，喜欢高唱志当存高远的调子。志存高远，固然可嘉，然而存高远之志的人，如愿者能有几何？人生漫漫，有时行路之难难于上青天，实现高远之志谈何容易。李白有经邦之志，想“直挂云帆济沧海”，结果成为一个流浪汉。假使他能俯身屈就，去县衙当个小官，未尝不能如愿。杜甫也有济世之望，结果衣不遮体，食不果腹，病死舟中。假使他能放下架子，去当一个私塾先生，不至于没有打酒的钱。志存高远，成龙者寥寥，成虫者遍地。上什么山，唱什么歌；走一程看一程。这倒是不错的人生选择。有道是有心栽花花不红，无心插柳柳成荫。有的人志存高远，大事做不来，小事不想做，今日蹉跎，明日蹉跎，一生蹉跎，可见志存高远也误人。我以为与其好高骛远，不如脚踏实地，一步一步往前走。尤其是当你的人生目标遥不可及的时候，一定要学会退守，学会降低目标。当然，当你发觉前面有更高的目标在向你招手的时候，你应该奋力前冲。

激流勇进固然可嘉，然而急流勇退也不失为明智。在一定条件下，理智比勇气更可贵。陶潜想去官场试水，污浊的官场令他落荒而逃，只好回东篱采菊，以回归他“性本爱丘山”的本性，这不失为明智之举。苏轼有“会挽雕弓如满月，西北望，射天狼”之志，然而屡遭贬黜，退而移情山水，游赏青山丽水，留下山水名篇无数，不也成为美谈？

知其不可为而为之，为勇；知其不可为而不为，为智；知其不可为而设法为之，既勇且智，大智大勇者才能达此境界。

人生如览景，总会受到环境和条件的限制。居平原，当收平原绿色；置大海，当敞开广阔情怀；在山腰，当把山脚万物收入眼底；凌绝顶，当阅尽人间春色。当进则进，当退则退。如此，则此生无悔也。

集美之夜

翩翩白鹭归巢，徐徐黑纱降落，集美披着一袭夜纱。

海风轻轻，吹走了尘嚣，吹亮了夜的眼睛。路灯亮了，楼房里的灯亮了。街道上，两边高大茂密的芒果树抹去了浓浓的绿色，换上了浓浓的墨色，静穆庄重，仿佛要去参加夜的盛宴。路灯在芒果枝叶的浓影边散发着点点黄晕，似浓睡初醒人朦胧的眼。芒果树的浓影遮盖着黄晕，黄晕泼洒在街道上，留下淡淡的黄光，仿佛画家泼洒在画纸上的黄色液汁。街道两边的居民楼上的装饰灯亮了，灯下的人行道昏黄幽静，行人踏踏的脚步声越显得街道幽静。街道上最精神的是马路中间那排高大的假槟榔树，棵棵赤裸着健壮的身子，发出清白的光，排成一条整齐的直线，雄赳赳，气昂昂。一眼望去，赤裸的树身组成一道树墙，从街道的这头排到街道的那头。他们像一排精壮的年轻人，每一个躯体都充满青春活力。灯装点着夜，假槟榔树装点着街道，朦胧的夜神采焕发。街道上驶过一些小车，车尾两只红灯似熬红的双眼，搅动夜的安宁。马路中间的花圃，似一条长长的地毯，从这头铺到那头。昏黄的灯光下，黄黄的小菊花张着笑脸，毫无倦意。红红的三角梅被夜色涂抹成暗红色，精神抖擞。

海风习习，海堤人影憧憧，来海边散步的人踏着木板通道，踏踏而来，踏踏而去。白鹭静静栖息在海边小林的树巅。海潮退了，海水远离岸边，褐色沙滩上留下一道道闪亮的海水印迹，如版画一般。海水静静地躺在海里，悠闲安逸，仿佛想借着夜色打个盹，以待醒后涨潮。往东望去，七里长的集美大桥上点点桥灯连成一条线，蜿蜒起伏，如长龙飞舞，十分壮观。一盏盏桥灯映照在海里，海面映出一道道黄晕，黄黑相间，色彩斑斓。透过高大的桥洞，隐约看到远处繁星闪烁，形成一条星带，似银河高挂，又似银河落地。那是海对岸翔安的灯火，那里海天一色，夜色将天地裹在一起。

往南看，海那边的厦门岛沉没在夜色里，海岸机场的灯闪着橘黄色的光。机场不时有飞机起落，几分钟一趟。往机场的一头看，起飞的飞机闪着萤火般大小的彩灯，仰着头飞向夜空，渐飞渐远，似远去觅食的蜻蜓。机场另一头降落的飞机，在墨色中闪着灯头大的白光，由远而近，俯身降落在机场的亮光里，似归巢的鸟儿，也似天外来客。此起彼落的飞机忙碌着，见其身而不闻其声，给海这边的集美增添几分看点。

身后的嘉庚公园静静地沐浴着夜色，享受着安宁。楼阁亭台和花草树木浸泡在黑色中，几只白灯被夜色浸泡得褪了颜色，公园沉静而神秘。漫步园内，处处幽静，仿佛进入幽宫一般。

海风吹进海边的别墅院内，吹醉了别墅。透过别墅围墙的铁栏杆往里瞅，院内墨树掩映，灯光迷离，一栋栋别墅醉意朦胧。

偶尔闪出一个人影，仿佛钻出一个影影绰绰的幽灵。别墅被夜色拥着，安静地卷曲在夜的怀抱里。

海风徐徐，沿着海堤走到海边的龙舟池，海堤内被分隔开的几池海水，一直延伸到街道边，房屋下。路灯和楼房外的装饰灯投向水面，惝恍迷离。离街道远点的池水，像一面墨色镜子，静静地躺在池内，接纳夜的浸润。几条石堤夹着几池海水，海水会随着堤外的大海潮起潮落。石堤上的路灯照着路边的树，高大的假槟榔树傲然挺立，状若凤凰的凤凰木婀娜多姿，芭蕉树枝叶婆娑，大榕树巨伞亭亭。石堤一片宁静，偶尔走来一个行人，边赏着池内的海水，边漫步。有的人会走到堤上灯光亮堂的小亭里，坐在凳子上，赏着水景，聊着闲话，享受夜的甜蜜。

龙舟池边的集美中学，几个塔形的教学楼上装饰灯灿烂辉煌，从天黑一直亮到夜深，仿佛夜读的孩子不辞辛苦。塔身熠熠生辉，灯光下教堂式的窗户，斑驳陆离的装饰，像那些天真烂漫的学生，充满梦幻。海边华文学院的平房依山而建，一层一层叠着，层层闪烁着橘黄色的灯光，天宫一般美丽。海上的厦门大桥，点点白色桥灯连成一条线，仿佛一条珍珠项链挂在桥上。厦门大桥外长长的杏林大桥，桥灯闪烁，似白昼的彩虹，黑夜的巨龙。更远处，厦门海岸的码头，灯火灿烂，白昼一般。

海风微微，吹进几所大学的校园，校园沉醉在梦里。教室里的灯光亮亮的，窗户上露出一个个伏案夜读学生的头影，剪影一般。校园内静静的，大榕树沉默着，假槟榔树沉默着，凤凰木沉默着，湖水沉默着，仿佛学生在沉思一般。有个操场上亮着几盏灯，几个学生围在一起，轻轻唱着歌。悠悠歌声飘过校园的湖面，消失在校内的林荫里。

海风吹进小弄里，窄窄的街道上灯光幽幽，灯光下的各色地摊小货，静静地等待着客人上手。街道两边的小吃店敞开轩窗，敞开店门，恭候年轻的食客。集美是大学区，学子云集，穿梭一般的行人，大都是就读的大学生。一对对情侣牵着手从街边的芒果树下走过，带走一袭浪漫风，留下一片甜蜜爱。

海风吹进寻常百姓的窗里，人们庆幸清凉的光顾，在舒泰的凉爽中过着温馨的夜生活。窗里的灯光跑到窗外，增添了夜的眼睛。夜拥抱着亮窗，亮窗拥抱着夜，夜拥抱着屋里的人。

集美披着轻轻夜纱，待到曙色初露，静静睡去。

老街

啊！故乡的那条老街。

一回回梦里回故乡，一回回梦里逛老街。

一次次踏上故乡的土，一次次走进老街的路。

老街啊，为什么你总让我魂牵梦绕？

这次回到故乡，在老街上徘徊了很久很久。在老街的怀抱里，我喜欢仰头饱览他苍老的面容；喜欢披开他破旧的衣襟，触摸他厚实的胸膛；喜欢贴着他的心脏，聆听那强健有力的一次次搏动。

半个世纪了，老街还是那么长，像一把打开的折尺，摆放在一道黄土山下，横卧在一条小河边。他那么执着，那么娴静，似乎不羡慕世界的变迁，也不惧怕风吹雨打。

儿时的老街是虚幻的。那时，大人们一次次地说，三十里外的老街，是个繁华世界，堪比京城。每逢老街一年一次的集会来临，村里人心躁动，人人都想去城里的老街游览一番，见识一下繁华世界的风采。大人的理想容易实现，小孩子的愿望往往落空，因为大人怕小孩子进城出意外。所以，小孩子跟着大人兴奋一番之后，就归于失落。如果哪个小孩子能进一趟城，那是一种无上的荣耀。儿时，我心中飞翔的老街梦，一次次展开双翅，又一次次收起双翅。

老街啊，我要瞧个够。

瞧瞧这街道，一块块硬硬的水泥砖代替了过去的灰渣路面，踏上去硬邦邦的，失却了当年布鞋踏上去的舒适感。踏踏的脚步声由远而近传来，偶尔走过几个悠闲的身影。十岁那年，爷爷带我进城，圆了儿时的梦。爷爷拉着我的手逛街，只见店铺连着店铺，人川流不息。从上街到下街，逛了一回，热闹非凡。我真羡慕城里的孩子。高小毕业，我和几个小伙伴进城考初中，走在这条记忆朦胧的老街上，心里浮现出几分亲切。踏着凹凸不平的街面，摸着母亲为了祝福我考试成功而特意烙的火烧饼，心里充满期盼。期盼考试成功，能在县城上学，能经常在老街上走走。后来，一走就是十几年。

瞧瞧这台阶，有的依旧是原来砖砌的台阶。砖角磨圆，砖缝深陷，台面凹凸不平。虽然有的台阶抹了一层薄薄的水泥，仍然掩盖不住陈旧的痕迹。昔日，站在这台阶上，看车水马龙人头攒动的景象。正月里看一队一队的秧歌，装扮得花红柳绿，边走边扭的情景，让人心花怒放。

瞧瞧这店铺，家家铺门破旧。木质铺门上原来的红色油漆，都已经变成了黑色，简直看不出油漆的痕迹。看这家，看那家，店主都是陌生的面孔。家家店铺不知道几易其主。看这店，看那店，卖的东西都不是旧时的货。中学时代喜欢的那家甜饼店，铺门犹在，但是已经闻不到饼香，看不见甜饼，也听不到打饼面杖那有韵律的敲打声，已经改做别的生意了。我嘴里却依然洋溢着过去吃甜饼留下的香甜。过去饥肠辘辘时偶尔来填肚皮的那家面食店，黑黑的门板立在门的一侧，店内没有木桌，没有贪吃的客人，没有腾腾热气，没有醋香。房顶瓦缝依旧，可是长出了很多不知名的小草。屋檐承受不住风雨的摧残，歪歪扭扭。我真想伸出两手，整理一下你难堪的面容，可是我放下了伸出的两手，因为我知道你不在乎岁月的无情，只在乎曾经拥有一个个贪吃的客人。家家店门清淡，生意阑珊。昔日，是何等的热闹！

瞧瞧这棵柳树，整条街上仅有的一棵树。你像当年一样站立在街心，一站站了几十年。看你的树皮沟壑纵横，饱经沧桑，我感叹时间的无情；而看到你的枝条依旧青绿婆娑，我又无比欣慰。你几十年如一日守望着这条街，竟然不知道丝毫的疲倦，仍然那么兴致勃勃，有谁像你这样忠诚，有谁像你这样痴情！凝视着，凝视着，我不禁泪水潸然，不禁对你深深鞠躬。你像故友般熟识，像亲人般亲切。抚摸着你低垂的枝条，能听见你亲人般如怨如诉的呢喃；亲吻着你翠绿的细叶，能嗅到你散发出的阵阵幽香。我伸出深情的双手，拥抱你，宛如拥抱阔别多年的亲人。昔日，这里人流滚滚，人声鼎沸，卖菜卖杂食的叫卖声此起彼伏，尤其是一种叫粉菜的香气从这里飘向整条街。还有一种叫碗团的小吃，曾叫很多过往的人垂涎。而今你却孤独地守望着过往的寥落人影，守望着静如深巷的街心。

瞧瞧这楼台，高高蹲踞在一楼的屋顶。这些暗灰色的楼台，到底在这里待了多久，现在恐怕没有谁能知道确切的时间。看那由灰变黑的墙色，看那剥落了的砖泥，看那暗黑皲裂的窗棂，少说也有两百年的历史。一座座楼台，徒有空壳，现在已经很少有人居住。它们相互瞭望，相互守护，谁也不嫌弃谁的苍老。大概因为它们都有曾经辉煌的过去，所以也不怕远处一座座高楼大厦的鄙夷。楼台啊，我多想纵身跃起，用双手抹去你们脸上的深深皱纹，点点黑斑，可是我站定了脚跟，因为我知道你们不以苍老为耻，为了未来会保留昔日的一道风景。的确，这些过去矗立在繁华街头的楼台，哪一座楼台不是富商的居所？哪一座楼台不是金银满罐？哪一座楼台不是日夜笙歌？商贾云集之地，钟鸣鼎食之家，楼台里演绎什么样的故事，任今人随意去猜吧。

瞧瞧这四合院，满街几乎都是这样的院落，你挨着我，我挨着你，谁都不怕拥挤。先瞧瞧那深深的门洞。每个院子都有很深的门洞，往里瞧，深深的门洞黑魆魆的，仿佛一截隧道。有的大门早已失去，只留下光滑的石门墩；有的大门还半掩着，尽管已经破旧不堪。门洞里堆着一些日用杂物，显得有些杂乱。再瞧瞧那院子，地面上铺的老砖，坑坑洼洼，不知有多少人踏过，踏得每块砖都遍体鳞伤。正中的窑洞依然高大，但是墙面早已斑驳；两边的房子依旧低矮，但是依旧瓦缝参差，钉头粼粼。院子里住着百姓人家。偶尔，还可以看到院子里立着一棵高大的古槐，苍躯虬枝，绿叶摇曳，叶缝中筛下一片片白炽日光。院子深邃幽静，不闻鸡犬之声，但闻电视声声。昔日的庭院里会是什么样子？我不知道。我只看见今日的街道寥落，院子也寥落。我没有叹息，我平静地走出院子。

瞧瞧这小巷，满街随处可以看见一条条窄窄的寻常巷陌。踏进依旧还是泥土路面的小巷，会传出踏踏的足音，仿佛空谷回音。深陷高墙的小巷，幽静深远。那石头墙基裸露无遗，砖墙面露出许多风雨剥蚀出的小洞。驻足凝视墙面，仿佛可以看到当年人来人往的影子；侧耳细听，仿佛可以听到当年高墙里的笙歌。仰首举目，天蓝蓝的，是一条窄窄的缝隙；俯首远望，地黑黑的，也是一条窄窄的缝隙。从小巷的这头走到那头，从那头走到这头，我想起昔日人们挑水的扁担在小巷里颤颤悠悠，想起挑着东西进城的农民在小巷里留下的沉重的脚步声，也想起自己和同学夜半穿过小巷去看电影的情形，念旧情思绵绵不绝。

瞧不够这店啊瞧不够这街，瞧不够这院啊瞧不够这巷。何时再能回故乡？

一回回梦里回故乡，一回回梦里逛老街。

啊！故乡的那条老街。

新街

县城那条新街，新新的，新得扎眼。

新街与旧街并列穿过县城，但是他们在县城的地位显然不可同日而语。旧街从县城的这头穿到县城的那头，而新街却突破旧县城的界限，向西一直冲到县城外十里的地方，向东吞并了县城附近的一个小镇，其长度是老街的好几倍。老街顾影自怜，叹息着，而新街则昂着头，扬眉吐气，全然不顾世人的议论。

新街长长的，直直的，直得像一条直线，连小小的弯都不打。难怪看惯了旧街的人说，新街长得不靠谱，直得让人眼睛发困，还是旧街看起来舒服。是啊，如果你站在新街的东头，踮起脚跟，看酸了眼睛，也看不到新街的西头；如果你站在新街的西头，纵身跃起，才可以看到新街的东头。有人说，服了，县城大得没谱。

新街长而直不说，而且位置好，紧靠着县城边上的公路，交通便利。如果有人要坐汽车火车，走出新街，抬脚就上了车，旧街却没有这么便利。更让旧街羡慕的是新街紧靠着县城南边的一条河，新筑的水泥河堤宽阔漂亮，可以看见哗哗的流水，可以在河堤上信步消遣，别说有多惬意。还有靠近河边的新街广场，更是得天独厚，早晚有男男女女搂搂抱抱，旋转着身子，跳个没完。围观的人似乎比跳舞的人更多、更有兴趣，个个踮起脚跟，伸长脖子，看着缭乱的炫舞，看着飘舞的红裙子，口水直流。还有县城各种各样的活动，诸如集会、义卖、展销等，都在这里举行，简直比闹市还热闹，热闹得人销魂，热闹得人神魂颠倒，热闹得人疯狂。县城的人爱花哨，居然有人叹息，新街太花哨了。

新街位置好不说，偏偏还矗立着扎眼的摩天大楼。偏僻的小县城，虽说过去也是繁富之地，然而人们只见过二层小楼，哪见过高耸入云的大楼。过去，人们只从电视上看到过大城市的摩天大楼，哪曾想大城市的大楼搬到了小县城，搅得人心惶惶。县城的闲人，日日盯着摩天大楼看，从早到晚，看不够。有人大骂开发商太缺德，为什么在街上建如此高的楼，让人眼馋。他们摸摸兜里的钱，只有几大张，哪够买一套房子的钱，于是大骂房价太高，高于天。有人瞅着大楼，心里痒痒的，摸摸兜里的几大叠钱，舍不得出手，单等房价下跌。有人看一眼大楼，骂一声“狗日的”，老子也买一套，不就是几个小钱吗？初时，只有一栋大楼，后来接连建了几栋，建造速度之快，快得让县城里的人眼睛发直，直得没有一点光彩。新街的街心有高楼，新街的东头高楼更多，遮天蔽日，乃至早上看不见日出。高楼矗立在新街东头的河岸，把宽宽的河岸挤得扁扁的，河水只能喘息着匆匆流过。

新街的高楼诱人，毕竟是闲人看得多，没钱的人想得多，有钱的人买得多。而那挨挨挤挤的店铺则是人人要去的地方。自打新街出现，旧街的店主纷纷来到新街安营扎寨，旧街居住的人看到店主一个个逃离，买东西不方便，个个骂逃离的店主喜新厌旧，见钱眼开，不得好死。眼看着繁荣了几百年的旧街冷落了，念旧的人叹息复叹息。眼看着新街的店铺如雨后春笋般出现，人们纷纷涌入新街，购买日常用品。新街红火得人头攒动，比旧街的集市还热闹。年轻人说，溜旧街搁脚，逛新街腿顺，一时间新街成了年轻人的天下。他们在新街溜达，购物、飙车、聚会、酗酒，好不开心。渐渐地，嫉妒新街的人也跑到新街，如年轻人一般销魂。可恨的新街，店铺渐渐毗连，货架上琳琅满目的货物任由你挑，想买什么能买到什么，比旧街繁华十倍。有人得意地说，逛新街跟逛北京城差不多。

新街是那些开小车的宠儿。旧街窄得仅能容得两辆车并行，而新街则可以四车并行。仿佛一夜间县城里出现了数不清的小车，多得赛过地上的蚂蚁。就连那些过去脸朝黄土背朝天的庄稼汉都开着小车进城闲逛、购物。新街像大城市的街道一样，街道中间有隔离栏，有斑马线，有红绿灯，有交警。赤橙黄绿青蓝紫各色小车，乱哄哄你来我往，又井然有序，你不犯我，我不犯你。从日出到日落，从日落到日出，新街上的车流不断，似乎天底下的小车都涌到了这里。步行的人过街道小心翼翼，生怕被车撞。胆小的行人骂道："该死的小车，开得慢些好不好。"胆大的行人骂道："有本事你撞死老子。"看热闹的人笑道："天下的道人人走，何必较真，怒气伤身，小心点就是。"飙车的人才不管那一套，照样见缝插针，照样左腾右挪，如入无人之境。

新街的店铺呼唤着县城里的老老少少进进出出，出入于新街的大街小巷。若说新街的小巷真比县里煤矿里的坑道还多，小巷通着小巷，小巷里套着小巷。像新街上跑着的小车一样，仿佛一夜间出现了数不见的小巷，数不清的房子，数不够的人。有次我去找一位朋友，在小巷里穿来穿去，竟然迷了路。小巷曲曲折折，拐弯抹角，像县城里春节“跳九曲”设的迷宫一样。我咬牙切齿，痛骂该死的小巷欺负多年在外的人。我想问路，但张不开嘴。若说那条旧街，即便闭着眼睛，也能想到哪就到哪，而新街不同了。我低三下四，怯怯地问一位可以信任的老者，老者居然也摇摇头，说不知道。我大着胆问一位年轻人，年轻人看我“乡音未改鬓毛衰”，指着小巷说，过了这条小巷后再过三条小巷，三条小巷过后向东拐，东拐之后向西转，西转之后朝南走，朝南走后往北行，小巷的尽头就是你朋友的家。据说，新街隐藏的小巷像围棋的棋盘，纵横交错，多年住在县城里的人也会迷路。

新街里隐藏的小巷多，小巷里隐藏的餐馆更多。县城的人历来爱吃小吃，过去县城那条老街上的小吃摊很红火，食客如蚁。人们最爱吃的小吃是荞面做的碗团和莜面做的面条，久吃不腻，越吃越爱吃，乃至成瘾。至今旧街的这些小吃店都很多，人们依旧爱吃。人们兜里的钱多了，不再满足于小吃，想吃“大吃”，想品尝各式各样的菜肴。渐渐地，新街的餐馆多起来了。人们的婚丧嫁娶，招待朋友客人，都不愿意在自家忙乎，而是请到餐馆吃喝。新街的餐馆到底有多少，没有人能说得清。有次同学带我去餐馆，他算是经常跑餐馆的食客，想找一家开心的餐馆吃吃，不成想一找找了一个小时，只找了不到一半的餐馆。原来餐馆挨着餐馆，找得人眼花缭乱，不知哪家最好。我叹息，县城的人真有口福。

我站在新街的街头，可以随意见到几十年不见的老同学，站在路边忆旧谈新，别说有多开心。顺着笔直的大街望去，摩天大楼似乎在向我招手，迎接久未归来的故乡人。车流穿梭，可以随意挑一辆车去你想去的地方。想买什么东西，随便走进一家店铺，都可以买到。想吃什么菜，餐馆里都有。可以在朝霞里漫步于新街东头的河畔，观赏脚下河里的戏水鸳鸯；可以在夕照中登上新街西头的南山公园，浏览晚霞里县城崭新的民居。呵呵，我发现自己走出恋旧厌新的怪圈，投入了新街的怀抱。

县城那条新街，新新的，新得爽心。

花韵

长长的院子里，有两个方方的花园。

一个花园在楼的前面，另一个花园也在楼的前面，并排坐着，仿佛一对孪生姐妹。

一个花园四周围着一圈冬青，另一个花园四周也围着一圈冬青，仿佛缀在孪生姐妹头上的两个绿色发束。

一个花园里长着杉、松、枇杷、樱桃、樱花、玉兰、石榴、夹竹桃、绣球花、扁竹花；另一个花园里也长着杉、松、枇杷、樱桃、樱花、玉兰、石榴、夹竹桃、绣球花、扁竹花。花果相间，兼有花园之美，果园之实。

人到中年，书趣淡了，花趣浓了，闲来流连于两个花园之间。

春天的花园最吸引人。如果有兴趣，你可以远眺，近观，俯视，仰望；可以驻足，徘徊，小憩：其乐无穷。

早春，春寒料峭，其他花木似乎还在沉睡之中，而樱桃树却早早醒了。她没有蒙眬的睡眼，也没有慵懒的身姿，一经苏醒，便含苞欲放，几天工夫，枝头挂满雪白的花朵。一树白花，如一张女人的俏脸，夺人心魄，忍不住想伸手摸一摸她那白皙细腻的面肤。我想起幼时听到的两句乡语：樱桃好吃树难栽，朋友好交口难开。也许正是樱桃春天的俏丽，夏天的果红，引起人们神秘而美好的联想，滋生出一种渴求异性的甜蜜的人生情味。

樱桃花谢了，两棵并不大的桃树羞涩地露出了娇容。那粉色，今日三两朵，明日三两朵，稀稀疏疏地缀在枝头，仿佛一个天真烂漫的小姑娘初次来到陌生人面前，怯生生地露出几个羞涩的微笑。只有几天工夫，春天的气息，春天的明朗，春天的温暖，便将她出落得绚烂耀目，美艳无比，活生生一个艳美人。蜂飞蝶舞，枝头春闹，桃花日日笑东风。

眼看樱桃花、桃花先后各显姿色，生性浪漫的樱花自然不会沉默，它要抓住机会展示自己的风采。据说樱花是日本的国花，遍布东洋各地，倍受倭人青睐。现在，它离乡背井，远道而来，生性依旧。初开时，东一朵，西一朵，悬挂枝头，如绣球，如珍珠，如春梦。过几天，东一簇，西一簇，粉中带白，似佳人巧施粉黛，浓淡相宜。再过几天，满树灿烂。那花似涌动的春潮，仿佛投一粒石子便汹涌澎湃。如遇春寒连阴，樱花只能收敛性情，缓缓开放。此时，粉色的花与绿叶并生，远看一团粉色，近观粉中带绿，迷人而不张狂。如遇春阳暴暖，又是另一番景象。那绿叶几乎来不及长出，粉色的花朵便缀满枝头，花团锦簇，美艳无比。无论远眺，还是近赏，都十分迷人。恐怕再冷酷的人，看到此景，也会驻足，也会为之动情。倘若将她置入百花园中，深信“六宫粉黛无颜色”。樱花是活脱脱一个杨贵妃。

其实，樱花的美岂止艳若佳人。它是一个童话，能将你引入美妙无比的幻境，让你变得冰清玉洁。它是一首诗，能将你引入情的海洋，让你激情迸发。它是一幅画，能将你置身于自然美景，让你领略山光水色。它是一首歌，能将你引进生活的激流，让你奋臂激进。它是美的象征，它是活力的勃发，它是激情的狂放。它兼具艳、娇、媚、逸之美。

也许，看到樱花，你会联想到半个世纪前日军给我同胞造成的苦难。也许，你也会想到鲁迅先生“度尽劫波兄弟在，相逢一笑泯恩仇”的诗句。

在园中高大树木的掩映下，地面上长着一种不起眼的小花。它长着条状的绿叶，很像兰草，花朵不大，也不灿烂，呈浅紫色。一位同事说，它叫扁竹花，此地随处可见，可以任人采摘，平凡极了。扁竹花，多新鲜的名字！出于好奇，我俯身仔细观察这种极平凡的小花，只见浅紫色的花朵中，长着六片浅紫色的花瓣，每片小花瓣的中间是一条浅黄色，精致极了，仿佛是人工精心绘制的。扁竹花天亮开放，天黑闭合，日日可以看见她的微笑。她的微笑是襁褓中童稚的笑脸，稚嫩可爱。啊！扁竹花，多么平凡！我采了两朵，插在案头，时时观赏，时时可以闻到它淡淡的香味。

玉兰淡泊一些，只托出几朵如盘的白花，而且隐在阔叶之中，不妖不冶，是位淡泊名利的仙姑。

暮春，在绿叶繁茂的花园中，樱桃树挂满了红果，桃树也结出了小小绿果，松杉吐翠，樱花树泛绿。枝条婀娜，绿叶繁茂的石榴树悄悄现出了花蕾。一粒粒深红色的花蕾，点缀在绿叶丛中，似玛瑙般鲜红，似婴儿般活脱，给花园平添无限生机。待到喇叭状的花儿开放，绿叶映衬，如火苗，如红唇，鲜艳夺目，占尽园中风情。火红的花，火红的石榴，试问群花众果，谁能与它争艳？谁能与它比骄？谁能与它夺宠？

园中各有一个菱形小坛，坛中各有一丛茂密的绣球花。在其他花木的掩蔽下，绣球花仿佛身居深闺，迟迟不现花容。一旦花开，一团团的花，状若绣球。初开一团黄，稍后一团紫，最后一团白。它多变的花色，何似深闺中少女的芳心，今日求新，明日求异，后日求奇！也许受绣球花的启发，古代民间妙龄女子缝制绣球，站在绣楼上，将手中的绣球抛给自己喜爱的男子，以此选择佳婿。试想，绣球抛出那一刻，女子是多么激动，多么欣喜！

四季常青的枇杷、夹竹桃、松、杉，逢春倍添生机。它们似乎预先约好了，春天一到，大家都添新装。你看，松的新叶多翠，杉的新叶多绿，夹竹桃的新叶多深，枇杷的新叶多浅！夹竹桃羡慕桃花、樱花、石榴花的红颜，也会开出浅红色的花，用自己的一身深绿衬托，显得妩媚俏丽。松、杉则自成性格，不慕樱花桃花的粉，不羡石榴花、夹竹桃花的红，不妒樱桃花的素，春夏秋冬，甘于一身绿，乐于一颗平常心。它们淡泊荣华，淡泊名利，特行独立。也许，它们会听到樱桃花的絮语，会听到石榴花、夹竹桃花的矜夸，会听到樱花的调笑，但它们始终淡然处之。松、杉不以花容月貌取悦于人，唯以其伟岸挺拔立足于世。松像潇洒的美男子，杉像坚强的伟丈夫。如果它们不是独具个性，樱桃、樱花、桃、石榴、夹竹桃何能为它们饰容献媚！古语说：女为悦己者容。松、杉不言，众花献媚；松、杉不语，芳心归依。花无树不媚，树无花不伟。

小鸟穿梭于林间，鸣叫于花丛，快活极了。

更快活的是人。我可以日日赏花，从花中找来逸趣。这里无丑，只有美；这里无假，只有真。闲向花丛觅乐趣，何乐而不为？

啊，两个方方的花园！

大唐芙蓉苑[1]赋

芙蓉苑，唐宫殿，千年御苑。

曲江水浇芙蓉，雁塔笔绘宫殿。秦岭苍鹰北飞，影倒池中；华山芙蓉西移，花香湖畔。阿房宫，三百里，对此欲倒毁千年；大明宫，一千年，见此羞怯红颜面。芙蓉一苑重现，唐时遗风拂面。

楼阁巍峨，亭台袅娜。紫云楼上紫云，千年氤氲不绝。朝现隋唐瑞气，暮传明清福音。瑞气萦绕千楼，福音飘荡万阁。八百秦川风调，九千村落雨顺。唐时沃野苗盛，今夕秦地无灾。楼高千尺无顶，地厚百丈有基。飞桥凌空展翅，翱翔千年不辍；秀阁悬空独立，浮游百代无尽。隋文帝朝百官，万岁万岁万岁；唐太宗演歌舞，咿呀咿呀咿呀。紫云楼天街特立，彩霞亭云头高悬。天宫御宴满席，朝弦夜舞；地厅峨冠博带，日颂月歌。凤鸣院里

---

① 大唐芙蓉苑是西安市近年仿建的唐代宫殿。

鼓乐，《霓裳》水袖齐飞；仕女宫中粉黛，脂水红颜共销。下九相聚盈盈笑，七夕遥望缕缕忧。曲径漫步，水榭销春。九折曲桥卧波，少女怀春；百丈红廊绕岸，怨妇伤怀。织女闻声伤怀，牛郎见状浩叹。柳丝不绾青春，逝水专销帝业。旗亭顶上刀枪，昼鸣夜伏；茱萸梢头金狮，朝思暮想。亭台点点，日耀月明；楼阁依依，霞涌霓飞。

碧水一泓，眼波千皱。侍卫牵来曲水，宫女捧入甘露。唐时柳丝拂水，宋时明月照影。水映贞观之治，波涌安史之乱。映天绿叶碧，接地红花火。曲桥蛟龙舞，楼影俊鸟飞。石舫唐宗玉饮，龙舟宋祖言笑。韶乐掠水而飞，仕女落影而沉。玉液落水水涨，管弦入波波长。几石片铺碧水，数红鞋浮清波。元宵灯笼红水面，中秋圆月白湖中。日携红日登楼，夜伴清月饮酒。三五嫦娥起舞，望朔吴刚听曲。荷听车水马龙，蛙叫五谷丰登。风来蜻蜓点水，雨过长虹卧波。云恋蓝天碧，天恋碧水清。鸟飞影子在，人过情丝存。水幕幻是真，明月真是幻。千载白云碧水，万种楼阁风韵。池水鉴日月，清白照人心。

诗谷一道，魂魄三千。三千诗魂争日月，五万华章照古今。诗谷深深几许，仕途坎坎几多。谷底清泉石上，石畔诗魂松间。俯叹天生我材，仰啸云帆沧海。吾庐独破何惜，但愿寒士欢颜。同是天涯沦落，相逢不曾相识。杯举葡萄美酒，酬献征战几人。华章铭刻石上，丽句长吟口头。逝水载去佳句，青石留下诗魂。昔者须清眉俊，今者面羞目赧。

东移蓬莱，西现仙境。碧树来海角，山石自天涯。九天银河落地，海龙腾空；万粒玉珠升天，天女散花。鸟鸣松间，鸥叫水中。红男绿女，憨态媚颜。茶社品茗，无红袍加身之喜；曲水流觞，有绿郊游赏之乐。林间低吟浅唱，草丛踏青拈花。临水照清影，顾影自怜；登山抚松枝，志存高远。

芙蓉苑，唐宫殿，万世遗芳。

庐山赋

嘻嘻，庐山！巍巍仙山，渺渺佳境。

炎日耀辉，天迥地远。翘首东南，不见峨冠；俯身西北，难闻环佩。揽衣裙欲腾飞，弹缨冠思骤至。浩浩长风嫌缓，飘飘游云觉滞。

俊车宝马，飞箭流星。天凝墨云，地漫白汽。风来天外，雨自云中。疏疏细雨，银筝声声。潇潇急雨，箜篌阵阵。雨穿白汽落地碎，汽挟雨滴随风斜。山路横斜百折肠，浓雾密匝千重幛。千回百转螺旋路，万丈千尺升云梯。眼前绿树随风退，身后密雾缘车来。探深崖，深不见底；仰高山，高不及顶。前路茫茫不见头，后路濛濛无归路。浓雾迷眼，天罗地网；山风扑面，地转天旋。神差骤离人间，鬼使突至天庭。

天街一镇，风雨如晦。雨滴粒粒，圆如珍珠；山风飘飘，厉似长鞭。大珠小珠，飞溅玉盘；长鞭短鞭，乱弹银弦。风和雨细，街清屋净。水流清渠，叶摇绿树。楼台鳞次，亭阁栉比。店铺罗列，蔬果满架。风急雨骤，玉帝施威。天动地摇，龙王泄恨。天兵突降，刀剑齐鸣。骏马横出，声嘶蹄疾。千弩齐发，万箭穿空。雷响长空，鼓奏疆场。狼奔豕突，困兽酣斗。天地昏，乾坤暗。瀚海消，高山失。星球飞，寰宇乱。

夜幕低垂，风息雨宁。雾漫楼台，云裹亭阁。路灯倘恍，虽咫尺而天涯；屋宇迷离，纵触手而不辨。足音一里灌耳，人面半尺不识。窗含细雾，梁绕残云。卧床铺坠青云，做好梦乘长龙。

五老峰顶，翠峰入霄。锦绣谷里，石路贴壁。居峰顶伸长臂，离天三尺有三；攀石壁揽浮云，距地十万八千。云恋翠峰，千匝不厌；松缠石壁，百年犹恋。鸟瞰原野，鄱阳湖阔；俯视谷底，阡陌纵横。湖水浩渺耀金，深谷幽邃飞霞。望瀑布，飞流三千，李白踏歌而来；入草堂，桃花几株，居易山寺赏花。山底碧水，恍若天外；谷边村落，酷似桃源。

如琴碧湖，山顶宝镜。龙潭秀水，谷底琼浆。日揽山光水色，夜怀明月松影。汇聚高山细流，吞吐山涧活水。九天浮云，湖面舞蹈；长空丽日，水中散花。挟清气，千岩万壑；裹松香，九曲回肠。

仙人洞府，天生地造。三宝大树，自生自长。洞内仙气袅袅，倾倒江氏；洞外绿草披离，迷醉游客。银杏千岁不老，紫杉六百年轻。十人合围，不及树身半围；百人仰望，难达绿冠梢头。无限风光，不可独占。长生不老，贵在自然。江山易变随古今，万物长存立天地。

道路如织，别墅似缀。东通月宫，可与嫦娥赏月；西至玉殿，能和玉帝参拜。重岩叠嶂千重树，碧天红日万缕风。西人佳地筑巢，林中嘉树掩屋。慧眼识得宝地，匠心织造胜景。山三千，蒋公营造绿树；屋六百，毛君运筹国是。条条道路，曲径通幽；重重绿树，宝墅藏珍。雾霭迷山，自成领兵藏身；烟云蔽树，西人斡旋战事。蒋氏独身避暑，毛公率众议国。彭公宦海沉浮，林氏官场得意。彼风云，此风云，彼此风云。

噫嘻，庐山！不识庐山面目，只缘身在山外。

柳林[1]赋

噫嘻！柳林。

柳林。三分一城，柳林锄沟青龙；二开一县，清河南山北山。

茫茫黄土高原，清清柳林古城。东望巍巍吕梁，西瞭滔滔黄河。紫气东来，山岚沉浮似海；祥云西去，水雾缥缈如纱。南来黄河似龙，涛声依旧；西去三川[2]如虎，吼声不辍。混沌初开，天神舞剑。电闪雷鸣九天，风起云涌地球。一剑劈出南山，一剑劈就北山。清露聚成清河，柳林荫蔽柳林。日月精华润地，乾坤瑞气浮天。咏兮古城柳林，叹兮新县柳林。

北山遥望南山，脚底一带清流。山色葱茏映碧水，绿杨掩映壮高山。高高高原挂高空，长长长梯[3]入长天。陡峭山坡，绿树绿赛锦缎；幽深沟谷，清溪清过银河。举步石阶，登临九天揽

①柳林：县名、县城名。

②三川：河名，即三川河。

③长梯：山底直通山顶的一道石阶。

月；置身垣头，步入蟾宫折桂。高塔巍峨，势拔五岳三山；公园清幽，胜却三宫六院。高塔门前诵经，福音袅袅；翠柳底下歇息，情语喃喃。公路盘旋霄汉，塔影倒悬半山。垣头农家新屋，鳞次栉比；半山私人校园，龙驹凤雏。沟沟流水潺潺，壑壑乌金滔滔。春来庄稼点点绿，秋到枣儿颗颗红。镰刀揽来金穗，扁担送归银豆。火车呼啸而西，万里迎客；汽车奔腾而东，千里送煤。东西天堑通途，南北地壑坦路。北去北京，一觉醒来到站；西往西藏，两烟未灭下车。梦幻成真一刻，仙境降临几日！

南山远瞭北山，层层梯田叠翠。柏树山顶牵手，松树坡上言笑。摇曳果树争翠，婆娑枣树比红。黄鹂鸣翠，银鸽叫红。梯田叠至云霄，碧树插入月宫。嫦娥沿梯下凡，喜归人间；吴刚援树归家，怨煞九天。斜枝荫蔽山寺，横柯掩映公园。寺无山僧护院，清清静静；园有闲人信步，逍逍遥遥。昔日根据地，今夕富饶区。入深沟沟深深，百里无头；爬陡山山陡陡，寸步有坡。重山叠叠不尽，宝藏深深无穷。摩托入沟无影，汽车进山有声。地下机声隆隆，地上黑煤滚滚。人流不断，流进千座宝山；车水不息，拉出万车黑煤。黑煤运往四方，白银流进万家。农家后生操机器，村里婆姨数票子。金山银山，不及黄土厚山；金銮宝殿，莫如砖窑土炕。

王母轻弹玉指，清河直落九天。三川一河西流，两岸几柳东飘。春天数绺细流，冬日几泊湖水。山鸡河边追逐，鸳鸯湖中嬉戏。四十里抖汽河，八万年蒸腾雾。雨落摧枯拉朽，风吹碧波荡漾。少妇寒天浣纱，怨女暖日洗愁。钢桥飞度南北，日夜箜篌；银桥凌架东西，朝夕彩虹。车流桥面，水凝河中。柳丝拂水，杨花吹面。闲妇歌舞河畔，忙夫奔驰桥头。几山倒影水中，数楼现身湖面。弱水三千独钟，清流一条常爱。

一湖映二山，一水分三城。桥东青龙飞，桥西柳林绿。旧街明清遗风，风仪尚在；新街当今风貌，貌容怡人。高楼耸峙，群楼竞比高低；低屋毗连，众屋比赛优劣。柳林子，家家户户有银子。家藏千金不多，腰缠万贯不少。富甲一方，秀冠三晋。车水永流不息，马龙常飞无尽。家居青砖碧瓦，户有钟鸣鼎食。朱门酒肉香，柴扉谷米新。正月九曲④五谷丰，元宵花灯吉星照。绕舌莜面⑤哧哧响，辣口碗团块块香。悠扬校钟十里响，云游学子千里行。天变地变人变，山新水新物新。

秀哉！柳林三城，城城宜人。

奇哉！古城柳林，日新月异。

伟哉！柳林新城，青春常在。

---

④九曲：当地祈求五谷丰登的祭祀兼娱乐的活动。

⑤莜面：荞面，当地知名小吃。

母校[1]校庆贺词

腊梅吐蕊，母校佳音。心驰神往，四千里山共水；魂牵梦绕，三十载秋与春。同窗言笑宛在，恩师诲教铭心。天高地迥，念舐犊之恩；山高水长，思乌鸟哺情。

黄河西去，逝水滔滔不绝；清河东来，清流不舍昼夜。紫气弥漫，祥云笼罩。北山厚土，藏珍蓄宝；南山沃野，嘉木繁茂。玉皇山顶，览遍山川风光；阁子寺上，阅尽千年沧桑。柳林掩映，飞桥横空。温泉脉脉，山寺隐隐。工兴农茂，商来贾往。风声雨声涛声，人声钟声书声。

胜地庠序，佳境名墅。龙脉筑园，凤首育人。一校双桥，两院一园。东院西院，金凤展翅。南桥北桥，双虹贯日。墙外清流，墙内细水。杨柳争翠，百鸟麇集。柳絮飘飘春日丽，喜鹊登枝；杨叶摇摇夏日凉，丹凤朝阳。秋果累累，暗香与红叶争妍；

① 母校：指山西省柳林中学。

冬雪飞飞，碎玉同劲松媲美。楼亭堂馆，鳞次栉比。柳暗花明，曲径通幽。钟声扬扬，十里不绝。读一日书，三生有幸；听一堂课，百年受益。柳绿风清，人和气旺。斯院斯景，沐春风，饮甘露，涵咏无尽。

钟灵毓秀，贤能辈出。德高先贤，山不厌高；望重新秀，海不厌深。容纳四海贤才，汇聚一县精英。硕师鸿儒，学富五车。晚生后学，才高八斗。德为人范，学为人师。五十载耕耘，硕果累累；二万日浇灌，桃李芬芳。贤达经邦，俊才济世；勤者务农，能者事工。城镇市井，佼佼者显才智；乡野村落，峣峣者现懿德。县城省城京城，城城学子身影。澳洲欧洲美洲，洲洲赤子游踪。前生可敬，险峰攀登；后生可畏，激流勇进。

面北远眺，往事盈怀。西院读书，鸡鸣抱薪燃炉；东院就寝，日落抛球健身。墙外种菜，墙内赏花。戏春风，风乎舞雩；赏秋月，登彼丘峦。仲夏濯足溪里，清凉沁脾；隆冬浣衣河中，温暖如酥。青菜一汤润肠，小米两碗果腹。披星戴月，食苦如饴。抚高杨慕青云之志，临清流羡海阔之怀。阅群书，览古今，数豪杰，赞英才。恨不驭鲲鹏九天揽月，怅难驾蛟龙五洋猎鲸。叹鸿鹄高旋，鄙燕雀低回。看朋辈，萤囊映雪，移樽就教；瞧尊师，孤灯治学，挥扇览卷。一苦字，师生如斯；一乐字，今昔皆然。斯人斯情，长铭永怀。

遥望嘉朋至，学子归，车水马龙，笑语欢声。熙熙一堂，攘攘两院。斗转星移，故情难忘。指浩发，惊岁月催人；数缺齿，叹时光无情。暮年老成，少年新锐。后浪前浪，老树新枝。同唱一首歌，共叙几段情。你言寸草心，我语三春晖。

国泰民安，学道悠长。旧貌新颜，古范今风。成龙成凤，父母殷勤。《论语》半部，治理天下；数理几章，兴邦富国。呦呦青鹿，嗷嗷晚生。遥遥母校，悠悠我心。喜哉乐哉，述我心怀。

一枚银元

我从父亲手里接过一枚银元，放在手里，沉甸甸的，似有千百斤重。

我与父亲共同生活六十年，从没见过家里有什么银元，不知道这枚银元是父亲从哪里变出来的。小时候，家里穷，家里最值钱的东西我都能找到，唯独没有发现这枚银元。其实，六十年来父亲珍藏的并非一枚银元，而是四枚，分遗产时父亲把四枚银元分给四个子女。这几枚银元到底藏在哪里，我没有问父亲，想让它永远成为我心中的一个谜。

这几枚沉甸甸的银元是从哪里来的？我做过种种猜测：许是爷爷传下来的，可爷爷分遗产时并没有提到银元；许是解放前父亲放羊挣来的，可父亲从没有提到过；许是父亲参军打仗时捡来的，可父亲也没有提到过。我心里憋不住，问父亲："银元是从哪来的？"

父亲说："是你母亲在我当兵后织布挣来的。她嘱咐我留给你们。"

原来这是母亲留给我的遗产！

父亲的话打开了我紧闭了几十年的感情大门，我的情感像一股洪流喷涌而出。母亲去世已经四十多年了，除了偶尔在梦中见到她之外，我很少去想她了。我感谢时间医治了我内心的伤痛，也憎恨时间的无情无义，竟让我许久忘却生我养我的离我而去的母亲。看着这枚浸透着母亲汗水的银元，我落下了伤痛的泪水。

解放前，父母结婚不久，父亲就去前线打仗，母亲留在家里料理家务。那时，织布缝衣是女人的生活所需，至今农村好多人家仍保存着织布机。织布不是一件难事，却是一件很麻烦的事。要织一尺布，必须先弹好棉花，然后是纺棉纱，棉纱纺好后才能织布。小时候，经常看见母亲盘着腿坐在炕上，一手摇着纺车，一手拉着棉线，一纺就是几个小时。那时，母亲孩子多，要纺纱，要织布，纺车摇旧了，梭子磨薄了。此刻，我的脑海里浮现出母亲为了挣这块银元一摇一摇纺纱的情景，一梭一梭织布的情景。不知道母亲纺了多少天的棉纱，织了多少夜的布；不知道母亲的手臂有多疼，不知道母亲的腰有多酸。那嗡嗡的纺纱声，那吱嘎吱嘎的织布声，在母亲听来，也许是人间最美妙的音乐，这音乐声吟唱着母亲对生活的期望，对父亲的思念和担忧。纺车摇多少次，织布机响多少声，才能织出一匹布，我算不清楚，但我知道换来一枚银元需要很多辛苦。母亲，我多想捏捏你酸痛的腰和手臂，让你感到舒服一点。母亲，你知道我想到你酸痛的腰和手臂，心里有多痛苦！握着这块银元，我心里沉甸甸的，像负罪一样。

二十世纪五十年代，乡里成立了互助组，有缝纫、医疗等几个组，母亲用父亲的残废抚恤金买了一台缝纫机，加入了缝纫组。心灵手巧的母亲通过自己的摸索，掌握了缝纫技术，日夜坐在缝纫机前为乡亲缝衣。那时，我刚刚上学，父亲在家种地，我跟着母亲在乡里所在的村子读书。我们母子寄宿在村民家里，相依为伴。我不知道母亲在缝纫机前坐了多少个白天，也不知道母亲为乡亲缝制了多少件衣服，只记得母亲在那间缝纫间里日夜忙忙碌碌。五十年过去了，母亲低头做衣服的情景犹在眼前。我不知道那时母亲有多累，有多辛苦。

听姑姑讲，在我过一岁生日的时候，家里人做了一件有趣的事。爷爷找来一杆秤和一本书，放在炕上，让我去抓。如果抓到称，将来会做生意；如果抓到书，将来会读书。无知的我把书抓在手里，让一家人高兴不已，因为家里祖祖辈辈务农，斗大的字不识一个，家里终于要出一个读书人，怎能不高兴。这也许是我能读书、能上大学，一辈子与书为伴的渊源。我不相信宿命，但宿命如此，我惊叹宿命。知道我将来会读书，母亲十分高兴。听说母亲的祖辈是读书人，我上小学时“写方”用的铜质墨斗就是母亲祖辈的遗物。上初中时，我要步行三十里到县城考试，母亲特意为我烧了几个图了红心的烧饼做干粮。母亲说，红心烧饼寓意“心意圆满”。我顺利考上了初中，实现了母亲的愿望。母亲啊，你的红心烧饼真管用，我该如何感谢你！可是那时我不懂得对母亲说一句感谢的话，多蠢啊！母亲，现在儿子对你说一声感谢，希望你在九泉之下笑纳。母亲病逝后，我读了高中，并有幸读了大学，但没对母亲报一声喜，没对母亲说一句感谢的话，没让母亲高兴一下。多蠢啊，我！

父亲买了一台织袜机，为乡亲织袜挣点钱，母亲依旧靠缝纫挣钱。在父母的辛勤操持下，家里修了新窑洞，一家人住在崭新的窑洞里，心里甜滋滋的。但是不久不幸降临了：十四岁的弟弟夭折了。弟弟的不幸离世，是全家人的不幸，更是母亲的不幸。那时，就连不甚谙事的我也曾多次暗暗哭泣，何况是母亲。听父亲说，母亲为弟弟的夭折经常哭泣，痛不欲生。由于长期处在泪水之中，母亲患了中风，出现了面瘫。那时缺医少药，母亲的病没有得到及时医治，日趋严重，但母亲依然辛勤操持家务，照料四个孩子。

初中毕业后，我在村里劳动。夜晚，我喜欢独自躺在一孔窑洞的炕上，在油灯下看书。当听到三十里外县城电厂传来的长长的汽笛声，我知道夜已深了。此时我听到门外母亲的脚步声，原来母亲一边做着家务，一边默默伴着我看书。她在门外推推门，摸摸窗，看我是否关好了门和窗。然而，有一次我跟着母亲去碾子上碾米，记不清因为什么，我心里有点不高兴，竟然用碾子杆把在碾子另一头推碾子的母亲撞了一下，尽管没有使劲，可我看到母亲的身子晃了一下。可能母亲以为我无意间撞了她一下，母亲啊，其实那是我有意而为！那时，母亲的病已严重，年轻不谙事的我竟然对母亲下此狠手。每当想到此事，我悔恨不已。母亲啊，年已花甲的我只有悔恨的泪水，却无法洗去我身上的罪恶。世界上最遗憾的事是悔恨，而比悔恨更遗憾的事是无法弥补悔恨。今生无法弥补自己的过失，只有来生去赎罪。

我从不愿回首厄运降临在母亲身上的那个黄昏。刚从地里回到家的我看见母亲蹲在院子里洗衣服，不满一岁的小妹妹坐在地上哭，我劝母亲哄哄小妹妹，母亲说快洗完了。母亲站起身来，把小妹妹抱在怀里，顺势倒在了地上，不到半个小时，母亲就离我们而去。嗷嗷待哺的小妹妹没有奶吃，只好向好心的邻居借奶吃，东一口，西一口，勉强度过了喂奶期，至今小妹妹不知道母亲是什么样子。母亲走了，匆匆地走了，没有留下一句遗言，只留下几声痛苦的呻吟。

母亲去世时只有四十二岁，给我留下的只有手中这枚沉甸甸的银元。母亲啊，你为什么不把这枚银元用来补贴家用？为什么不用来给你治病？为什么要留给我？你的儿子也有一双手啊！如果你用来补贴家用，你不用吃那么多苦；如果你用来治病，兴许至今你还健在。

我抚摸着这枚银元，我看到了母亲的笑容，听到母亲笑着说：“钱挣来就是给你花的，你用比我用更好。”

我抚摸着这枚银元，潸然泪下，哀思不尽。

我抚摸着母亲留给我的唯一物质遗产，知道这是母亲一生勤劳的结晶，是母亲的一颗爱心。我把这枚银元交到儿子手里，儿子问我，这块银元是真的吗？我说是真的，你奶奶的心没有假，长辈对晚辈的爱是无私的。

故居

每次回故乡，如果不到村子里看一眼故居，总觉得缺了点什么。故居情结牵着我再次回到村子里看望故居。

我的故居有旧居和新居两个院子。

我站在旧居前，想进院子里看看，可大门紧锁，不知是哪家上的锁，我只好从大门缝往里瞧。窄窄的门缝能瞧到什么呢？我不甘心，爬到院子上面的屋顶往下瞧，院子的全貌蓦然呈现在眼前。

哦，我惊呆了。

旧居是祖居，是一所四合院，距今有三百多年了。五孔正屋的墙壁早已被无情的风雨吹打得斑斑驳驳，屋顶的砖砌花栏残破不堪；侧面的四孔窑洞也破旧了；靠着大门的一溜房子只有几堵空壁，仿佛贫穷而苍老的老人。瞧一眼院子的地面，我不禁一阵战栗：青砖铺的地面看不见一块砖，只看见一尺多高的杂草铺满院子，一片荒凉。我简直不相信自己的眼睛。

我惊呼一声，真想大喊一声：这就是我曾经住过的院子吗？

我想起了在这里度过的天真烂漫的童年。儿时的生活是清苦的，然而是快乐的。那时院子里住着五六户人家，从早到晚热热闹闹。我看着祖父和祖母饶有兴味地用铡刀为牛铡草，草花四溅，天女散花一般好看。清晨，爷爷甩着鞭子，赶着牛走出院子，叔叔扛着镢头，咳嗽着，慢腾腾走出大门。中午，爷爷赶着牛走进大门，叔叔拖着疲惫的身子挪进院子。最有味的是爷爷、父亲和叔叔坐在门前的石台阶上，一边大口喝稀饭，一边聊着地里的活儿，一边逗着小孩子。吃饭声，说话声，欢笑声，满院子飞。春天，南方的燕子归来，在屋前绕来绕去，寻找熟悉的故巢，寻找熟悉的小朋友。秋天，瓜桃李果熟了，下地归来的叔叔会给我带回几颗甜甜的桃，几把红红的枣子。当然，最热闹、最高兴的是过春节。天不亮，小孩子跟着大人一起在院子里生火炉，火炉里的柴禾哔哔叭叭地响，火炉四处蹿着火苗，院子里一片通亮。天亮后，我一边啃着只有过年才能吃到的既硬又冷的白面馒头，一边放着手里的鞭炮。这时，奶奶总会说，小心手！母亲总会说，少吃点！

我想起了离世三十多年的爷爷。爷爷是个庄稼人，一辈子与黄土打交道，一直到去世。爷爷一辈子辛劳，但从来没有听到他喊一声累，叫一声苦。爷爷八十二岁那年，我亲眼看到他在陡立的坡地上赶着牛给生产队犁地，一犁就是一整天。在这样的陡地犁地，别说八十多岁的老人，就是年轻人也很吃力。由于爷爷勤恳，年年被评为生产队的模范。爷爷早年有肚子空就头昏的毛病，所以有时上地干活，怀里会揣着半块烤干的白面馒头。半块干馒头是爷爷一生最大的享受。爷爷渐渐衰老了，他时常会去看看四十多岁时就为自己准备好的那口棺材。有一次，他让奶奶拿出为他做好的寿衣，穿在身上，在炕上走来走去，笑呵呵的，称赞这是他一生穿过的最好的衣服。爷爷八十八岁时离世，他的刚毅形象至今宛在眼前。

我想起了故去的奶奶。在父亲和叔叔眼里，家里最辛苦的人不是爷爷，而是奶奶。奶奶出身于书香门第，却嫁给贫穷的爷爷。她终身操持家务，每天从清早一直忙到深夜。有一次，我看到都已七十多岁的父亲和叔叔闲聊，聊到了奶奶的辛劳，性情刚强的父亲眼圈发红，叔叔竟然掩面唏嘘。我的面前出现了奶奶推磨推碾子的情景：一个瘦瘦的老婆婆，两手搭在一根长长的木杆上，身体前倾着，脸上淌着汗珠，步履艰难地绕着碾子或石磨转圈，一圈一圈，直到一粒粒粮食变成一簸箩白白的面粉。我曾多次看见奶奶辛苦操劳的这幅画面，也曾多次帮着奶奶推磨推碾子。爷爷去世两年后，奶奶也跟着去了。奶奶去世时我不在她跟前，为此我常常惋惜不已。

旧居一派荒凉，新居会怎么样？我走进了新居的院子。

旧居面东，每到冬天，屋里很冷，以致冻伤了妹妹的脚。为了能过个舒服的冬天，父亲在五十年前修建了面南的新居。新居在离旧居不远的一个院子里。新居格局很简单，只有三孔窑洞，两三丈大小的一个院子，一棵枣树，没有大门。新居的墙壁白白的，没有破败痕迹，门窗看起来依然新新的，院子里却长满了一尺多高的杂草，简直难有下脚的地方。弟弟带着父亲住在县城，新居经常空着，杂草成了院子里的主人。看着满院的杂草，我摇头叹息，不知道好好的家园为什么被荒废。细想，兴许荒废家园的不是人，而是不断前行的时代。时代前行让许多人抛弃了农村可爱的家园。

修建新居时，父母费了不少的力。父亲拖着一条伤残的腿，从头忙到尾，母亲为帮助修建的十几号人做饭。崭新的砖窑洞修好后，三孔窑洞相继装上了崭新的木门窗，屋里砌上了崭新的炕，土院子平平整整的，布鞋踏上格外舒服。我用柴禾点着铁炉子，烘烤屋里的湿气。炉火通红，屋里暖烘烘的。油灯下，我摸着屋里白生生的墙壁，感受着温暖带来的温馨，感觉这是世界上最美的屋子。冬天，住在温暖的屋里，弟弟妹妹不用再受冻脚之苦，父亲坐在织袜机上为乡亲们织袜，母亲坐在缝纫机前为乡亲们做衣服，一家人其乐融融。

我最喜欢那棵枣树。这棵枣树从胳膊粗渐渐长到碗口粗，枝繁叶茂。春天，枣树枝上吐出一粒粒绿芽，宛如一粒粒浅绿的碧玉点缀在树上，十分可爱。夏天，枣树的枝叶给院子里筛下斑驳的影子，晌午可以坐在树影下吃饭洗衣服。秋天，枣树的绿叶间缀满了一颗颗红红的枣子，颗颗枣子像盏盏小灯笼悬挂在树上，十分好看。我喜欢爬上树摘枣子吃，枣子既脆又甜，好吃极了。冬天，满树的绿叶掉了，而树枝上仍然悬挂着几十颗红红的枣子。肚子饿的时候，我爬上树，摇动树枝，枣子掉在地上，捡来塞进嘴里，甜甜的。

我喜欢独自住在一孔窑洞里，因为晚上可以静静地看书。初中毕业后，我在村子里劳动。夏夜，院子里静悄悄的，炕楞上的油灯闪着幽幽的亮光，我躺在炕上，就着灯光看着自己能找到的书。线装的纸张发黄的《三国演义》看了又看，苏联的《政治经济学》教科书啃了又啃，中国的建国名人录读了又读。三十里外县城的汽笛响了，告诉我夜已深了，这才放下书，吹灭油灯。多惬意啊！时过四十年，宛在眼前。

然而，弟弟不幸夭折，父亲痛不欲生，母亲遭受致命打击后患了中风，后因脑溢血去世。好端端的家连遭不幸，不满周岁的小妹妹嗷嗷待哺，父亲既要到地里干活，又要给我们做饭，好在长大了的大妹妹可以承担大部分家务。大妹妹出嫁，我去县城继续读书，伤残的父亲承担了家里和地里的各种活儿。我不知道父亲是怎么熬过来的，弟弟和小妹妹是怎么长大成人的。最让我伤痛的是小妹妹竟然不知道自己的母亲长什么样子。

我四处寻找那棵喜爱的枣树，没看见它的影子，知道它被砍掉了。多好的枣树啊！它像家里的一位亲人，年复一年陪伴着我们。为了保护这棵枣树，父亲用砖头垒在它的根部，保证它从土里吸收到充足的水分和养分。我多想看看它的身姿，多想摸摸它粗糙的树干，多想摘几颗枣子吃，然而它随着母亲和弟弟走了。

我离开故居，回到县城，看见八十七岁的父亲依然那么硬朗，我欣慰地笑了。

木棉花红

多年前，我偶然从一位厦门女诗人的诗中读到木棉花。她把木棉花比作女人，但我不知道木棉花究竟是什么样的花。

看到“木棉”二字，我竟想起儿时在故乡田地里见过的棉花。每当秋末，田里的棉花开了，白生生的，缀满棉枝，很像南方春天树上绽开的玉兰花，十分美丽。当你伸手摘棉花，触摸到软软的棉絮，就像抚摸到娇嫩的花瓣，既有赏花的愉悦，又有收获成果的快乐，惬意极了。

我想，女诗人把木棉花比作女人，它必有女人的娇艳和美丽，甚至还有女人的性情，但是我无从看到现实中的木棉花。从此，木棉花的名字在我心里扎下了根，很想目睹木棉花的美丽。

有一年，我从西南回北方省亲归来，在路经四川的途中，悠闲地观赏着窗外景色。突然，看见路旁几棵高大的树上立着几朵红色的花朵。当时，春节刚过，眼前的几朵红花格外醒目，给人特别清新的感觉。我在琢磨，是什么花开得这么早呢？

我见过春节前后早开的花，有雪压琼枝时香气扑鼻的浅白色的梅花，有细细藤条上小小的杏黄色的迎春花，有大树上大朵大朵的冰清玉洁的玉兰花。我从未见过如此艳丽的早开的花。蓦然，我的心里跳出三个字：木棉花。莫非是它？如果真是木棉花，那可真是“踏破铁鞋无觅处，得来全不费工夫”。我想证实自己的感觉，于是询问身边的旅客，几位旅客都摇头。我失望了。可我又相信自己的直觉，认为那几朵陌生的红花就是木棉花。到底无法证实自己的直觉，我只好将疑问存入心底。

年届中年，我喜欢上了赏花。我工作的单位的院子里有两个花园，花园里有几棵大树。每当春寒料峭，我会站在玉兰树下，仰头瞩目那一朵朵纯洁无瑕的玉兰花，沉浸在冰清玉洁的世界里。每当春阳初暖，我会站在樱花树下，看那一朵朵樱花你追我赶，争相绽放，直到满树灿烂，让我迷失在粉红色的锦绣里。后来在厦门又看到艳若彤云的凤凰花。那玉兰花，楚楚动人，如少女般纯洁；那樱桃花，花团锦簇，如少妇般丰润；那凤凰花艳丽多姿，如贵妇般富贵。赏花的滋味，兴许只有喜欢赏花的人才能参透。

木棉花是什么样子？

去年，我有机会来到美丽的小岛厦门。一个阳光灿烂的上午，春光乍泄，我在海边的一个公园里流连。突然，我看到一棵树下零落的几朵大红花，顿时产生怜香惜玉之情。我走到树下，捡起一朵最鲜艳的红花，拿在手里把玩。哦！我的脑海里出现了十多年前在四川看到的那几朵红花，它们有几分相似。

我坐在公园里的石凳上，手里捏着捡来的大红花，仔细欣赏。

我知道，在草本植物中，不乏大朵的花，如牡丹、菊花等，而在木本植物中，很少看到如此硕大的鲜艳的花。只记得多年前在昆明见过硕大的茶花。茶花的花色和花型像牡丹，在寒冬里，昆明的茶花不畏寒冷，迎雪开放，煞是壮观。虽言茶花艳丽，红、粉红、白多色，灿烂得令人怜爱，可是茶花并不火红夺目，也不娇艳，倒是给人十分亲近的感觉。

我手中的大红花，是由三片红叶组成的喇叭状花朵。叶红如血，叶嫩如膏；红叶包裹着花蕊，花蕊由一根根针状的东西组成，如女人丝丝缕缕纤细的心；花托沉甸甸的，仿佛蕴藏着无限能量。我端详许久，不忍释手。仿佛思慕多年的亲人，一朝相遇，不忍离开；似乎一旦丢弃，就如丢弃一个鲜活的生命，心中有一种沉重的负罪感。我只好把木棉花轻轻地放在石桌上，任它香消玉殒，走完它最后的生命旅程。

听恰好路过的导游讲，我放在石桌上的花，正是我思慕多年的木棉花。我嘲笑自己过去无知的联想，为眼前邂逅木棉花欣喜不已。

木棉花娇艳的红，深深印在我心底。每当闭上眼睛，我眼前总会出现它那娇艳的红。许是长达二十年思慕的缘故，我的心里总浮现着木棉花的影子，寝食不忘。我真想伸出一只手，像抚摸一位心爱的少女，时时抚摸她可爱的面容。

有一次，我在厦门岛内一处高楼上远眺，无意间看到不远处绿树间“燃烧”着一株“火树”，惊诧不已。我急忙跑下楼去观看。只见一棵十分高大的树上，每一支枝条上都站满了一粒粒盛开的红花。一支枝条，一条红艳；一树枝条，一片红艳。一朵朵红花，像一朵朵蹿动的火苗，将高达四五层楼的大树“燃烧”得一片通红。多么惊心动魄的红艳！

我绕着这棵“燃烧”的木棉树，一圈又一圈，观赏很久，直到脖子累得不能仰望，才恋恋不舍地离开。这是我平生见过的最壮丽的红艳。

木棉花啊，是谁给了你这么摄魂夺魄的魅力！我多想拥着你，在这灿烂的春天里翩翩起舞！

这棵“燃烧”的木棉树，大大升华了木棉花在我心中的地位。我原以为木棉花只有单薄的火红和娇嫩，不承想它还有惊心动魄的壮丽。它一点也不娇嫩，一点也不柔弱。相反，它有的是活力，有的是强大。

暮春，我在厦门的一个公园里信步。春光流金溢彩，杂树生花吐翠。突然，我看到不远处的一棵大树下落英遍地，一片红艳。走近一看，是一朵朵红润的木棉花静静地躺在地上，似乎想在绿色的地上小憩。我随手捡起一朵，仔细察看。虽然它已零落，但依然那么红艳，看不出丝毫倦怠和伤感。我拿着这朵飘零的花，边走边看，不觉走近一个石桌。

石桌旁坐着的一位女子看见我手里的木棉花，转头问我：“你手里是什么花？”

“木棉花。”

“好美丽的花！听说了，不认识。”

“你仔细看看。”

女子接过我手里的木棉花，仔仔细细地端详，爱不释手，赞不绝口：“想不到世界上有如此美丽的花！”

我和女子闲聊，得知她是来厦门实习的大学生，学建筑的。

她有一个美丽的名字：燕子。

我仔细端详着坐在对面的燕子，只见她眉清目秀，皮肤白皙，略带黄色的长发映衬着瓜子型的面庞，显得青春勃发，活力四射。她告诉我，她的工作很忙，经常加班加点，几乎没有节假日。然而，我从她的脸上看不出丝毫的倦意，看到的倒是一脸灿烂。

“燕子。多美的名字！”我喃喃自语。

女子显出惊异的神色，继而淡淡一笑，接着甜甜地说：“我一直以为这是一个很平常的名字。”

我想起了北方家乡的燕子。每年春天的清明前后，到南方过冬的燕子如期飞回北方。看到燕子飞回来，人们会高兴地喊：“春天到了！”

小时候，看到归来的燕子上下翻舞，我和小伙伴们总会迎着燕子，举着一双双小手，欢呼雀跃。

飞回的燕子很念旧，它们会在每家的窑洞前飞来飞去，寻找去年住过的地方。一旦找到了旧家，它们就飞来飞去，衔着一口口新泥，垒筑新巢。它们会站在自己的新巢上对着窑洞主人呢喃不止，似乎在和主人亲密交谈。有时还会飞进窑洞里，转几圈，然后飞出去。燕子是人们的亲密邻居，家家都喜欢燕子，保护燕子，都希望自家的门窗上有燕子的新窝，把燕子安窝视为自家的喜庆。

离开家乡二十多年了，我常有一种异地漂泊的感觉。每每想起家乡的风物，每每心思绵绵。

“你想家了？”女子问。

“嗯。”

“你看，南方的春天不也十分美丽吗？到处春光明媚，花香鸟语。”她捡起石桌上的那朵木棉花，举在面前，“这红艳无比的木棉花，多美啊！你别只注意它的飘零，更应该注意它的红艳。木棉花在哪里开放，哪里的春天会更美”。

“是啊。”

我注视着女子手中的木棉花，依然那么红艳，那么美丽。再看看年轻的女子，像她手中的木棉花一样红艳美丽。

“木棉花开放的地方，春天会更美！”

我释然了。我应该定居美丽的厦门。

如果说玉兰花是清纯的少女，樱花是秀美的少妇，凤凰花是富丽的贵妇，那么木棉花则是俊俏的姑娘。

木棉花善解春意，在烂漫春天与百花争奇斗艳，展示自己的风韵；年轻女子善解人意，用妙语浇开我心田的快乐之花。

家乡的春天

久居南方，发现南方的冬天青枝绿叶，有些花依然开放，春天只是草木更绿，花更多，春的气息并不浓郁。有时甚至春天刚来不久，天气很快就热起来，马上步入夏天。这使我回想起北方家乡的春天。

其实，对家乡春天的记忆，主要是儿时的记忆，那时的记忆新鲜清晰，至今如新。秋天庄稼收割后，漫山遍野抹去了绿色，涂上了黄色。秋风一起，树叶落了，莽原一派黄色。冬天一派萧瑟，草枯了，树瘦了，人胖了。只有两三样草木是绿的，那就是松柏树和小麦。一行行青绿的麦苗在寒风中精神抖擞，在白雪下意气风发，让人看到春的气息，春的希望。冬天里的绿色是夜里的一盏明灯。

家乡的春迟迟不归，仿佛刚迎来的新娘，头上遮着盖头，迟迟不露面。立春过后看不到春的影子，春节过后也看不到春的影子，直到二月二龙抬头，春才缓缓而来。比起春节刚过就上地干活的人来，春懒惰多了。人们穿着厚厚的棉衣，期盼着，春却耐着性子，有时直到清明前才能看到它的影子。不过，春总归来了。

春风撩春。春风马蹄疾，率先光顾大地。不知不觉之中，人们感觉到迎面而来的风不再那么冷了。风吹在脸上，柔柔的，温温的，脸上紧缩的肌肉松开了，感到莫名的舒坦。风吹着干枯的树枝，不再发出声嘶力竭的嘶鸣，只在风中摇晃着身子，似母亲的大手摇晃着刚睡醒的婴儿的摇篮，婴儿很惬意。夜晚，风吹在窗户上，窗纸不再那么哗哗作响，只轻轻抖动，似乎很乐意风的轻轻拍打。风好像改变了脾气的人，和颜悦色，温柔地对待它遇到的各种事物。风大度了，以宽怀待人，以无私待物，普天之下一派和乐。

春阳暖春。冬阳不暖春阳暖，正如时势能改变人一样，季节几乎能改变万物。其实，最先感受到春阳温暖的不是人，而是大地。冬天，家乡的大地冻得邦邦硬，土里的一切都被冻土封存起来，直到春暖才将它们释放。正月初，地硬硬的，正月底，地就松软了，农民的镢头可以轻松地砍进地里。这时，快乐的不是大地，而是农民，农民可以痛痛快快干地里的活，这是农民最大的快乐。土地滋养着人，能日日侍弄土地，尽管不知秋后收成如何，农民依然十分高兴，他们侍弄的是一份期盼。只要土地里能渗进汗珠，农民就会将汗珠播撒下去，等待收获汗珠一样圆圆的颗粒。

春雨化春。对于十年九旱的家乡来说，很少有春雨，即便天空阴阴的，也很难下雨。即便下雨，只是洒几滴而已，能淋湿地皮，就算不错的春雨。春雨难归，入种只能靠冬天蓄养的墒情。

春雨贵如油。不过，几滴雨后，草木全都苏醒了。

春草报春。当家乡的人还穿着厚厚的棉衣的时候，草木就感知春到了。记得十几岁的时候到地里铲苜蓿，正月初几刚铲过，正月十几就会看到土里钻出嫩绿的小芽。那时，走遍每一寸土地，除了能看到冬天依然翠绿的麦苗，就是春芽浅浅的苜蓿了。苜蓿最先看到春天，不知它有多高兴，多自豪。小时候我拉着几只山羊去放羊，地上只有枯草败叶，羊低着头捡拾一天，勉强填饱一肚子干巴巴的东西。突然，看见一簇小小的绿草匍匐在黄黄的地面上，跑上前去，蹲下身子，用手抚摸着新鲜的绿草，手上沾着清新的草气，春的气息跑遍全身。叫一声羊儿，快快来，这里有嫩绿的美食。羊儿来了，美美地啃着，美酒佳肴一般。其实，这草儿只是味道并不美的蒿草。

春树惹春。村头的柳条悄悄变了颜色，仿佛一夜之间，枝条上涂抹上点点淡淡的绿色。几天工夫，柳条条条新绿，远远望去，一团绿烟。春风徐徐，柳条徐徐摇曳，婆娑多姿，似村姑沐浴后梳理着长长的秀发，一甩一甩，妩媚极了。村姑看见俊俏的柳影，打扮得更加勤了。绿意走进村子，村人满面春风。

春花画春。突然有人从地里跑回村里，说地里有一棵桃树开花了，粉嘟嘟的。试想，遍地干枯的黄土地上突然出现一树粉色，有多醒目，有多养眼！试想，粉嘟嘟的一树新花，任由你去看，让你看个够；任由你去想，想那是一个俊俏的村姑，一位风韵绰约的少妇，一个自天而降的仙女，一朵天上的彩云，一只深山的俊鸟，一条山涧的清流，一面飘拂的彩旗，一朵灿烂的礼花，一幅绚丽的画，一个美丽的梦。一树桃花一片春，这树桃花有多迷人，山村里的春多美！南宋女词人严蕊的《如梦令》云："道是梨花不是，道是杏花不是。白白与红红，别是东风情味。曾记，曾记，人在武陵微醉。"桃花中的况味涵咏无尽。

春鸟逗春。冬天的麻雀叫得欢，因为食物不多了，似乎叫能解饥。春天的麻雀叫得更欢，似乎盼到了饱食的希望。天刚亮，麻雀就在树上叽叽喳喳，催促勤快的人早起，使睡懒觉的人睡不成好觉。喜鹊登枝，站在自己精心编织的巢边，叽叽喳喳，不知是向人们道春，还是向人们道喜。村里人爱听喜鹊的叫声，认为吉祥好运。哇哇的乌鸦叫声不太好听，人们也不厌烦，毕竟它与人为伴，是人们的邻居，如果看不见乌鸦窝会觉得少了什么。咕咕叫的鸽子人人喜爱，春时更想多看几眼，因为它太温顺了。布谷鸟站在树梢，早早就催人种谷，其实还没到种谷子的节令。画眉吱吱叫，黄鹂婉转鸣，各自唱着各自心中的春天。当然，最逗人的莫过于燕子。清明前归来的燕子，径直飞到去年筑巢的院子，在院子里绕几圈，飞到熟悉的故巢，低头呢喃着，向屋檐下的故人打招呼。阔别几月的燕子回来了，人们像看到久别的孩子归来，心里既疼又爱，说它南来北往不嫌累。一天到晚，到处是鸟声，村里成了鸟儿的乐园。

春水媚春。那条河里的水，冬天水清清的，冒着热气，春天水亮亮的，纳尽山光云影，像春天的女人一样妩媚。水里的鸳鸯，冬天只是双双浮在水面，亲亲昵昵，春天则春情勃发，相互嬉戏，极尽挑逗之能。那些蹲在河边石头上洗衣的女人，叽叽喳喳，像树上的鸟儿，叽喳不停。

"七九六十三，穷人路上把衣单。"临近"出九"，人们脱去厚厚的棉衣，换上了夹衣，既觉得轻松，又觉得舒坦。那股舒坦劲，实在难以用言语形容，只能说春天太舒服了。

家乡的春天，一年比一年遥远，一年比一年亲近。要是再回到家乡，美美过上一个春天，该有多好。

乡恋

盛夏，我回到了魂牵梦绕的吕梁山故乡。

闲暇，跟老父亲闲聊，享受着六十年的父子亲情。曙光里，我爬上山坡，看见满山的玉米、小米、豆子茁壮成长，像看见咿咿学语的小侄孙一天天长大一样高兴。我弯腰抚摸着它们嫩绿的叶子，仿佛抚摸着小侄孙稚嫩的脸蛋。路边的小草舒展着细长的嫩叶，伸出细嫩的小手迎接我。那一朵朵绽开的小花，张着笑脸，仰头望着我，细语绵绵。我弯腰抓起一把黄土，幽香扑鼻，紧紧攥在手里，真想把它融在自己的心里。晚霞里，我爬上山顶，或俯瞰县城里的高楼和小屋，还有那道终年长流的小河，或抬头仰望天空亮亮的月儿。家乡的景物那么美。

我用心品味着乡情，一晃一个月。我仿佛泡在蜜水里，尽情吮吸着甜蜜的滋味。

一个晚上，我接到了一位同学的电话，告诉我一位高中同学也回到了家乡。我放下手机，心里一阵激动。因为我与这位姓马的同学阔别四十年，彼此音讯不通。我真想立刻站在这位同学面前，好好看看他的面庞，毕竟夜深了，我只能等待明天相见。夜里，我躺在床上，仔细回想着他四十年前的样子，心里甜滋滋的。四十年过去了，他会是什么样子？他为什么要回到并非他故乡的地方呢？

三位同学在一间小屋见面，我仔细瞅着久别的同学，虽然岁月改变了他的面肤，而昔日眉宇间的英气依然清晰可见。他眼睛崭亮，像一把闪光的利剑；脸膛黝黑，似乎一个再世包丞；身体壮实硬朗：全然不像一个书生的样子，俨然一位铁面无私的法官。他脸上挂着的笑容一如当年那个纯洁的青年。

寒暄过后，我们推杯换盏，在酒香中叙谈别情。原来，这位同学在大学毕业后，去德国留学。在德国逗留十年后回国，任教于北京的一所大学，现在是一位教授、导师。我羡慕他的学识，羡慕他的经历，敬慕他年轻时为前途付出的努力。一个人切不可随意处置年轻时的光阴，否则，待白了少年头，只能空悲切。

“为什么不在条件优越的德国待着，选择回到国内？”

“国内是我的根，没根的草是一棵浮萍，四处漂泊，没有稳定感。”

“你为什么不选择仕途？仕途可以飞黄腾达。”

“仕途固然诱人，如果我选择了仕途，现在不会是教授。”

“你经常回来吗？”

“是的。这里是我的故乡。”

“我记得你的故乡不是这里，你为什么经常回到这里？”

“对我而言，我的故乡只是孩提时一个模糊的影子，真正的故乡是这里。多年在外，总有一种漂泊感，我像一朵四处漂泊的蒲公英，无论在哪心里都不踏实。我在这里上初中，上高中，插队，直到从这里考上大学。这里有我熟悉的同学，有我熟悉的乡亲，有我熟悉的黄土，这里才是我真正的故乡。我离不开这块故土，一踏上这块故土，心里就十分踏实，像回到家里一样，所以有空就回来看看。”

我感叹，感叹这块黄土地的魅力，感叹马同学的一往情深。

席间，看到马同学翻看手机，我说：“你像年轻人一样，也喜欢玩弄手机，岂不费神？”

“是的。似乎我的童心未泯。”

每天，我等待暑气消退的时刻。这时我可以看山，山总是那么葱绿；我可以看水，水总是那么欢乐；我可以驻足街头，看人来人往，看车水马龙；我可以在山寺小憩，享受宁静；我可以闲逛店铺，看商品满目琳琅；我可以在路边与故旧寒暄，与好友闲聊。日月如梭，才见曙光，又遇夕阳，总恨拽不住日月，让它们在空中多留片刻。屈指计算归期，归期就在眼前，心里好不痛惜。明知来年还可以再回故乡，重温乡情，可仍不舍得离开故乡。我笑自己心痴，可是有什么办法呢！

看着老父依恋的目光，看着山水深情的面容，看着花草天真的欢笑，我在割舍中度日，在情结中煎熬。一个月夜，我接到了同学的电话，又一位高中同学也回到了家乡。

多么激动人心的消息！我与这位姓郭的同学分别三十八年之久了。

我禁不住回想他三十八年前的样子，猜想他现在的样子。我知道，猜想是徒劳的，现实才是真实的。第二天，我们驱车去村里接郭同学。郭同学的家在县城对面的山顶上，车七拐八折爬上山顶，眼前出现一排排整齐的农舍。崭新的农舍让人耳目一新，仿佛是天街降临人间，让我惊讶不已。郭同学在他家的小巷口迎接我们。我拉着他的手，看着他的脸，看见岁月在他的脸上刻下了陌生的痕迹。我们一起站在山顶，俯瞰着山下的县城。丽日下，县城白净的房屋鳞次栉比，从平地一直爬到半山腰。这幅美丽的图画让我们啧啧连声，感叹家乡如诗如画的美景。

我久居南国，现在定居于厦门。厦门是个美丽的小岛，那里的海跟天一样蓝，那里的天跟海一样碧。那里山青青，水蓝蓝，山光旖旎，水色潋滟，风情别样。厦门与家乡的景色迥异，虽然它多了几分妩媚，却少了几分敦厚。家乡的敦厚，像家乡深厚的黄土，永远散发着诱人的幽香。

县城的小餐馆，幽雅清净。我坐在郭同学的身边，仔细看着他的脸，发现过去那双崭亮的大眼依然十分明亮，明亮中依然透着清澈的灵气。我们叙谈着别后各自的经历，得知他也在北京的一所大学就职，也是一位教授、导师。我的身边坐着两位年已花甲的京城教授。我们这几位经历过磨难的同学有机会上大学，实在是那个时代的幸运儿，那时不知有多少同学用羡慕的目光看着我们。有次同学聚会，我们谈到了上大学，我看见一位没有上过大学的同学眼圈红红的。

与郭同学相聚实属巧遇，本来我已经买好了返程的车票，听到郭同学归来的消息，我退掉了车票，这才使我们得以相聚。对于这次难得的相聚，郭同学看似平静的脸上写着内心的不平静。我问：“你经常回来吗？”

他说："是的。一来父母健在，二来乡情难弃。踏上这块厚厚的黄土，就回到了真正的家。"

又一位故土情深的教授！

乘我和郭同学聊天的机会，马同学在一旁策划着他的插队知青聚会。

初秋，我离开难舍难离的吕梁山故乡。在南去的列车上，我在想，为什么故乡的月儿那么亮？为什么故乡的泥土那么香？

枣儿红

枣儿红了，心儿飞了。

每当中秋月将圆，我就会想起家乡枣树枝头熟透的红枣。这时，我的眼前立刻现出一幅诱人的枣林景象：

经过几个月的成长，此时的枣儿已经由青变红，由血红变成紫红，由硬变软了。举头枣枝，一颗颗、一串串的枣儿，在椭圆形绿叶的映衬下，红艳无比，宛如一粒粒红玛瑙缀在绿叶旁。有的枝条依然挺立着，勉强支撑着沉重的枣儿；有的枝条则低垂着头，竭尽全力承载着枣儿，决心完成自己的使命，直到枣儿离开枝头。尤其是枝头高处的枣儿，不仅特别大，而且特别红，格外诱人。熟透的枣儿，更加胖大肥硕，浑身鼓鼓的，像鼓足了气。如果你会爬树，将鼻子凑近一串熟透的枣儿，可以嗅到醉人的枣香。如果你摘下一颗熟透的枣儿，放进嘴里，轻轻一咬，随着一声轻轻的钝响，保你满嘴香甜。这时，你会感到人间最醉人的东西不是陈酿，而是熟透的枣儿。一树枣儿本够诱人，一片枣林更诱人，漫山遍野飘荡着的枣香，会将人醉卧山野。倚着树干，翘首枣林，嘴里嚼着香甜的枣儿，你会感觉人间最美好的时刻就是此时此刻。

那久远的美好记忆仿佛就在眼前，我愿意在这美好的记忆里沉醉，在沉醉中尽享那份浓浓的红色醉意。

已经不记得小时候第一次吃枣的滋味了，只记得叔叔从树上摘了一把红红的枣儿，放在我的小手里，我高兴地嚼着。尽管时过六十年，仿佛就发生在昨天。

枣叶绿了。杨柳吐翠，枣树还在沉睡；杨柳成荫，枣树才吐出点点嫩芽。粗糙的苍色树枝绿芽点点，清新典雅。嫩芽长成小绿叶，小绿叶长成大绿叶，满树新绿，满眼绿意，人们心里充满绿色希望。待到枣叶长成时，枣树枝头夏意浓。

枣花白了。枣花小小的，米粒般大小，一小朵一小朵，为翠绿的枣叶掩映，毫不引人。人们只有留心才能看见浅白色的小花缀在树叶间，平平淡淡，不艳丽，不引人注目。只有蜜蜂嗡嗡嘤嘤，在小小的花间飞来飞去，为枣花低吟浅唱。当花期过后，浅白色的残花洒落地上，星星点点，任人踩踏，没有谁会像怜惜残红那样去怜惜败落的枣花。不过半天工夫，残花便干枯萎缩，不久就消失在泥土中，不为人们所见。从此，人们也就忘记了枣花。哪怕人们大口嚼着香甜的红枣，也不会记起结枣儿的枣花。枣花太平淡了，它没有桃花红艳，没有梨花雪白，没有苹果花富丽，没有杏花耀眼，平淡得让人目中无花，让人很快遗忘。然而，它创造了让人永远无法遗忘的红艳和香甜。那陨落泥土中的浅淡的枣花，我要为你献上一束红艳的鲜花，表达我由衷的敬意。

枣花平淡，枣树平凡。家乡的农家家家都有几棵枣树，或房前屋后，或山野地头，枣树多于其他树木。家乡之所以有如此多的枣树，是因为枣树喜欢黄土高原的厚土，喜欢干燥的气候。历年干旱的家乡，哪怕一年下不了几滴雨，庄稼干枯，枣树依旧枝繁叶茂。枣树把它丰富的根系深扎厚土，艰难地吮吸着地层深处的丝丝水汽，以此维系自己顽强而旺盛的生命。它不择土地好赖，栽在哪里，就在哪里成活；根扎在哪里，就在哪里钻出土，长成树。人们舍不得用好土地栽种枣树，枣树只长在地头或干枯的土崖，无论长在哪里，枣树从不辜负人们的期望，秋来总会红果满树。由于水少肥少，人们不舍得给枣树浇水，也不舍得给枣树施肥，枣树从不计较，年年会给人们带来喜悦。枣树无欲无求，只把甜美的枣儿献给人们。枣树是家乡人的朋友，滋养着家乡的祖祖辈辈。

我家祖屋院外有几棵枣树，从我记事起，那几棵枣树就有一人合包粗，至今似乎没粗多少。据爷爷说，那是爷爷小时候栽植的，爷爷离世已经四十年了，屈指算来，这几棵枣树都是百年有余，可每年依旧枝繁叶茂，红枣满枝头。记得小时候爬上枣树，摘几把红了的枣儿，悄悄寄放在枣树旁边的石墙上，揪一把绿草盖在枣儿上，过几天掀开枯草，露出滋养得肥肥胖胖的枣儿，枣香扑鼻，口水直流。有次回老家，我抚摸着那几棵老树粗壮粗糙的树干，感慨万千。我想起了苦涩而美好的童年，想起了离世几十年的爷爷奶奶和母亲，想起了多年漂泊在外年已花甲的自己，酸甜苦辣涌上心头，泪水滴落在枣树粗糙的树皮缝隙里。人间让人感慨的事很多，唯有物是人非的感慨最催人。

小时候，农家人家家艰难度日，早饭常常是两碗小米稀饭，再加一碗炒面。所谓炒面，其实是用煮熟的红枣和米糠拌在一起，然后用碾子碾压在一起，晾干以后，加少许炒熟的玉米磨成面，吃时用少许小米稀饭拌起来吃。干枯粗糙的炒面，略带点甜味，勉强下咽，填饱辘辘饥肠。枣糠炒面滋养了我童年和青年的身体，滋养了我的父辈祖辈，滋养了我的祖祖辈辈，滋养了家乡的祖祖辈辈。记得枯春涩夏，蹲在枣树根下，端着小米稀饭拌成的半干半湿的炒面，艰难吞咽，生在苦中不知苦。

枣儿青了。小孩子在枣儿刚刚成形时就偷偷摘来吃，这时大人就会骂小孩子嘴馋，糟蹋东西。这时的枣儿没有什么甜味，只能让小孩子过嘴瘾。当枣儿初上红色，才有了甜味，有了嚼头。小孩子图的是一份快乐，爬上高高的树枝，脚踩着颤颤悠悠的树枝，哪怕吃不到枣儿，也有几分快乐。自然，小孩子还图一份新鲜，只要枣儿能入口，嘴里就有几分享受。

枣儿红了。到了枣儿通体变红，甜味才浓。特别是下完一场雨，从树上摘下一把水灵灵的枣儿，放进嘴里，既脆又甜，特别爽口，百吃不厌。枣儿的另一个可口吃法是做成醉枣。当枣儿在树上成熟，未到变软的时候，轻轻摘下来，放进瓷坛子里，盖上盖子，用泥把缝隙糊好，放在阴凉处。过春节的时候，打开坛盖，就会闻到扑鼻的香味。将一颗胖大的醉枣放进口里，只听见一声脆响，齿颊生香，枣不醉人人自醉。这时，你会忘却人间荣辱，感觉人间只有醉枣一物。在收获枣儿的时候，是最饱口福的时候。有人爬上树，使劲摇晃树枝，枣儿像猛烈的红色冰雹洒落下来。一颗枣儿一分喜，一地枣儿满地喜。那时你可以一边捡枣，一边把自己最喜欢的枣儿放进嘴里，大过其瘾，直到肚子饱了，嘴里还在不停地嚼着。如果你有耐心，帮人捡半个月枣儿，保你满面红光。

枣乡，漫山遍野都是枣树。夏天，枣林翠绿，似有千军万马匍匐山野，可以让你领略青纱帐的壮观，也可以让你敬仰雄兵百万的威武。有的枣树单支独立，有的枣树婆娑多姿。将近中秋，枣儿成熟了，露出了绿林，绿叶红枣相映，看着沉甸甸的枝条，禁不住伸手摘几颗。再过一阵子，当你在路边行走，突然闻到一股扑鼻奇香，你会十分惊讶。如果你沿着香味寻去，在路边的石崖下，你会发现晾着一片红艳艳的枣儿。如果你走进村子里，在人家的院子里也会闻到枣香，如果你东张西望，主人会指点专门晾晒枣儿的晾亭给你看。如果你到枣农家里做客，主人会用最好的枣儿招待你。当你走的时候，主人会慷慨地送你一些枣儿。

每当回家的时候，总要带一些家乡的枣儿回来，吃着甜，嚼着香，别有一番滋味在心头。

枣儿红了，心儿飞了。枣色枣香带着我的心，越千山，涉万水，钻入家乡的一片片枣林。

愁绪

年轻时的心像一朵起飞的蒲公英，希望那把小伞把自己带到既高又远的地方，哪怕经受狂风暴雨，在所不惜。我怀抱着憧憬离开那片熟悉的黄土地，欣然前往西南，企图到那里寻找憧憬中的美丽。哪知道怀抱着憧憬，却背负着沉重的愁绪。

那片黄土是生我养我的地方。我呱呱坠地，闻到母亲的乳香，就闻到黄土的馨香。那满目浅淡的黄色，虽然色彩单调，却使人恬静安逸。那带着尘土的春风，夹着尘土味和草香，吹绿了柳丝，吹开了桃花，把春天的气息送进我的心扉。那遍地沟壑，抹去了平坦，给黄土地刻下道道皱纹，丰富了一抹黄色的单调，充实了我贫乏的记忆。厚厚的黄土养育了我的祖祖辈辈，我的血管里流淌着祖辈传给的血。我的心中装着春来花香，夏来雨润，秋来枣红，冬来雪白。我的眼前飘着黄土地特有的色彩：荞麦花紫，高粱色红，谷子穗黄，绿豆粒绿。那张张熟悉的面孔，那声声悦耳的乡音，那通红的朝阳，那银白的明月，我残忍地将它们留在熟悉的故乡。我没向黄土挥一挥手，没向祖坟烧一炷香，告别亲友，扛着一木箱心爱的书，面西而去。

憧憬是一朵鲜花，它让人只看到灿烂，却看不到花朵背后的暗淡。憧憬是一片朗朗晴空，蔚蓝和明亮引人举头远望，不去理会天边乌云觊觎的眼睛。希望是大海里的帆船，人们总想搭乘它前往远海。希望是夜空里的星星，人们总想伸手揽在怀里。憧憬和希望的绳索牵引着我的心，去远方寻找心中的乐土。乐土在何方？我深信地上不乏乐土，我希望那块乐土桃李芬芳，绿茵遍地，风调雨顺，气候宜人。我希望那块乐土能健壮我的体魄，实现我的理想，让我在人生路上留下几朵鲜花。听说那里夏无酷暑，冬无严寒，四季如春，风景如画。据说那里有上升的台阶，只要勤于登攀。我欣然前往梦寐以求的乐土，我要在乐土的草地上漫步，在绿荫下小憩，在花丛里赏花。我希望用浅薄的知识养家糊口，希望用贫乏的人生阅历写下几行歪歪扭扭的文字，希望在生疏的异地留下前行的足印。我不期望富有，只望衣食无忧；我不期望辉煌，只望前路顺畅；我爱慕百花灿烂，只望摘取我喜欢的那一朵花。

踏上那块乐土，我眼前飞跑着大山小山，浓浓的湿气包裹着单薄的身子。我绕过一个个山，跨过一块块地，在一座小山前停下脚步，探寻我梦中的芳草地。浅淡云层布满天空，半月不见蔚蓝。太阳像羞涩的姑娘，躲在深闺不露面；即便露面，也是羞羞答答。阳光浅淡，慵懒无精神。黄土高原的晴空和艳阳远在天边。我不相信半月乃至一月才能见一次太阳，不相信阴雨天会那么绵长，不相信阴雨如愁妇的眼泪那么多。这里夏无酷日，冬无严寒。没有严寒的冬天更难受，阴冷的寒气透过重衣直入心底，阴冷透彻骨髓。我想用双手拨开眼前的雨丝，雨丝却越来越稠。我想揾去天空的阴霾，阴霾却越来越重。本是可爱的小山，在阴天里失却爱意。本是清澈的小河，在雨丝里模糊了清澈。春天一闪而过，春花在春里不妖不艳；秋阳短暂，秋禾在秋日不黄不香。夏天多晴朗，天高气爽，草木旺盛。冬日绵长，绿草不衰，绿意浅淡。遥望北天，勾起我对黄土的思念，思念如阴云不散。我呼唤："黄土啊，你在哪里？让我痛痛快快地看一眼吧！"

我吟诵古老的诗句，想让它们慰藉我孤单的灵魂，填补我空虚的内心。我吟诵着"问君能有几多愁，恰似一江春水向东流"，我吟诵着"一川烟草，满城风絮，梅子黄时雨"，我吟诵着"何以解忧，唯有杜康"。古老的诗句让我忧上加忧，犹如"抽刀断水水更流"。我寻找满江流水，企图让它带走我的满腔忧愁，但那条流水只在心中，不在眼前。我寻找一川烟草，想把我的忧愁淹埋其中，眼前却是满眼靓丽的油菜花。我寻找杜康美酒，想把我的忧愁泡在酒里，无奈魏晋时的酒鬼刘伶都已喝尽。既然忧愁驻我心间，我只好默认它的合法地位，把它置于心的角落，因为我要工作，工作需要乐观。我试图把忧愁浸泡在书里，让茫无边际的文字将其淹没，哪承想忧愁像水里的葫芦，压下去又升起来。我试图用剧烈的运动驱走忧愁，哪承想狂奔甩不掉忧愁，圆圆的篮球、乒乓球将忧愁击出去又弹回来。我试图用工作将忧愁压在重石之下，哪承想八个小时的强压只能解除八个小时的忧愁，闲时忧愁卷土重来。我在花间流连，只见落红片片，不见红花朵朵。我在月下徘徊，只见残霜片片，不见银辉满天。我站在山巅向北眺望，连绵的群山遮住了望眼，我极尽眼力，只能看到北方澄碧的天空。我走进林荫，林间的绿色化解了心中的忧愁，林中的红花却浓化了心中的愁愁。

我做起了美梦，想用虚幻的美丽赶走忧愁。我站在黄土坡纵目远望，莽原千里万里，远接蓝天。我展开翅膀飞翔，在莽原上空盘旋，寻找我梦寐以求的乐土。我找到了那块乐土，却无法落地。我使尽浑身解数，缓缓降落，乐土原是我的村子。村子宁静祥和，那是我梦寐以求的乐土。我见到了家人，家人亲善和蔼，高兴地迎我走进家门，给我递上我等待多时的热水。我见到了阔别多年的同学，我们拉着手，高兴地回忆往事。我见到了相处几年的同事，他们惋惜的目光里流露着期盼，期盼我再回到他们身边。我见到了古代的文人墨客，我们在凄冷的客栈相遇，“古道西风瘦马，小桥流水人家，断肠人在天涯”。我们促膝而坐，对酒高歌，倾吐各自心中的愁思。

我在愁思中浸泡了二十多年，二十多年苦苦挣扎。我知道无愁一身轻，甩掉愁思海阔天空，可千遍万遍的安慰总是枉然。我一次次把愁思抛到九霄云外，抛到天涯海角，谁知抛出去又弹回来。我大声呼喊：“愁思啊愁思，你要缠我多少年？”

愁思是一缕烟，火不灭，烟不绝。我离开了那块土地，空手而归。愁思的蛹体蜕化，孵化出一只快乐的蝴蝶，飞向黄土地的花丛，寻找憧憬中的美丽。我在黄土地的花丛中找到了那朵美丽的花。哦！原来美丽就在脚下。我感慨心绪蜕变的奇妙，感慨命运的魔力。

相聚

——与高中同学聚会

相聚，那一刻，一粒火花迸溅，瞬间光芒闪耀；那一刻，一道彩虹高悬，顿时五彩斑斓；那一刻，一片晚霞映天，顷刻霞光万丈。

花甲之年，那一刻，一双双滚烫的手紧紧交织在一起，一道道闪亮的目光紧紧交织在一起，一缕缕扑面的风尘紧紧交织在一起。交织在一起的那是炽热的手，那是滚烫的目光，那是仆仆风尘，分明是一片惊喜，是几十载的情谊。一个聚会的喜讯，犹如一道闪电，照亮了每一个人的心；犹如一朵鲜花，灿烂了每一个人的心园；犹如一阵飓风，卷起了每一个人心海的巨澜。无须张扬，也无须掩饰，你看着我，我看着你，每一个人的手都紧握着现在，每一个人的目光都在寻找过去。一双双滚烫的手拉回了消逝的过去，过去的时光重现在眼前，过去与现在交织在一起，焕发出岁月的绚丽光彩。你说那片光彩，是酸，是甜，是苦，是辣，也许都是，也许都不是。你说那瞬间，是过去的重现，还是现在回归到过去，也许都是，也许都不是。无须开言，那滚烫的手传递着温馨，那闪亮的眼睛传达着喜悦，那咚咚的心跳跳动着快乐。无须说一声相见了，相见无须去说，因为相见说不尽心里的过去，也说不完心里的现在。如果开言，你会说多年没见了，我会说终于相见了；你会说我还像过去，我会说你不像从前。无须寒暄，紧握的手握得更紧，闪亮的眼更加闪亮。松开你的手，松开我的手，何须再忆过去，不妨幸福现在。

没待落座，你的手搭着我的肩膀，我的手抚摸着你的肩胛；她的手摸着她的衣袖，她的手摸着她的发梢。肩膀上，衣袖上，发梢上，处处流淌着亲切。无须说过去教室里你跟我坐得多近，坐得多远；无须说过去我喜欢你，你讨厌我；现在你我一样近，现在你我一样亲。终于见面了，见面后惊喜的狂潮一浪一浪减退，一浪浪溶进温馨的海洋；闪亮的目光由闪电变成了朝阳，朝阳闪耀的光芒融入温煦的泉流。你脸上的笑容抹去了喜色，现出了春天般的温情。你看，我的脸多像春阳，他的脸多像春草，她的脸多像春花。你我轻轻地笑着，笑声里荡漾着昔日的快乐，飘洒着过去留下的缕缕情丝。熟悉的笑声，那是一股永不枯涸的温泉；快乐的话语，那是抹去往昔的清风。乐乐地说一句，话语里带着昔日的口音，口音里带着昔日的话语。何须多言，你只要说一句话，我就能找到过去你的脚步，就能看见过去你的笑容。只要你多说一句话，就会把我拉回从前；只要你多一丝笑意，就会让我勾起无限回忆。往昔不能再现，而你的欢声再现往昔，你的笑语再现过去。我们无须回到过去，享受眼前就是温习过去，看着彼此的脸就是重温彼此的心。

我踏踏实实坐在你跟前，你清清楚楚看着我的脸，他喜喜乐乐看着你我的脸。片刻，你我回到从前，回到风华正茂的年华，热烈的浪潮拍打着彼此的心岸。你哈哈笑着，笑四十年后的相聚，宛如同窗学习时相互嬉闹那样高兴。他呵呵笑着，笑再次相会，如同热炕共眠时相互调笑那样快乐。他的笑声飞到你的怀里，你的笑声飞到我的心里。你大声说着过去的有趣事，他高声回忆着往昔的尴尬事，彼此哄堂大笑。你重重击打着我的背，我轻轻叩击着你的肩，彼此的笑声击打着彼此的心，彼此的心飞到快乐的峰巅。身旁女生的笑脸，如鲜花般灿烂，仿佛年华又回到少女时代。桌上的瓜子在热烈的皓齿中迸开，纷纷坠落的皮屑如春花飘落；盘中的瓜果香甜着大家的齿颊，甜蜜如同同窗时的依依相偎。香茶飘着腾腾热气，热气里融汇着昔日欢乐的校歌。

我跳到他的身旁，你跳到别人的身旁。他伸出热情的手，紧紧拉着我的手，我高声呼唤着他的名字，仿佛久闻大名而初次相识，兴奋的喜色在我和他的脸上飞扬。你扭过头来，看着我和他脸上的喜色，兴奋将你的眉梢高高翘起，将你的嘴角轻轻拉开。她和她紧紧相依，彼此紧握着双手，发梢拨撩着鬓角，鬓角厮磨着发丝。你眼角的鱼尾纹向外绽开，如流淌的股股山泉；她清晰的眉黛，如春山横卧，苍翠碧绿。她还是那般低声细语，她的话音还是银铃般脆亮，她的语调还似清泉流淌。你依旧笑声朗朗，朗朗笑声如热浪冲击着沙滩。她还是笑语欢声，笑语如银鸽在空中翻飞，欢声似飞箭在席间穿梭。何须用言语挑逗，兴奋的激流自山涧喷涌而出。无须用眉目传情，兴奋的热流自地底喷薄而出。她轻轻拍打着大腿，应和着节拍低吟浅唱；你悄悄叩击着桌沿，随着指尖起落无声而歌。此刻，清风在吹拂，细雨在嘀嗒，山泉在潜流，鲜花在开放，翠鸟在鸣唱，日光在耀金，明月在筛银：多么美妙！

彼此围坐在桌旁，一张圆桌就像一个圆环，将你我他连在一起，其乐融融。无须丝竹绕梁，无须轻歌曼舞，只需将各自的快乐向圆桌里抛洒。圆桌里有你的亲切问候，有我的恣意调笑，有他的插科打诨；有你的儿孙成长，有我的父母高寿，有他的事业发达；有你走过风雨后的喜悦，有我顺风顺水中的庆幸，有他乘风破浪的豪气；有你鹤发童颜的自慰，有我青丝如云的自豪，有他眉清目秀的潇洒；有你饱食终日的口福，有我棋牌敲击的乐趣，有他上网云游的悠闲；有你日行千步的规矩，有我千里远足的游兴，有他读万卷书的雄心；有你韶乐入耳的逸兴，有我笔耕不辍的雅兴，有他龙飞凤舞的奇趣；有你儿孙绕膝的天伦，有我切磋厨艺的馨香，有他注目电视的快乐。杯里蓄着浓浓的趣，盘里堆着高高的乐。杯里的茶水哪有你我他的趣味浓，盘里的水果哪有你我他的快乐多。你一言，我一语，话语堆满了杯盘，杯盘堆满了圆桌，圆桌堆满了欢乐。

彼此围坐在桌旁，一张圆桌就像一个时空隧道，大家穿越时空回到过去。怀念就像一条倒流的河，拦不住，截不断。你若抽刀断水，水流会更急。溯流而上，你会看到水流越来越清澈。回到高中时代吧！你听，教室里老师的话音多清晰，校园里的歌声多嘹亮，操场上的欢呼多热烈，宿舍里的笑声多愉快。你是否记得，他的思维多敏捷，他的字写得多好，他的画画得多美，他的歌声多嘹亮，他的跑步速度有多快。你可曾记得，春天柳条多翠绿，条条如丝绦；夏天渠水多清凉，可以洗碗洗脸洗脚；初秋瓜菜绿，中秋苹果香，深秋黄叶飞；冬天白雪飞飞，飞在屋顶，飞在树梢，飞在脚下，飞在你我他的心里。你兴许记得毕业时彼此稚嫩的脸，还有彼此脸上的高兴和心里的迷茫。岁月啊，为什么流得这么快！时光啊，为什么飞得这么捷！岁月再快，时光再捷，哪能比得上时代的发展快。

你我凝视着对方，凝视着大家，凝视着过去。过去的你只留下模糊的影子，过去的我只留下模糊的轮廓，过去的他只留下熟悉的语调。你凝视着他的头发，只见他满头霜雪，不见一丝黑，你惊奇的目光久久停留在他的头上，怀疑自己看花了眼。你悄悄询问满头霜雪，难道他经历了太多的风雨？我看着你脸上的皱纹，额头横纹深深，脸颊竖纹暴突，皱纹爬满了你的脸。我悄悄询问那些不规则的皱纹，难道你经历了太多的曲折，还是忍受了太多的伤痛？你惋惜的目光似乎变成最好的染发剂，瞬间要将他的白发染黑；我怜惜的目光横扫着那些莫名其妙的皱纹，似乎瞬间要将它们抚平。他看着我发福的体态，质疑的目光不知所措，他记得那时我那么苗条，现在却如木桩一般。我看着他脸上的斑点，东一点西一点，像不小心洒在画纸上的墨点。我想把焦急的目光变成一道道激光，将它们一一抹去，可惜斑点已经在他的脸上安家落户。你无奈地眨着眼，似乎想唤回逝去的时光。我无奈地摇着头，似乎不明白时光就是风霜，日月就是刀剑，风霜刀剑冷漠无情。何须忧伤，你笑了，我笑了，他笑了。笑青春不再，笑晚年尚存，笑未来时光依然美好。

邻座传来咯咯的笑声，笑声似从渺茫的天外传来，悠远而清澈。我接过飞来的笑声，在手里掂来掂去，确认还像过去那么熟悉，还像过去那么入耳。笑声里没有丝毫忧伤，没有点滴杂质，清脆一如往昔，明亮一如朝阳。我仔细揣摩着笑声，笑声里依稀留存着青春。我无须怀疑你脸上的皱纹，我无法抹去他脸上的斑点，万物往来于世间，何曾不留下点纪念。邻座递来两只通红的苹果，笑容和苹果同时落在你我的眼里，同时落在你我的手里。邻座笑了，你笑了，我笑了，苹果笑了，笑声在你我他的面前蹦跳。分时一分念，聚时一片情，有一分念想，有一片情愫，足矣！过去的时光虽多，未来的日月不少，何愁前路无知己，何愁前途无风光。纵使白发再白，不过一白而已；纵使皱纹再多，不过一脸而已；纵使斑点再黑，不过一黑而已。头上的太阳依旧日日明亮，空中的月亮依旧应时高悬，何愁草木不长，何惧风雨再来。

花甲之年，那一刻，我们离开那张圆桌，我方知见时容易别时难。你收起了笑颜，庄重地道一声珍重，再道一声珍重，珍重声里一片真诚。他依然笑容满面，仿佛与相聚时一样高兴。你紧紧握着他的手，使一点劲再使一点劲，你的手嵌在他的手里，你的温暖温暖着他的温暖，温暖的热流化作温暖的离情。我没有嘱托，我仰着头，看着西边如血的残阳，看着东边如钩的清月，看着远处的山川，看着近处的绿树。我在说，有日月在，有山川在，有草木在，就有我们的情谊在。你不愿叹惋时光的流逝，只希望在人世的画板上刻下“情谊”二字。他看着那些笑脸，看着那些惜别，看着那些皓发、皱纹和斑点，点一点头，祝愿我们愉快地告别过去，高兴地迎接明天。他说一声再见，挥一挥手；你喊一声他的名字，挥一挥手；我送去一个笑脸，挥一挥手。

相别，那一刻，彼此刚转过身，我心里就升起期盼。古稀之年再相聚，那一刻，我的眼前又会火花迸溅，彩虹高悬，晚霞映天。

聚会

四十年，多么漫长的岁月！四十次春花开，四十次秋果落，四十次夏叶绿，四十次冬雪飘。四十年，多么短暂的时光！如白驹过隙，一闪而过。四十年光阴把我们从朝气蓬勃的小伙子带入花甲，一次难得的聚会又把我们从花甲带回小伙子。

聚会前，一位大学同学给我发来班内同学的近照，我仔细审视每一位同学的面容，像一位考古工作者在仔细考察刚获得的宝贵文物。面对几十个曾经熟悉的面容，我感到异常陌生。我辨认不出你们当年饱含活力的眼睛，找不到你们当年快乐的笑脸，看不出你们当年健壮的体魄。难道是我老眼昏花，隐藏了你们明亮的眼睛和快乐的笑脸，还是你们有意隐藏了自己的青春，有意难为四十年间未曾谋面的我？不。我看不出你们有意跟我开玩笑，看出你们脸上洋溢着真诚与友善。我久久琢磨着你们的每一张脸，尽力从记忆的仓库里寻找残存的印象。我无奈地放下手中的相片，揉揉干涩的花眼，我失望了。我闭上眼睛，仔细回忆相片上的每一张脸，像背诵枯涩的古文那样背诵你们的面容。我明白，不是你们有意捉弄我，而是无情的岁月捉弄我。岁月是个魔术师，是他使用魔术，将你们熟悉的面容变成陌生的面孔。我并不责怪这位有意捉弄我的魔术师，也不责怪岁月，只责怪自己的昏花老眼。我睁开干涩的眼，再次仔细端详你们的面容，有的同学居然向我张开笑脸，有的同学向我忽闪着眼睛，有的同学甚至跟我说悄悄话。我笑了，笑你们有意捉弄我。我庆幸自己记忆的闸门并没有完全关闭。我看见有的同学在岁月的长河里漂流，有的同学在时光的隧道里穿梭。你们在各自的生活圈子里忙碌，因而我很难发现岁月在你们脸上留下新的痕迹，很难撩开你们被岁月遮盖着的面纱。别埋怨我认不出你们，亲爱的同学，是岁月模糊了我的双眼，是时光将我和你们隔开，是日月疏远了彼此的关系。我竭尽全力，依然辨认不出有些同学的面容，我怨恨我衰退的双眼和模糊的记忆，只有让你们暂时蒙受委屈。

列车飞驰，我从车窗上窥察我模糊的面容，发现自己不年轻了。想起相片上不再年轻的同学的面容，深知年轻已经离我们远去，年轻背叛了我们的身躯和灵魂。我辨认不出同学的面容，他们能辨认我的面容吗？我不得而知。我的心比飞驰的列车还要快，我想早点见到我辨认出的面容，更想早点见到我未曾辨认出的面容。亲爱的熟悉而陌生的同学，你不要埋怨我衰退的记忆，不要埋怨岁月，我会挖掘我的记忆，将你们一一辨认出来。我知道，你们和我一样，并不惧怕风霜雪雨，并不惧怕容颜衰老，只惧怕自己的心衰老。我相信，你们和我一样，尽管为自己的容颜衰老而惋惜，但绝不会为自己的衰老而痛心。我在呼唤着你们的名字，在久远的记忆里重温你们年轻的面容，你们在我的心里仍然是四十年前的样子，还像四十年前那样鲜活。时光可以幻化你们的面容，但不会幻化彼此的记忆，你还是当年的你，他还是当年的他，我自然还是当年的我。不过，理智告诉我，你并不是当年的你，他并不是当年的他，大家一定有所变化，但我深信你们的本质和性情没有改变。我无须用我的视觉去辨认你们，只要听一听你们说话，仅用我的耳朵就可以辨认出你们。我相信你们也是如此。我催促每小时二百五十公里的列车快点行驶，快点把我送到同学面前，早点听到那熟悉的口音，早点看见那陌生而熟悉的面容。

四十年间，同学们发生了什么变化，各自的前途命运如何，我无法预料，也不愿意作徒劳的揣测，但我相信每个人都会按照自己的意愿，在自己所处的环境中努力工作。我们这代人是努力的一代人，我了解同学们的脾性，每个人都会竭尽全力去奋斗。然而，我又不得不揣测几个要好同学的命运，尽管揣测是徒劳的。不管他们的命运如何，我希望他们有个好命运。我看着窗外一闪而过的景物，感觉四十年就像列车飞驰。我感觉过去的时光太快，眼前的时光却太慢。快到我熟悉的那座城市了，我的心不由自主地狂跳，不由自主地飞到了久违的同学面前。

秋光明媚，一如我明媚的心。我的眼前不断闪现着一张张年轻而熟悉的面容，仿佛当年假期归来再次见面一样兴奋。踏进那家陌生的酒店，我无心留意酒店的档次，一心寻找我熟悉的面容。我知道我的出现会让同学感到陌生，兴许只能引来同学不经意的一瞥，然后任我向前走去。当然，我猜测有的同学会立即认出我，会向我送来微笑，会向我伸出热烈的双手。何须揣测，见面会证实一切。我看见了一张似曾熟悉的面容，凝视片刻，我勇敢地走向他，向他伸出了双手，向他送去了微笑。片刻，微笑迎来了微笑，双手迎来了双手。彼此高呼着对方的名字，紧握着对方的双手，凝视着对方陌生而熟悉的面容。还是那笑貌，还是那话音，几十年间他的音容笑貌居然没有太大变化，只是鬓毛衰了，身子胖了。这张熟悉的面容，我从相片上已经辨认出来，事实印证了我的辨识无误。一个陌生人向我走来，瞥了一眼陌生的我，似乎彼此从未谋面。我凝视着她，企图把陌生人当作熟悉的她，但我的凝视是徒劳的。她依旧是陌生的她，我依旧是陌生的我。我用眼神暗示同学，同学呵呵笑着说是她。我满脸疑惑，在那张陌生的脸上寻找熟识的记忆，终于在记忆中找到一点熟悉的影子。我感叹岁月残酷，居然改变了人的面容，乃至到了脱胎换骨的地步。无情的岁月将熟识的人变成陌生人。

餐桌旁，同学们围坐在一起，吃饭闲聊，其乐融融，再次回到年轻时代。张张笑脸年轻活泼，觥筹交错，欢声笑语，欢乐的浪潮如波涛翻滚。那盛满醇酒的酒杯香气四溢，香气弥漫在空间，充满每个人的胸膛，心为之摇荡，情为之奔涌。那白色的液体仿佛琼浆玉液，让每个人的心一片澄明，让久藏在心中的话语不断涌上心头。那红色的液体仿佛魔液一般，冲撞着每个人的血管，使每条血管里的血液沸腾，鼓荡起每个人心中的激情。举杯吧，大家共饮聚会的美酒。举杯吧，大家共庆相聚的欢乐。我要倾吐积压几十年的心里话，你要抒发积压几十年的情感，他要诉说积压几十年的期盼。从不饮酒的人倾杯而进，喜欢饮酒的人一杯接一杯。美酒是友谊的使者，香气是豪情的大使，话语是汩汩流淌的山泉。眉宇间飞出灿烂的花朵，是快乐，是幸福，是狂热。那一汪秋水虽不似当年那么明澈，但秋波荡漾传送着当年的情意。那灿烂的笑容虽不似当年那么动人，但多皱的面皮使笑容更加灿烂。那满头华发虽不似当年那么乌亮，但花白中凝聚着岁月的沧桑。饮吧，让玉液变成快乐的种子，大家共享美好的时刻。痛饮吧，让琼浆掀起狂浪，我们共同抒发心中的豪情。人生得意须尽欢，莫使金樽空对月。虽然我们在岁月的长河中跋涉几十年，完成了祖国赋予我们的使命，但我们依然豪情满怀，要尽自己应尽的义务，尽享晚年的快乐，品尝人生余年的甘甜。

房间里，同学们围坐在一起，话语像山间清泉哗哗流出。有人讲述自己平凡的一生，有人讲述自己拼搏的经历，有人讲述自己成功的喜悦，有人讲述自己内心的辛酸，有人叙述自己美满的家庭，有人叙述自己孝顺的儿女，有人畅谈自己旅游的快乐，有人畅谈自己涂抹书画的愉悦。浅笑低吟，漫谈絮语，尽心倾吐。温馨弥漫在话间，亲密洋溢在膝间，快乐荡漾在眉间。这里没有酒席间松涛般的欢呼，没有初见面时海潮般的拥抱，但有山鸟鸣翠的快乐，伴以月夜花前的甜蜜。几十年的情愫，几十年的友谊，几十年的期盼，在彼此间传送，穿梭般忙碌，鱼水般交融。

离校四十年，谁不思母校？校门前美丽的花圃，是欢迎学子归来吗？是，也不是。四十年后回母校，母校能不伸出双手欢迎大家吗？灿烂的花圃平日就绽放着美丽的花朵，母校是美丽的花园。伸出你的双手，抚摸鲜花的灿烂与娇嫩；伸出你的臂膀，拥抱鲜花的盛情。任你在花丛中流连，寻找母校昔日的恩情，寻找母校今日的美丽。有人将鲜花收入心底，有人将鲜花珍藏在明眸，有人将鲜花留在影集。在鲜花前留个影吧，作为永久的纪念。你绽开喜悦的笑脸，我敞开快乐的胸怀，他挺直有几分佝偻的腰杆。虽然我们不再年轻，那缕缕白发遮盖不住我们的衰老，但我们留下了灿烂的笑容，我们用挺拔的身姿和布满皱纹的笑脸告诉母校，我们依然年轻，我们仍在人生的长途上跋涉。正如母校不会衰老一样，我们年轻的心永远不会衰老。

哦，我想起了当年的老师。虽然有的老师已经溘然长逝，但他们的音容笑貌永远镌刻在我们心里。老师们已经步入耄耋之年，但在我们的记忆里还是那么年轻。何须一一拜访他们，何须打扰他们宁静的生活，让他们在恬静中安度晚年吧。你看，那是著作等身的古典戏剧专家，那是誉满校园的博导，那是独辟蹊径的学科硕儒，那是语惊讲坛的高手，那是师德山高的楷模……何须一一列数他们的成就，其成就足以令我们仰望。他们是学术长河中璀璨的明珠，熠熠闪光；他们是学术高山中的坚石，巍然屹立。他们为校内学术繁荣和培养学生贡献了自己的毕生精力。

哦，我们想起了自己的学科——中文。中文，多么美妙的学科！在四十年的岁月里，我们徜徉在文学的花园中，随意采摘自己喜爱的花朵。那是诗歌，你不觉得一首首诗歌是一粒粒珍珠吗？它们将我们引领到水晶般的世界，那里琳琅满目的珠玉美不胜收，我们经常流连忘返。那是戏剧，你不觉得一幕幕戏是一个个活生生的故事吗？那些故事生动有趣，透露着鲜活的人生，让我们一次次心潮起伏。那是小说，你不觉得那一个个情节就是一段段生活吗？那些回肠荡气的情节引人入胜，让我们在波澜起伏中体会人间冷暖，感受人生的酸甜苦辣。那是散文，你不觉得那一片片花絮是生活中的一朵朵浪花吗？那一缕花香一片叶绿耐人寻味，让我们在花海采花，在海滩拾贝，在河边捡砾，体会妙不可言的趣味。这里是语言的世界，有语言说不出的美妙。这里是精神的花园，有你采摘不完的花朵。我们在这美妙的世界里徜徉了四十年，沐和风，淋甘霖，吸清露，品馨香，有多受用？我们在世界文学的长廊里漫步，观赏了多少风情，品尝了多少鲜果，领略了多少人生，你能说得尽吗？我们选择了美妙的学科，得到了无穷的享受。我们赞美中文，高歌中文的美妙。

浏览一下校园吧。我们踏进校门，像游子回到母亲怀抱，一股热流传遍全身，人人感到格外温暖亲切。我们尽力寻找四十年前的校园，那时校园里多是平房，而今高楼代替了平房，校园展现出新面貌。四十年前，校园里只有少量的大楼，而今处处是高楼。我们终于找到了一间平房，细看还是当年的样子。我们喜出望外，像见到了久别的朋友，惊叹，欢呼，真想张开双臂去拥抱它。在高楼间，这间平房显得低矮丑陋，与周围的建筑甚不和谐，但我们感到格外亲切。我们不知道是校方有意留下一点过去的影子，让久别的人怀念过去，正像保留文物让人追忆往昔一样，还是另有原因。昔日的遗迹让我们满怀信心，继续寻找更多的遗迹。那是教学楼，还是过去的老样子，它身处群楼中，失去了昔日的巍峨，缩为低矮的建筑，但我们对它肃然起敬，因为在这栋平凡的楼房里，我们度过了三个春秋，聆听过多位老师的讲课，获得了不少知识。它是知识的殿堂，它在我们心里依然那么巍峨。那是当年的宿舍楼，现在仍然蹲踞在原地，似乎在专候我们的拜访。看见这个二层楼房的三合院，我们欣喜异常，像回到了久别的故乡，心头涌出对往日的深情怀念。虽然房子有些陈旧，但在我们心里还是新崭崭的，仿佛还像当年我们刚住进去时一样崭新。我们找到了自己过去住过的房间，像见到母亲般高兴。我们想抚摸她不再年轻的身躯，想敞开胸怀为她歌唱，想高声呼唤她的名字，但我们知道她淳朴到没有名字。我们想把她的影子带走，陪伴我们度过余生。我们在楼前合影，留下她温暖敦厚的身姿，把她永远珍藏在身边。我们挥泪离开院子，像离开慈爱的母亲。向慈爱的母亲挥挥手吧，如果有机会，我们还会来看望你。我们寻找那堵高大的土城墙，它就在宿舍楼的背后。当年，这堵土城墙像铁壁把半个校园围在中间，用心呵护着校园。我们多次登上城墙，或俯身脚下的护城河，或眺望远处的汾河，听汾河的涛声；或坐在城墙上看书；或欣赏田野绿色，无比惬意。然而，我们用尽目力，找不到城墙的影子。城墙离我们而

去，仿佛完成了它的历史使命后消形遁迹。城墙引起我们无尽的思念。离开校园像离开母亲的怀抱，满足之后是怅惘。回头吧，同学们，再看一眼哺育我们成长的母校！

我们重忆昔日的生活，重温昔日的情谊，沉浸在快乐和甜蜜里，欢度着转瞬即逝的美好时光。我们再次回到年轻时代，青春勃发，活力四射。岁月的脚步，你慢慢地走，让我们在一起多待一会儿。时光的飞梭，你别悄悄地飞走，让我们多看几眼彼此快乐的笑容。日月的镜头，请拍下我们的相会，记下我们的情谊，留下我们的欢乐。虽然我们不再年轻，但我们仍然拥有未来；虽然我们不再年轻，朝阳依旧向我们张开笑脸；虽然我们不再年轻，面前仍然盛开鲜花。

从果园到书屋

近年来，我总钻在电脑里，书看少了，更不必说看果园了。然而机会不期而遇，我心里多少有几分激动。

烈日下，我钻出车门，发现自己置身于山野。哦，让人心旷神怡的山野！我张望远处，同行的曹君说，这里不是看山野的最佳点，还需要往前走几步。

我们穿行在一片枣林中，枣树让出一条长着小草的小道，让我们前往枣林那边的百果园。百果园是曹君给自己的果园起的名字。站在百果园往远处望去，群山层层叠叠，绵延起伏。王老婆山雄踞群山高处，俯瞰着面前的山峦，仿佛群山之王。近处的山野，到处覆盖着密密的枣林。绿色的枣林宛如一张大大的青纱帐，将一个个山包包裹得严严实实。多么壮观的景象！我生长在枣乡，但是从来没有见过如此多的枣树，没有见过如此壮观的景象。数不尽的枣树像千军万马，簇拥在一个个山包上，谁可以撼动？试想，一个月后，一颗颗红红的枣儿挂满枝头，漫山遍野染成红色，枣香四处飘溢，又是一幅多么诱人的景象！

百果园位于半山坡，既是曹君的果园，也是他父母的墓园。坡下是一道深沟，坡上是一层层的梯田。下层的梯田边上站立着一排苍翠的柏树，棵棵一人多高，英姿飒爽，像一排整齐的哨兵守卫着百果园。中层的梯田边上立着一块石碑，上面刻着“百果园”三字。为了保护百果园，这层梯田不是用土培起来，而是用红砖砌起来，由此可以看出主人对百果园的钟爱和爱护。这层梯田很平整，梯田畔上立着一排葱绿的松树，枝叶摇曳，极有风姿。上层的梯田里的蔬菜和瓜果绿绿的，甚是惹人。

曹君的父母是果园的主人，二老的坟墓上覆盖着一层低矮青绿的柏树。墓前的平地上，一排整齐的黄花菜正开着一朵朵黄花，朵朵黄花艳丽醒目，煞是惹人爱怜。用手抚摸黄花，手心渗出绵绵爱意；将一朵朵黄花摘在手中，仿佛握着黄金般金贵的东西。兴许，主人栽种这一排黄花菜不是为了食用，而是敬献给父母的鲜花，以此感谢他们对自己的养育之恩。黄花菜的两侧栽着一丛丛青绿的玛莲，丛丛叶长色绿，十分茂盛。靠着梯田的墙根，静静地伏着几丛草莓，因为已过了草莓结果的季节，所以只见绿绿的叶子匍匐在地上，似乎在孕育着来年的果实。

百果园里的植物很多，青绿的叶子掩映着青绿的枣子，碧绿的梨子挂满绿枝，桃子绿中透红，杏叶青青，李子树叶翠绿，绿色的苹果树叶遮盖着绿色的苹果。我想伸手摘几颗枣和苹果吃，可惜没有成熟。要过嘴瘾不行，要过手瘾却可以满足，地里除了水果树，还种着玉米、豆角、南瓜等植物。玉米吐穗，已经成熟，掰下一穗穗玉米，捧在手里，玉米煮熟时散发的浓香立刻扑鼻而来。一串串饱满的豆角挂在豆蔓上，炫耀着自己的丰收，我摘了一把又一把，总不想罢手。最喜人的当属地上躺着的硕大的南瓜，颗颗南瓜碧绿碧绿，犹如一颗颗硕大的玉石，静静地躺在地上，闪耀着绿色光芒。我们用手唤醒了沉睡的南瓜，将它们一颗颗装进袋子，竟然塞满了两大袋子。

百果园，我还想再来看你，让我再一次享受多年没有亲手采摘蔬菜水果的喜悦，让我再过一把农人的瘾。

曹君农村的家是一个典型的农家小院，三孔窑洞，两间房，砖铺的小院子里长着一棵枣树，一棵梨树，梨和枣青青绿绿。虽然曹君在县城做官，却有空就回村里小住，他深深恋着自家的小院。曹君颇为欣慰地给我介绍他的书屋。书屋设在两间房子里，一间用来置放他的少量书籍，一间用来陈设他的收藏。书屋名曰“山秋书屋”。在农村很少看见书屋，何况是在较偏僻的山村，由此可以看出曹君的雅致奇趣。走进书屋，看见简陋的书架上摆着一些书籍，大多是农村的习俗、地方志和人物类的书籍，还有一位当地名人的著作。另一间房里则陈设着曹君的珍贵收藏。说珍贵有点夸张，因为在有的人看来似乎一钱不值，而在曹君看来却十分珍贵。我看过很多收藏展览，却为曹君的收藏所震惊。一排长长的桌子上摆着各式各样的农家过去常用的用具，简直应有尽有：掸衣服的毛刷子，烧水的长条形水壶，称东西用的戥子，穿鞋子用的铜溜跟，长长的旱烟袋，纺车，数不胜数。曹君用这种特殊的方式再现祖祖辈辈的生活，缅怀祖辈，怀念自己的孩提时代。不难看出，曹君是个极喜乡俗、极其怀旧的人。这些藏物是他的宝贝，是他的精神寄托。看曹君那爱怜的目光，即便有人出百万千万的好价钱，他也不会出手。

驱车来到曹君县城的家，曹君带我走进他的书屋，书屋名曰“进源书屋”。曹君已经退休，“进源”二字显然蕴含着主人的情趣，显示出主人老骥伏枥的雄心。我看见好多退休的人，孤独寂寞，无法打发日月。尤其是一些烜赫一时的官员，退休后的失意、孤独和无所事事，将他们折磨得痛苦不堪。而曹君从官场退休后却踏上新的里程，开启新的人生，将读书、写作和公益事业作为已任。我相信梅开二度花更香。

书房的三面墙摆着书架，书架上摆满了各种类型的书。曹君说，这里的书只是他的一小部分藏书，大部分的书却摆在另一个租来的房子里。如此多的藏书，令经常与书打交道的我汗颜。年轻时，我爱书如命，由于书价攀升，收入不高，早已舍弃了藏书的喜好。翻看曹君书架上的书，为书香所迷。曹君拉开书架底部的一个个抽屉，抽屉里装满了他参加各种会议的证件，外出的车票机票门票，各种各样的奖品，二十世纪六十年代以来的各种信件，学生时代的各种作业。种种收藏，分门别类，井然有序，目不暇接。这些收藏无声地讲述着主人的奋斗历史，讲述着主人的奇情异趣。

生活中，有人沉湎于过去，有人只盯着未来，有人在原地徘徊。其实，完整的人生没有过去现在未来之分，只有马不停蹄向前走。人生是苦旅。

果香和书香伴着我离开曹君，我看见曹君凝视着远方。

一张发黄的相片

他影集里那张发黄的小相片，仿佛一朵灿烂的鲜花，在他眼前绽放了三十多年。现在她依然似报春花清新，像玉兰清纯，如桃花烂漫。她似天边的一朵彩云，让他远远瞭望了三十年。现在他用深情的手臂呼唤那朵飘去的彩云，再从他的心头掠过，给他心底投下轻灵的倩影。

三十年前，当他带着喜悦，坐在大学教室里静静听课时，眼前闪烁着一个美丽的影子。这是一个非常熟悉的影子，似乎新近才来，又似乎在他的心里存贮了十几年。当他接到她从异地大学里寄来的第一封来信时，看到她那熟悉的字体，仿佛看到了天边一朵美丽的彩霞，轻盈飘逸；仿佛在草地上发现了一朵娇艳的花朵，娇嫩细腻。她的信不长，只有一页，内容很简单，只叙述刚入学的生活和心情，但他读起来感觉很长很长。他捧着信，在夜灯下将信读了一遍又一遍，心里萌发了一颗带着绿意的种子。

曾记得，两周一次的书信往来，虽然各自只叙述简单的校园生活，没有摇荡的情，没有信誓旦旦的海誓山盟，但她那用铅笔书写的有几分潦草的字，犹如一缕缕春风，吹绿了他的心田。他每次给她写信，如同沐浴在和爽的春光里，温暖幸福；他每次给她寄信，如同完成一件神秘的使命；他每次寄走了信，都会默默计算信到达的日期；每次接到她的信来之前，他心里总会生出一种摇曳的期盼，仿佛期待远方的朋友到来；每次读过她的信，他都会将信收入一只纸袋，仿佛农夫收藏他的一粒珍贵的种子。三年的收藏，就是三十多年后呈现在他眼前的一叠已经发黄的信——一叠美好时光的凝聚，一叠可以重复的记忆。

曾记得，他登上校园的围墙——一段荒败的城墙，望着城墙外不远处哗啦啦的汾河水，异想天开地企望河面上漂来她从几百里外的上游投进的一朵红花，或一片绿叶，让他看到红花绿叶上刻写的她的美丽的笑容。他企望汾河水可以倒流，把他投入河里的一粒圆圆的卵石带到她的面前，让她看到他那颗朴实的心，也看到那粒卵石在水面激起的美丽水花。恋情将他变得虚幻，爱意将他变得多情。他是个十分喜欢大自然的人，希望她也喜欢大自然。因此，春天，他会写信，让她多看鲜花开放；夏天，他会写信，让她多享受绿荫的清凉；秋天，他会写信，让她看看秋禾成熟，享受收获的喜悦；冬天，他会让她多看雪花飘落，享受自然的恩赐。他经常凝视她那张小相片，一心期待摘取这朵理应得到的美丽的花朵。

她的那张相片，是在他们高中毕业后一起去县城参加同学聚会时她送给他的。那是一个天高云淡风清气爽的清晨，她坐在他的自行车后座上，他们在弯弯曲曲的山沟小路上奔驰。临近县城，她伸出一只肤色润泽的手，从他的身后伸向他身前的衣兜里，放入一张她的相片——至今依然完好的那张发黄的小相片。他心里顿时涌起一股热流，热流顿时流遍他的周身。他的眼前，仿佛又升起一颗霞光四射的太阳，他沐浴在两颗太阳的灿烂光辉里。

他俩是高中同班同学。那时他喜欢在篮球场上展示自己的风采，她喜欢在书本里寻找自己的乐趣。平时，彼此没有多少言语沟通，只有相遇时不经意投给对方一个不经意的眼神，这时方意识到彼此的存在。一旦有什么急事，她会毫不犹豫地找他帮忙，似乎他有义不容辞的责任。其实他们之间只关乎一个“熟”字。他不曾想到一个“熟”字会演绎为后来的恋情，更不知一个“熟”字纠葛着他们多年的情感。高中的生活是温暖的，但没有温暖他们初中已经冷却了的情谊。当然，高中那深邃的寒窗也没有彻底封锁他们潜藏在心底的友情。

他俩是初中同学。那时，她身上洋溢着少女的青春和美丽，不少男生爱慕的目光在她身上流连忘返，他的心似乎也有春芽般的萌动，但狂热烧毁了他刚刚萌发的春芽。他曾忧伤地抚摸着校园里的依依垂柳，叹息那份亲近渐离渐远，直至高中也没有恢复。

他记忆的荧屏上浮现出了黄土高坡上一个小山村，一个为长长的土墙围着的校园，土墙外站着一排高高的白杨。那是她的家所在的村子，是他们读高小的校园。他不曾想到，会在这里又遇见她。那时，正值豆蔻年华的她，矮矮的，如一株出土不久的春苗，绿绿的，嫩嫩的；又似一朵刚刚绽放的小小山花，新意扑人。他十分喜爱她可爱的样子，只要有机会就会注视着她。他现在依然记得，当她轻轻浅笑时，似夏初路过她家枣树旁看到的白白的枣花，眉眼盈盈；当她开怀大笑时，如她家花台里绽开的粉嫩的海南花，含芳吐馨；当她静默时，像她家窗台上那朵宁静的马蹄莲，晶莹剔透。他喜欢站在远处默默看着她一次又一次绽放，他一遍又一遍将她绽放时闪现的光华存入心底。他神往这朵美丽的花，想去嗅嗅它的芳香，想去摸摸它的娇嫩，想把它植入自己的心田，在他的心田里永远开放。这种莫名的期盼，伴随着他一段又一段的求学经历，甚至今天依然在期盼。

他的记忆回到更加遥远的童年。他们曾是孩提时代的朋友。以前乡里办了一个缝纫组，为乡亲们缝纫衣服，他们的母亲从两个村子凑到一起，他俩也凑到一起。他们住在半山坡上原是王母娘娘庙宇的四合院里，那里有一座戏台，有一个水窖，有一棵今天更加苍老的洋槐。戏台上，洋槐下，他们在天真无邪中戏耍，在纯洁烂漫里说笑。什么有趣，什么无味，而今他已全无印象，可她依然可以忆起那时一件件为时间磨灭不掉的小事。正是因为这份童贞，四十年后他会去看望她的父母，她的母亲像为久出而归的儿子炒菜，她的父亲如待贵宾与他碰杯；正是这份童贞，五十年来他的心底一直留存着她儿时的身影；正是这份童贞，他人生经历里多了一份青梅竹马的体验。

从两小无猜到大学相爱，一个“熟”字渗透其中。收获这份爱情，对彼此而言，天经地义，顺理成章。大学毕业后，他和她分配到了相隔只有几十里的两地工作，虽然他们心里依然留存着那份恋情，可一个“熟”字又让彼此倦怠，那朵激情的火花渐渐黯淡了。虽然他曾想重续恋情，无奈情火难以旺盛。三年后，他听说她结了婚，她听说他依然孑然一身。一个多么无奈的结局！等到他们再次相见，已过了十五个春秋。

十五年，一段漫长而短暂的光阴，这是他们之间的一段时间空白。无言的离别之后，相互之间没有鸿雁传书，也没有电波闪现，唯一的信息是他从同学那里知道她在国内的某地，她知道他从家乡远走国外。山高水长，迢递数千里。因远离家乡而产生的思乡思亲之愁折磨着他，他经常郁郁寡欢。他有了自己的家，而那颗难以抑制的心却不时飞向遥远的国内，想在那片陌生之地找到那颗同样牵挂着他的心。忧郁将他变得多情善感。有时，观花，他会想起小时候她那张像家乡山花一样可爱的笑脸；赏月，他会想起她给他像片时那只丰润的手；叶落，他总想让天上的大雁给她带去他的全部消息；风起，他会想起与她别离后的种种惆怅。旧情难忘，似家乡那条长流不息的河水；新忧不断，如异国冬春的绵绵阴雨。思念她时，他会悄悄拿出她那张渐渐变黄的小相片，凝视许久；会从相片中再现高中时代那张灿烂的笑脸，也会幻化出她已为人母后春色消退的倦容。他会悄悄捡出那叠保存了几十年的书信，从那已经变淡了的铅笔字迹中拾取当年一次又一次的喜悦。他问自己：忧思绵绵，何时是个尽头？真情殷殷，何时方被了解？时过了，人远了，情迁了，希望渺茫又渺茫，只有叹息复叹息。

突然，一封家乡同学来信告知，要举办高中同学聚会，他从千里之外赶回家乡。当他见到阔别十五年的她，仔细端详已届中年的她，虽然春色不再，而风韵犹存。她脸上露出淡淡的笑意，淡如清澈池水中一缕缕平淡的涟漪；她眼中透出悠悠的神光，犹如夜晚天上明月抛洒的迷茫月光。虽说十五年没见，可他读懂了她的心，这是几十年相熟磨炼出的秘功。

在夏夜家乡那孔清凉静谧的窑洞里，他们坐在炕沿上，一起回忆他们之间一段又一段共同的经历，一起感叹年华易逝。她为未能珍惜当年的情感而惋惜，他为在情感面前徘徊不前而悔恨。昔日那份温情与爱意，悄悄从他心底涌起。他伸出一只手臂，轻轻搭在她的肩上。她如一只顺流漂泊的小舟，顺势停靠在他肩膀的岸边。她松了，松弛在他怀抱的温馨里；她醉了，醉倒在他怀抱的甘醇里。他轻轻抚摸着她柔软的肩胛，在柔软中享受着甜蜜与舒坦。这是几十年来她第一次投入他的怀抱，是他几十年来第一次用热手熨烫她的肌肤。她身上散发的清香，仿佛一股清流，流入他的心房，滋润着他那片久已干渴的心田。

在家乡那个绿草茵茵的山顶上，天似穹庐，笼盖四野。天上银河静静，群星闪闪；山下流水哗哗，灯火悠悠。他们嗅着山草的幽香，举首仰望深邃的夜空，俯身观赏山下村庄的夜景。她再次依偎着他的肩膀，细语绵绵。她说如果时光可以倒流，就让彼此返回昔日未曾体验过的浪漫；她说那次上大学前的离别，在她心里埋下爱情的种子；她说她的新婚之夜，她在酸楚中度过；她说十五年来，她枕边睡的仿佛不是自己的丈夫，而是远在天边的他；她说夜晚不眠之时，她的心总会飞到国外一个陌生的地方，寻找他的身影；她说夜梦中不时出现与他相约的情景，有时让她开怀，有时让她伤情，有时醒后发现泪湿枕巾。夜凉如水，情暖似火。他们在夜幕中忘却自己，忘却人世。

在一个小雨滴答的夜晚，他们撑着一把雨伞，在村边小路上踯躅。雨停情起，他将她抱起来在空中飞旋，她快乐的咯咯声玉珠般溅落在路边的青纱帐里，银铃般惊起树上扑棱棱飞去的宿鸟。

在北京车站的候车室里，他们相依而坐。在分别前珍贵的时间里，他们只用依偎时的感觉诉说各自的心理，倾听对方无言的呢喃。不言是情意最浓的言语。她拒绝他给她买任何礼物，他实在过意不去，就把一袋鲜红的枣子塞给她，她执意不收。至今他依然悔恨，为什么他没有办法让她接受一丁点礼物？礼物对她是多余的，只有情意是珍贵的。当他们在车站广场边告别时，她垂着眼皮，泪水婆娑；他看着她脸上的泪水滚落，如鲠在喉，以至哽咽起来，不能自已。

一别又是十五年。那朵彩云依然飘在天边。这十五年里，他会想起那次相遇时真情涌现的快乐；也会忆起儿时王母娘娘庙前的那棵老槐，忆起高小校园土墙外的那排白杨，忆起中学校园里的依依垂柳，忆起大学城墙外的哗哗汾水；也会再去凝视她那张已经发黄的小相片，翻检那叠已经变黄的书信；也会用电话询问她的情况；也会在梦里再现她的音容笑貌。可他理智了，再不会因春花绽放而相思不绝，不会因夏雨潇潇而惦念不已，不会为秋雁飞过而惆怅，不会为冬雪飘落而伤感。因为过去毕竟已经过去；因为彼此相隔数千里，她有自己的家，有自己的生活；因为她仿佛就在他的身边，无须朝朝相思，暮暮相念。两情相融，何须朝朝暮暮！

他失却了爱情，却收获了友谊；失却了过去，却收获了未来。失却固然惋惜，而将失却的东西珍藏心中，何尝不是一种拥有？

他会永远珍藏她的那张发黄的小相片。